Charles Mazarguil

Waterbacks

Slalom

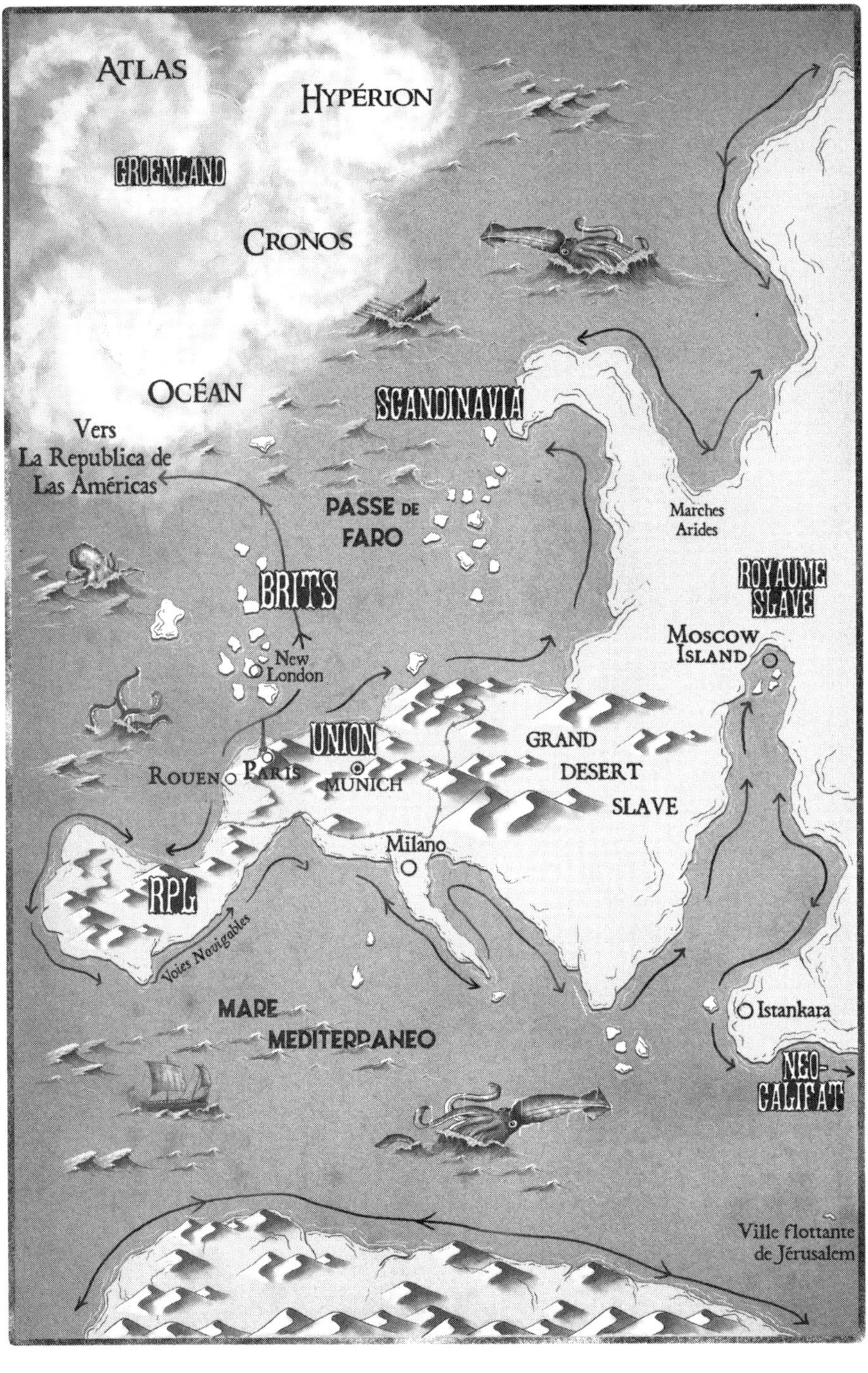
ATLAS
HYPÉRION
GROENLAND
CRONOS
OCÉAN
SCANDINAVIA
Vers
La Republica de
Las Américas
PASSE DE
FARO
Marches
Arides
BRITS
ROYAUME
SLAVE
MOSCOW
ISLAND
New
London
UNION
GRAND
DESERT
SLAVE
ROUEN
PARIS
MUNICH
Milano
RPL
Voies Navigables
MARE
MEDITERRANEO
Istankara
NEO-
CALIFAT
Ville flottante
de Jérusalem

EUROPE

PROLOGUE

Suite à l'inaction des gouvernements de l'Ancien Monde, la Terre subit il y a presque deux siècles les ravages du Grand Réchauffement climatique qui fut bien plus destructeur que prévu. En quelques décennies, la hausse des températures, l'absence de pluie et la fonte des glaciers asséchèrent puis désertifièrent l'ensemble des continents. Les ouragans, les tornades et les méga-incendies devinrent courants. Les océans engloutirent des villes entières et modifièrent totalement la topographie de la Terre.

L'eau potable devint presque du jour au lendemain la ressource naturelle la plus rare et la plus précieuse du monde.

L'humanité, un temps sidérée par l'ampleur du cataclysme écologique et l'effondrement économique, finit tout de même par réagir. Comme à chaque temps de crise et de pénurie, elle le fit par la guerre. La Première Guerre de l'Eau dura quatre ans et fut d'une violence inouïe, à la hauteur du désespoir qui étreignait les armées en lice. Les anciens États volèrent en éclats et de nouvelles puissances virent le jour. Des religions, des groupes industriels et financiers, ainsi que des organisations mafieuses prirent alors le pouvoir dans ces néo-empires dévastés.

En Europe, l'Allemagne et ce qui restait de la France déchirée par une guerre de sécession avec le Sud maoïste décidèrent de s'allier en souvenir de l'antique Union Européenne. Avec Munich comme capitale, l'Union Franco-Germanique fut portée par la Water Corp., redoutable multinationale qui garda le contrôle du nouveau territoire derrière une chancellerie et un gouvernement fantoches. Ivre de pouvoir, elle instaura un régime totalitaire basé sur la soif.

La Seconde Guerre de l'Eau – tentative désespérée de s'approprier d'hypothéthiques réserves d'eau et d'énergies fossiles, ou bien solution cynique et radicale à la surpopulation –, s'abattit sur l'humanité, une trentaine d'années plus tard, sans pour autant bouleverser l'ordre mondial malgré les millions de morts qu'elle engendra.

Huit ans après la fin de ce terrible conflit, la situation politique globale est stabilisée mais précaire. Et si de frileuses relations se sont développées entre les différents Empires, notamment avec la création de comptoirs commerciaux le long des routes maritimes, de nombreuses tensions menacent toujours la paix.

1

La terre craquelée sous ses roues produisait un nuage de poussière jaunâtre, obligeant Pitbull à remonter sur sa bouche le vieux foulard crasseux qui lui pendait au cou. La Seine, autrefois fleuve majestueux, n'était plus depuis des décennies qu'une crevasse aride coupant Paris en deux. Au-dessus, le ciel éternellement limpide, sans jamais un nuage à l'horizon, laissait l'astre solaire écraser la ville sous ses rayons. Accrochée au guidon de son VTT à air comprimé, déjà presque hors d'haleine dans la fournaise de fin de matinée, Pitbull accéléra pourtant. La chaleur n'était en effet pas son seul problème. À une cinquantaine de mètres en aval, une bande de Desséchés semblait cuire au soleil sur les berges de l'ancien fleuve. Le manque d'eau dont souffraient ces malheureux les rendait facilement repérables : physionomie émaciée, peau parcheminée et des yeux comme des puits sans fond. Êtres humains de seconde zone survivant dans la rue, luttant dans un monde sans pitié, ils n'avaient pas d'emploi et, de ce fait, ne bénéficiaient pas de la fameuse puce de travail qui, implantée sous l'oreille droite, donnait droit aux maigres 30 cl quotidiens offerts aux « bons citoyens »...

Les muscles des jambes tendus et les mollets douloureux, Pitbull accéléra encore pour esquiver le petit groupe le plus rapidement possible. *Pas très malin de traîner en plein cagnard*, pensa-t-elle en vérifiant d'un coup d'œil la jauge de gaz totalement pleine sur le guidon. Toutefois, elle préféra garder le même rythme soutenu sans utiliser l'air comprimé. La prudence était de mise avec un chargement de Bleue, mais pas la parano. Il serait toujours temps de mettre le turbo si les choses viraient au sirocco. Pour l'instant, les types transpiraient l'urgence et la soif mais semblaient ignorer la jeune femme. Après tout, rien ne pouvait laisser penser que Pitbull était une Waterback : ce genre de VTT modifié courait les rues et, sur son dos, dans la doublure de sa veste, la précieuse poche – le wetpack – contenant les 5 L de Pure restait indétectable.

Une des énormes ornières qui jonchaient le fond de la Seine manqua de la faire brusquement chuter. Elle se reprit aussitôt, pestant contre sa maladresse mais soulagée de constater qu'elle ne suscitait qu'indifférence de la part du groupe de Desséchés qu'elle venait de dépasser. S'ils connaissaient la nature de son chargement, ils auraient dévalé les pentes de l'ancien cours d'eau et se seraient jetés sur elle comme des bêtes sauvages. Elle le savait car elle avait été l'une d'entre eux lorsqu'elle était enfant. Ne survivant qu'en volant quelques millilitres aux plus faibles ou en ingurgitant le liquide brunâtre que l'on servait à la Gourde Populaire (même bouilli, il vous refilait des crampes d'estomac)... Ça faisait un bail maintenant ; à tout juste 21 ans, elle était « livreuse de Bleue » depuis presque une décennie. Pitbull mit le pied au sol et, dans un nuage de sable, tourna brutalement à droite. Non loin, elle pouvait voir le squelette de la tour Eiffel presque entièrement recyclée brandir ses restes métalliques dans l'atmosphère poussiéreuse de la Seine. Le quai Branly devait commencer juste au-dessus, il était donc temps de sortir du lit du fleuve et de retrouver les pavés – le goudron qui les recouvrait ayant fondu depuis belle lurette. Elle préférait ça plutôt que la Seine. Moins bondé que le reste de la ville, le chemin de terre était pratique si on voulait rouler vite mais c'était aussi une cuvette parfaite pour les embuscades. Et il y faisait vraiment trop chaud !

Fatiguée par son accélération et souffrant d'un point de côté, Pitbull libéra finalement l'air comprimé. Les pédales tournant alors sans peine sous ses pieds, elle avala la pente avec facilité et arriva dans la rue. D'un revers de la main, elle essuya la transpiration qui lui brûlait les yeux et collait ses cheveux roux, puis entra dans l'enfer de la circulation parisienne. Dans toutes les directions, des centaines de vélos tentaient de se frayer un passage coûte que coûte dans un chaos de cris et de sonneries aiguës. Partout, entre les immeubles couverts de poussière, de grandes tentures autrefois blanches mais aujourd'hui noirâtres avaient été déployées pour offrir un peu de fraîcheur aux passants. Malheureusement, l'atmosphère restait étouffante et les sons, eux, semblaient démultipliés. Très rarement aussi, un véhicule électrique de la police tentant de rejoindre une place forte décuplait l'agitation ambiante. Mais aujourd'hui, pas de force de l'ordre (ou du désordre comme les appelait son pote Sprite), juste la foule qui essayait d'avancer dans un capharnaüm coloré de djellabas, de yukata et de T-shirts anti-transpirants. Le carrefour était complètement bouché et Pitbull grogna en réalisant qu'elle allait perdre son avance pour la livraison. Pour couronner le tout, un type venait juste de lui rentrer dedans avec sa vieille bécane rouillée.

Ce dernier la fixa un instant derrière ses lunettes – œillères en simili-cuir spéciales « désert » –, jaugeant le petit bout de femme qu'elle semblait être avant d'aboyer qu'elle pourrait faire attention, putain ! Sans daigner répondre, Pitbull dressa un doigt d'honneur. Une énorme main se posa sur son épaule au moment où le chauffard allait répliquer :

— T'inquiète, c'est moi, rigola Titan en la sentant sursauter sous ses doigts. Et toi, dégage ! cracha-t-il vers le gars au vélo rouillé qui fila sans demander son reste. Il a peur de moi mais je viens sans doute de lui sauver la vie, continua la montagne de muscles en souriant. Tu caches bien ton jeu, ma petite Brindille.

Brindille, son premier nom de la rue avant qu'elle ne devienne Pitbull. Inconsciemment, elle caressa la cicatrice qui lui barrait le visage.

— En livraison ? lui demanda-t-elle à voix basse.

— Yep ! Pour la Forteresse de Passy... Toi ?

— *Not far.* Simple citoyen qui claque toutes ses économies.

— Fais gaffe, y a du mouvement dans le coin.

— Des Spotteurs ? s'inquiéta Pitbull qui détestait ces Desséchés spécialisés dans le repérage des Waterbacks.

— Je ne pense pas, la rassura Titan. Juste de l'agitation... Les gens ont soif...

— Les gens ont toujours soif, répliqua-t-elle avec lassitude.

Un sourire ironique aux lèvres, Titan se gratta le front, geste discret de salut entre Waterbacks.

— Fais attention quand même, Brindille, lui conseilla-t-il avant de la quitter et de se perdre dans la foule.

Titan la connaissait depuis l'époque où ils étaient tous les deux des gamins des rues, et il avait encore du mal avec son nouveau nom. Mais, trêve de nostalgie, elle n'avait pas le temps, et surtout pas l'envie, de se rappeler cette période de sa vie !

Pitbull, qui avait eu quelques secondes pour reprendre son souffle, regagna alors doucement de la vitesse en évitant le marasme du trafic, tel un requin évitant d'immobiles méduses. Rapidement, elle dépassa le marché couvert de Bir-Hakeim, son contact vivait juste derrière. Ici, l'agitation était à son comble, entre les étals de calamars et de dattes 2.0[1] cultivées presque sans eau. Ça trafiquait sévère, notamment les puces de travail arrachées aux macchabées... Les gens aimaient raconter que cet endroit avait été une piscine à l'ancienne époque ; qu'on pouvait se baigner dans une énorme cuve d'eau douce. Difficile à croire. Pour Pitbull, c'était une mauvaise blague. En même temps, tout ce que l'on racontait sur le monde d'avant le Grand Réchauffement climatique ressemblait à de la science-fiction. Attachant son VTT au grillage qui courait le long du mur lézardé du marché, elle remonta la ruelle accablée de soleil.

---

1. Dattes génétiquement modifiées pour une culture nécessitant une quantité d'eau dérisoire.

Des émeutes pour de l'eau.
Le cauchemar a commencé.

Extrait d'un article du Corbeau Déchaîné n°1
Archives interdites de la Water Corp.

... faisons pas d'illusions sur l'avenir de ce journal, le gouvernement de l'Union Franco-Germanique (UFG) ayant clairement instauré un régime fasciste et meurtrier. Les pénuries d'eau qui nous frappent de plein fouet vont être utilisées pour nous forcer à accepter cette ignominie appelée « Puce Citoyenne ». Les premières émeutes de la soif dispersées dans la violence sont un avant-goût de l'avenir que Munich nous propose : soit nous acceptons la puce de travail pour accéder à quelques gorgées d'eau quotidienne, soit nous sommes condamnés à vivre en dehors de la société (autant dire à crever, la punition pour le vol d'eau étant la mort ou les galères). Et encore faudra-t-il pouvoir justifier d'un emploi, être une force vive du pays ! Ici, à la rédaction du *Corbeau Déchaîné*, c'est le dégoût qui prédomine. Les larcins, les meurtres explosent parce que les gens ont soif et rien n'est fait pour trouver la moindre solution. Au contraire, ce chaos est du pain béni pour la Water Corp. qui resserre encore...

2

À plat ventre derrière des gravats, son VTT couché dans le sable près de lui, Sprite observait le manège des fidèles devant l'immeuble décrépi. Ils étaient cinq à essayer d'y faire entrer coûte que coûte un homme. Ce dernier montrait les dents et, malgré les liens qui lui entravaient les poignets, se débattait avec la fougue d'un chien assoiffé. Ses hurlements sauvages finirent d'ailleurs par faire sortir un prêtre qui, drapé dans un genre de toge pourpre probablement taillée dans de vieux rideaux, brandissait un gourdin. Un coup sec bien appliqué à l'arrière du crâne fit alors taire le prisonnier.

Les Dunes de Seine-Saint-Denis étaient devenues depuis quelques mois déjà le fief du « Grand Aride ». Ce nouveau culte attendait de ses adeptes (des Desséchés ayant sombré dans la folie) qu'ils remercient le Désert de progresser et qu'ils rendent grâce à la Pluie de ne plus tomber. Il exigeait aussi quelques menus sacrifices humains afin de « se désaltérer de ses semblables »... Sprite frissonna à cette pensée malgré la chaleur écrasante.

Une fois la rue à nouveau vide, l'adolescent se rassit prudemment et sortit une vieille carte et un crayon de sa poche. Après quelques secondes de réflexion, il barra le petit carré correspondant au bâtiment devant lui. « Ici, c'est mort », grogna-t-il sans une pensée pour l'homme qui allait sans doute être vidé de son sang. La mine du crayon suivit la rue imprimée dont la plupart des immeubles avaient été raturés de la même façon pour s'arrêter à un croisement. Sprite releva la tête pour observer de ses yeux presque turquoise le chaos d'édifices plus ou moins effondrés qui l'entourait et sembla satisfait en découvrant trois piliers de métal tordus qui sortaient du sable à une centaine de mètres de sa position. *Des feux rouges*, pensa-t-il en se rappelant le terme employé par son ami Le Bourge. Après ce point s'étendait toute la partie de la ville qu'il n'avait pas encore explorée et Sprite sentit la familière excitation monter en lui. Lors du Grand Réchauffement, en effet, les immenses incendies qui encerclèrent Paris avaient fait fuir la population des banlieues. N'emportant avec eux que leurs objets de valeur (argent, bijoux...), les gens s'étaient abrités au centre de l'ancienne capitale et la plupart n'en étaient jamais repartis. Ils ne pouvaient alors pas se douter qu'ils avaient abandonné les vrais trésors derrière eux. Ce fut ainsi que, simple enfant des rues, Sprite avait pu découvrir dans une armoire à moitié ensablée d'un immeuble en ruine une grosse caisse du soda dont il portait désormais le nom : une boisson périmée depuis des décennies, certes, mais tout de même sacrément buvable. Depuis, le goût de l'exploration ne l'avait plus lâché. Malgré les meutes de chiens qui prospéraient, les Desséchés et maintenant le Grand Aride, en dépit des récriminations de Pitbull qui trouvait ça trop risqué, il ne pouvait simplement pas arrêter. Entre deux missions de Waterback, il revenait donc à ses dunes chéries et tentait de renouveler son exploit de jeunesse.

Avec précaution, il releva son VTT et, silencieusement, commença à tourner la manivelle qui comprimait l'air à l'intérieur du cadre du vélo. L'extra-boost qu'il obtenait en relâchant la pression sur les pédales lui permettait d'effectuer les acrobaties dont il avait le secret et qui avaient plus d'une fois sauvé sa peau. Il enfourcha alors avec souplesse sa bécane et glissa le long du banc de sable avec la grâce d'un caracal. Savoir se mouvoir dans les dunes était un art périlleux que peu de Waterbacks maîtrisaient. Cela nécessitait un instinct quasi-animal pour déceler les plaques de roche sur lesquelles on pouvait pédaler, les trous qu'il fallait absolument éviter mais aussi une force et un équilibre hors du commun pour avancer sur les pentes sablonneuses. Sprite, tout en muscles secs, en était capable et, à 19 ans, cela faisait de lui le meilleur élément de l'équipe de l'impitoyable Castor.

En quelques mouvements experts visant à limiter ses efforts et perdre le moins d'eau possible, le jeune homme atteignit facilement les antiques feux de signalisation. Le vent brûlant, en soufflant dans les tubes d'acier à moitié éventrés, produisait une musique envoûtante, le chant d'un monde disparu. Près de là, une énorme dune présentait à sa base une sorte d'ouverture sombre qui s'enfonçait dans le sable rouge. « Un immeuble enseveli. Et avec une entrée béante, c'est tentant », murmura Sprite pour lui-même. Après avoir enfoui son VTT pour dissimuler sa présence, il s'avança prudemment dans la cavité. Une puissante odeur d'urine et de chien sale le prit à la gorge. Comme il ne s'était pas fait attaquer par la meute dès son approche, les animaux avaient sûrement dû quitter les lieux mais il préféra tout de même empoigner sa machette avant de continuer à avancer. Vite plongé dans l'obscurité totale, l'adolescent sortit son bien le plus précieux : une véritable lampe de poche à énergie solaire ! Son puissant faisceau blanc éclaira une vaste salle presque totalement vide. Des morceaux de bois carbonisés, des briques à moitié réduites en poudre, une porte posée contre un mur noir de suie. Dans un coin, il tomba sur un tas de fils électriques dénudés dont on avait récupéré le cuivre. « Quelqu'un est déjà passé par là », soupira le jeune homme qui savait qu'il n'y avait sans doute plus rien d'intéressant à grappiller ici. En éclairant au-dessus de lui, il découvrit une voûte de débris divers qui avait miraculeusement tenu jusque-là. *Mieux vaut ne pas traîner*, pensa le jeune homme en observant de petites cascades de poussière tomber du plafond. Dépité, il allait rebrousser chemin lorsque son regard s'arrêta soudain sur un objet à moitié enfoncé dans le sol. Un genre de cylindre métallique dont la couleur rouge avait viré au rose très pâle. Il savait exactement ce que c'était et son cœur s'accéléra avant de découvrir que la cannette n'était remplie que de sable. Il la balança dans l'obscurité d'un coup de pied rageur et, tout à sa déception, n'entendit pas le léger frottement derrière lui.

Caché dans la pénombre, un chien solitaire d'une effrayante maigreur l'avait observé depuis son entrée dans la dune et s'était silencieusement glissé entre Sprite et la sortie. Maintenant qu'il avait coincé sa proie, la vieille créature affamée grondait, la tête basse, et montrait au jeune homme une impressionnante rangée de dents sales et acérées. Ses pâles yeux jaunes qui renvoyaient la lumière de la lampe étaient agrandis par l'impatience de goûter à l'humidité du Waterback.

— Et merde, souffla Sprite en brandissant sa machette. Viens mon salaud ! Je t'attends !

L'Union Franco-Germanique : une dictature qui ne se cache plus...

Extrait d'un article du New Telegraph
(traduction de l'anglais)
Archives

... Le doute n'est aujourd'hui plus permis, l'Archipel des Brits devient le seul État véritablement démocratique du monde. J'en vois certains se gausser devant ma naïveté : en effet, depuis la formation de l'Union Franco-Germanique (UFG), tout le monde savait bien que la multinationale d'origine allemande, la Water Corp., dirigeait le pays et que la chancellerie n'était qu'une façade, un masque qui se craquelait de plus en plus. Malgré le muselage de la liberté d'expression (le dernier journal indépendant, *Le Corbeau Déchaîné*, a mis la clef sous la porte il y a bien longtemps) et la politique de terreur mise en place, j'avoue que j'espérais encore la possibilité d'un renversement, d'un sursaut populaire. Il a eu lieu aujourd'hui, avec la « Révolte des Innocents », et il s'est malheureusement terminé en bain de sang. La Water Corp. a enfin montré son vrai visage au reste du monde : celui d'une hydre assoiffée de pouvoir, qui ne reculera devant rien pour le conserver. Il est regrettable que notre propre gouvernement ne coupe pas immédiatement tout lien avec l'UFG en fermant leur comptoir commercial à New London. J'espère que le dieu « Business » n'exigera pas que l'on ferme les yeux sur…

3

Le Bourge avait attaché son vélo à plusieurs pâtés de maisons de là et marchait maintenant d'un pas tranquille vers les hautes murailles de la forteresse de Neuilly. Ça faisait un bail qu'il n'y était pas revenu et, comme à chaque fois, un flot d'émotions contradictoires s'apprêtait à le submerger. Il inspira profondément à travers la toile du chèche qui protégeait son visage et ses cheveux bouclés des vents de poussière, et essaya de se concentrer. Les Spotteurs à l'affût de l'eau pullulaient aux alentours de la place forte et s'il était un tant soit peu nerveux, ils seraient capables de le percevoir. Le Bourge, qui avait des théories sur tout et n'importe quoi, n'était pas surpris : après des générations à crever de soif, certains humains avaient dû évoluer pour survivre. Ils étaient devenus plus résistants à la déshydratation et avaient sans doute développé une sorte de sixième sens pour repérer la faiblesse ou la peur chez leurs semblables.

Ce fut donc avec une nonchalance feinte qu'il réajusta son brassard de Serviteur pour passer, l'air de rien, devant quelques groupes de Desséchés. Bientôt, il se retrouva dans l'ombre de l'immense mur de ciment et se mit sagement à faire la queue devant une lourde grille d'acier avec les autres porteurs du « S » rouge. Ce « S » de « service » était une mauvaise plaisanterie pour Le Bourge : le « E » d'« esclave » semblait plus approprié à ces malheureux dont l'unique moyen de subsistance était d'effectuer les tâches les plus ingrates pour les plus riches... Relativement en sécurité grâce à la présence de la police municipale qui, en haut des remparts, braquait ses fusils d'assaut sur la foule parisienne, il n'avait plus qu'à attendre son tour. Devant lui, la grille s'entrouvrait régulièrement pour laisser entrer les gens après une fouille musclée du service d'ordre. Il reconnut alors avec plaisir le vieux Viktor. Garde puis sergent à la porte Est depuis des années, il connaissait bien Le Bourge, d'avant la rue, lorsqu'il était encore un de ces privilégiés qui vivaient au sein de la place forte, un enfant choyé par ses riches parents. Dans les yeux du vieux Viktor, le jeune homme pouvait presque se revoir tel qu'il était à neuf ans, un gosse insouciant et heureux... Jusqu'aux bombardements de la Deuxième Guerre de l'Eau qui le rendirent orphelin, il y avait maintenant une décennie de cela.

Dans la file d'attente devant lui, un groupe d'hommes portait des pots de peinture et une échelle, et une femme âgée charriant un gros sac en bandoulière avait l'air de ne tenir debout que par la force de sa volonté. Les gardes près de Viktor, en combinaison réfrigérée noire et matraque à la main, fouillèrent sans ménagement l'équipe de peintres avant de les laisser circuler pour s'occuper de la vieille dame. Le Bourge réalisa à ce moment avec horreur que la malheureuse ne portait ni brassard de Service, ni puce sous l'oreille droite : c'était une Desséchée et elle essayait d'entrer dans une place forte ! Avant que le jeune homme ait pu faire le moindre geste, les gardes étaient déjà sur elle.

— Alors, mamie ! Qu'est-ce qu'on vient faire ici ? demanda l'un deux avec agressivité.

— Je viens essayer de vendre mes petites poupées... répondit en tremblotant l'ancêtre qui tentait d'ouvrir son sac d'une main maladroite.

— PAS UN GESTE ! hurlèrent immédiatement plusieurs gardes en levant leur matraque. POSE ÇA PAR TERRE ! MAINTENANT !

Les attentats étaient monnaie courante depuis le début de l'embargo sur la République Populaire Latine (RPL) et la police était toujours sur les dents. Le Bourge, lui, croyait davantage à une instrumentalisation de la peur organisée par la Water Corp. pour garder le contrôle sur les populations.

La vieille dame, apeurée, sembla rentrer sa tête entre ses épaules comme l'une de ces tortues centenaires qui n'existaient plus que dans les pages des encyclopédies. Elle déposa son bagage à ses pieds. Son contenu fut déversé dans la poussière et Le Bourge sentit son cœur se serrer en voyant les ridicules petites poupées de chiffons piétinées avec bonne humeur par les bottes cloutées des gardes hilares.

— Une sale Desséchée n'a rien à foutre ici, beuglèrent-ils. Dégage et ne reviens plus avec tes saloperies si tu ne veux pas qu'on t'arrange le portrait !

Le Bourge, contrairement à Pitbull ou à Sprite, avait du mal à supporter ce genre d'injustice. Peut-être parce qu'il avait connu autre chose que la rue et sa violence, qu'une part de lui était encore capable de pitié. Larbin, lui, était différent. Dans leur groupe de Waterbacks, ce gosse était ce qui se rapprochait le plus d'un ange...

Au final, ce qui comptait c'était que la vieille était sauve et que Le Bourge avait appris à contrôler son tempérament chevaleresque : ça avait tendance à se retourner contre lui. D'ailleurs, c'était son tour et il avança vers la grille. Les gardes le dévisagèrent d'un air mauvais, clairement décidés à chercher les problèmes. Après tout, la vieille femme avait fui sans protester et ils étaient restés sur leur faim.

— Enlève ton turban, petit merdeux ! cracha le premier en donnant des petits coups de matraque sur la paume de sa main.

Heureusement, une voix puissante se décida à intervenir :

— Laissez-le, les gars, je le connais !

Les deux barrettes rouges sur les épaules de Viktor suffirent à les convaincre. Obéissant à leur supérieur, les hommes en noir laissèrent passer le jeune homme sans discuter.

— Avance, Yassine ! Ça fait un moment que tu n'es pas venu ! Approche et enlève-moi ce chèche que je puisse te regarder, continua Viktor en souriant.

Pour le Bourge, s'entendre appeler Yassine, c'était encore se replonger dans le passé : un moment doux-amer. Ils s'embrassèrent à la manière de vieux amis et Viktor le conduisit sous la muraille vers le village fortifié :

— Viens, marche avec moi ! J'imagine que tu viens livrer un chanceux plein aux as ?

Le Bourge se frappa l'épaule d'un air entendu :

— 7 litres. Une petite fortune pour n'importe qui hors de ces murs. De l'argent de poche ici...

Ils débouchèrent sur le périphérique intérieur de Neuilly, une route qui faisait le tour des remparts et où de très nombreuses voitures de luxe rouillaient tranquillement en attendant une hypothétique fin de la pénurie d'essence. *Dans leurs rêves !* pensa l'adolescent en grimaçant, on n'était pas au Néo-Califat ou dans le Royaume Slave ici, le moteur à explosion c'était fini !

— Qu'est-ce qui se passe ? interrogea Le Bourge en regardant le nombre impressionnant de policiers enfiler leur cuirasse avant de monter sur les remparts.

Viktor haussa les épaules :

— Rien de particulier. Il paraît qu'une bombe a explosé au sud de Paris près d'un immeuble de la Water Corp., du coup les huiles serrent les fesses...

Ils passèrent alors devant un kiosque qui proposait différents journaux. Ce genre de luxe hors de prix n'était disponible qu'à l'intérieur des places-fortes. D'un geste expert, Le Bourge profita d'un moment d'inattention du vendeur pour en subtiliser un. Viktor, en l'honneur du bon vieux temps, ferma évidemment les yeux sur le larcin :

— Évite de faire ça à côté de moi, mon grand...

Puis en lui serrant le bras :

— Au fait, j'ai vu Castor passer il y a quelques heures avec d'autres agents de la Water Corp., si tu vois ce que je veux dire.

Oui, Le Bourge voyait très bien. Le jeune homme détestait cordialement son patron, cet espèce de chef de guerre tatoué jusqu'à l'intérieur des joues, et préférait l'éviter autant que possible. Le fait qu'il ait partagé quelques années la vie de Pitbull n'arrangeait pas les choses.

— Merci pour l'info. Ça me ferait bien chier de croiser ce...

Il n'eut pas le loisir de finir sa phrase qu'un énorme coup d'épaule manqua de le faire chuter. Prêt à en découdre, le jeune homme se retrouva alors nez à nez avec le chef des Waterbacks parisiens. Ce dernier ne devait pas être beaucoup plus vieux que lui mais son regard délavé semblait avoir déjà tout vu.

— Alors, on a du mal à tenir debout, « la bourgeoise » ? grogna Castor avec son humour moisi habituel.

À ses pieds, sa hyène Bazooka fixait le jeune homme avec gourmandise.

— Ça te ferait chier de croiser qui ? Et toi, retourne au boulot, lança-t-il à Viktor qui s'exécuta en rougissant malgré ses galons.

Ici, comme partout dans l'Union, les agents de la Water Corp. prévalaient sur les autres.

— Alors ? Tu me réponds ?! insista le molosse en fixant Le Bourge de ses iris d'un bleu si pâle qu'ils étaient presque blancs.

Des yeux d'aveugle, sauf que sa vision était plus perçante que celle d'un vautour.

Pris de court, Le Bourge balbutia la première chose qui lui venait à l'esprit :

— Je dois des marks à Matteo, ça me ferait chier de le croiser... Je suis un peu juste en ce moment...

Matteo était un Waterback d'une équipe de l'est de Paris. Ils avaient joué quelquefois au drink-poker.

Castor cracha dans la poussière avant de sourire de toutes ses dents en or. Sur son front, un tatouage de tête de mort fixait son interlocuteur de ses orbites vides. Au-dessus, l'expression lapidaire : « Fuck Off ».

— Eh bien j'ai une bonne nouvelle pour toi, ma petite bourgeoise ; tu ne dois plus rien à Matteo. Il manquait cent millilitres dans son dernier wetpack... Autant te dire que lui et son équipe n'ont pas eu une fin paisible...

Le vol d'eau. Le crime le plus grave aujourd'hui, en particulier pour un Waterback. Pour cela, pas de jugement, mais l'exécution immédiate. Le Bourge déglutit en essayant de ne pas penser à son ami Larbin, des fois que cet enfoiré de Castor puisse lire dans sa tête.

— Ah ben, ça m'étonne de Matteo...

— Je te conseille de passer par le Pont Dix-Neuf un de ces jours, c'est assez édifiant pour vous enlever l'envie de piquer dans le réservoir.

— Mais jamais je ne... commença Le Bourge d'un air outré.

— Laisse tomber, mon grand ! le coupa Castor qui ne souriait plus, un index vengeur sur lequel on pouvait lire « T'es mort ! » pointé sous le nez du jeune homme.

Bazooka, elle, se releva en grondant.

— Va faire ta livraison et n'oublie pas que sans nous tu serais en train de te lyophiliser dans un taudis quelconque. On t'a donné ce job et une puce alors que tu n'étais qu'une merde inutile ! Alors n'oubliez pas, toi et tes petits copains, que vous appartenez à la Water Corp. !

Puis il repartit et se perdit dans le fourmillement de la rue. *Mais quel connard !* pensa Le Bourge en reprenant peu à peu contenance.

Il devait absolument parler à Larbin.

Des éoliennes pour tout le monde… Oui, mais…

Extrait d'un article du Corbeau Déchaîné n° 13
Archives interdites de la Water Corp.

… Il paraît que le nucléaire est devenu trop dangereux. Que nous ne savons plus construire des réacteurs dignes de ce nom et que ceux qui restent risquent à tout moment de nous péter à la figure si l'on essaye de les refroidir avec de l'eau de mer. Le sel, mes bons amis, attaque tout et n'importe quoi, et notre chère Water Corp. ne veut pas risquer la vie d'un seul des habitants de l'Union Franco-Germanique (UFG) ! Cela fait chaud au cœur, vraiment, mais que nous propose-t-on comme alternative ? Le pétrole étant strictement réservé à « la défense » – comprenez « réservé aux petites affaires de ces messieurs-dames de Munich » qui échangent je-ne-sais-quoi contre un peu d'or noir du Néo-Califat – il ne nous reste que les bougies ! Mais heureusement, notre pantin préféré, le Chancelier, a trouvé une solution ! Des éoliennes à construire soi-même que chacun pourra installer sur son toit ! Nous sommes sauvés (percevez l'ironie, s'il vous plaît), quelle fabuleuse idée…

4

Les lattes de bois de l'escalier de service, une antique structure en colimaçon complètement rongée par le temps et dont la rampe n'était plus qu'un lointain souvenir, craquaient méchamment sous ses baskets élimées. Larbin essaya de faire abstraction des six étages entre lui et la dalle de béton tandis qu'il maudissait le checkeur – ou « agent de vérification » comme il était inscrit sur leur contrat de travail – qui n'avait pas jugé nécessaire de le prévenir que corde et mousquetons pouvaient être essentiels... Encore deux volées de marches avant d'arriver sur un palier aussi miteux que le reste. Le jeune homme se demanda comment des résidents de ce trou à rat pouvaient s'offrir 5 litres de Pure. Mais bon, le *checkeur* avait scanné les puces des clients, vérifié si elles étaient d'origine, et si jamais ça tournait au sirocco, ils auraient affaire au brutal service après-vente de la Water Corp. et à ses bérets bleus. En général, cela réduisait fortement les situations foireuses.

En reprenant son souffle, Larbin contourna la cage d'ascenseur devenue un dépotoir, prit le couloir de gauche et compta les portes. Une, deux. Il enjamba un corps immobile qui grognait doucement. Trois, quatre. Voilà, il y était. Il chercha le « W », une minuscule trace de feutre à côté de la poignée, l'effaça d'un doigt et frappa doucement. La porte s'ouvrit sur une fournaise. Apparemment, les volets ne fonctionnaient pas dans l'immeuble et de simples cartons avaient été scotchés aux fenêtres en une tentative désespérée de repousser la canicule. L'homme qui avait ouvert, un petit barbu à lunettes, au sourire nerveux, fit signe à Larbin d'entrer. Dans le salon, une femme, deux enfants, et un autre jeune couple l'observaient, assis sur des canapés couverts de poussière. Elle s'insinuait partout, dans les palaces comme les taudis mais ici, elle était omniprésente, créant une atmosphère encore plus étouffante. Les visages étaient tendus et le jeune homme se demanda un instant s'il n'était pas tombé dans un traquenard. Le barbu, après avoir soigneusement fermé la demi-douzaine de verrous qui encadraient la porte, lui demanda d'une petite voix mal assurée :

— Euh... Vous avez l'eau ?

— Et vous les 300 marks ?

Le type enfonça immédiatement une main moite au fond de sa poche et en sortit une liasse de billets retenus par un élastique :

— Bien sûr. Tenez !

Le regard qu'il lança aux autres était sans équivoque ; ils avaient fait pot commun. Larbin mit l'argent dans son sac à dos et retira sa veste. En quelques geste, il retourna celle-ci, ouvrit la doublure et décrocha le wetpack retenu par des bandes velcro :

— Voilà vos 5 litres.

Puis il ajouta avec ironie :

— Bonne hydratation et merci encore d'avoir fait confiance à la Water Corp. !

Le marketing n'était pas mort en même temps que l'Ancien Monde, comme Le Bourge s'amusait souvent à lui faire remarquer.

Évidemment, les clients n'en avaient rien à secouer de son slogan minable mais ils se saisirent du wetpack en regardant le jeune homme comme le messie. Ils allaient pouvoir boire à leur soif pendant quelques jours de fête, oublier ce manque permanent qui vous abêtissait et vous brûlait la gorge. Larbin essaya de ne pas trop s'arrêter sur les enfants qui lui souriaient, leurs dents grises déchaussées dans des gencives trop sèches. Il allait partir lorsque le barbu le retint d'un geste hésitant :

— Peut-être devrait-on le peser d'abord ? dit-il en désignant une balance si ancienne qu'elle avait dû être témoin du Grand Réchauffement.

Larbin soupira. Encore un qui se prenait pour un gangster.

— Ok, mais je doute que l'on arrive à quoi que ce soit sur cet engin.

Le barbu posa néanmoins le wetpack sur la balance et fixa l'écran qui clignota miraculeusement avant de s'éteindre. Tout le monde avait vu s'afficher 4,9...

— Il manque 1 dl ! s'exclama alors une des femmes qui avait soudainement retrouvé sa voix.

— Ce qu'il manque surtout, c'est des piles, rétorqua Larbin sans se démonter. Comme vous pouvez le constater, le sac est scellé et a été contrôlé deux fois par nos équipes... Mais si vous voulez, je peux vous rendre l'argent et prévenir le SAV de Water Corp. que la transaction ne vous convient plus...

En général, c'était le genre de phrase qui arrondissait pas mal les angles, les litiges en matière de vente d'eau pouvant facilement avoir des retombées désagréables pour les clients. Il valait mieux être sûr de soi avant de lancer une telle procédure et ça, le barbu le savait :

— Pas la peine d'aller jusque-là, assura-t-il d'une voix mielleuse. Je suis sûr que c'est la balance qui se trompe...

D'un hochement de tête, Larbin valida la soumission du type et s'éclipsa pour les laisser profiter de leur acquisition.

Prudemment, il redescendit les escaliers branlants en essayant d'oublier les visages des enfants qu'il venait de laisser. Dans son sac à dos, il sentait le poids de la culpabilité : 1 dl de Bleue qui semblait peser une tonne.

Sortir du bâtiment vétuste, s'éloigner de ses misérables habitants, fut comme une respiration après une trop longue apnée pour Larbin. Le cœur en joie d'être simplement en vie, descendant la rue à toute blinde sur son VTT, il s'écarta de l'itinéraire initialement prévu. Cette livraison l'avait mené à quelques minutes à peine de chez Sarah et il aurait été trop bête de ne pas en profiter. Il s'arrêta en bas de chez elle, et leva la tête vers la fenêtre du deuxième étage. Les volets n'étaient qu'à moitié fermés ; ça voulait dire que son père était sorti et que la voie était libre. Le quartier était trop pourri pour qu'il y ait des gardiens armés dans chaque loge d'immeuble, il attacha donc son vélo dans le hall et monta sans difficulté. Lorsque la porte s'ouvrit sur la jeune femme, cette dernière avait son sourire des grands jours :

— Larbin ! Entre vite ! J'ai un truc important à te dire !

Ce dernier, à moitié inquiet, referma derrière lui et sortit une petite poche d'eau de son sac.

— Tiens ! Pour Adam...

L'excitation de Sarah baissa d'un cran tandis qu'elle saisit le précieux liquide avec reconnaissance :

— Merci, Larbin. Mon père lui donne déjà la moitié de sa ration mais cela ne suffit jamais. Moi, je ne peux pas si je veux continuer à produire un peu de lait. Sans ton aide, je ne sais pas ce qu'on aurait fait...

D'un coup de couteau, elle ouvrit alors la poche et versa la moitié de son contenu dans un biberon. Puis elle entra dans une petite chambre d'enfant dans laquelle un bébé cherchait le sommeil, la tête enfouie dans une vieille peluche. La jeune femme s'approcha du berceau, suivie de Larbin qui retenait son souffle.

— Adam. Mon petit Adam. Regarde qui voilà ! C'est papa qui te ramène de l'eau !

Cela faisait toujours un drôle d'effet au jeune homme quand Sarah l'appelait ainsi et pourtant, c'était vrai. Lui qui, à 17 ans, était considéré comme le gamin de la bande, le petit gars qui devait nettoyer leurs vélos ou sortir les poubelles, le larbin quoi, le voilà devenu père il y avait quelques mois déjà. Au début, il s'était senti trahi et avait coupé les ponts avec Sarah. Heureusement, son père à elle avait été moins stupide que lui et, au lieu de flanquer sa fille à la rue comme cela arrivait si souvent, avait accepté l'enfant. Puis le petit était tombé malade, un genre de diarrhée, rien de grave lorsqu'on pouvait correctement s'hydrater, ce qui était loin d'être le cas. En désespoir de cause, Sarah avait appelé Larbin au secours et celui-ci, ravalant sa connerie, les ravitaillait régulièrement en eau. Depuis, le jeune homme sentait son amour pour le bébé grandir jour après jour, et le voir ingurgiter goulûment son biberon avait quelque chose de profondément satisfaisant.

— Il va bien maintenant, le rassura Sarah en caressant le petit crâne presque chauve.

— Tant mieux...

Puis la question rituelle :

— Ton paternel a encore envie de me tuer ?

— Plus que jamais. Mais il va s'adoucir. Après tout, tu es revenu.

Puis sa question rituelle à elle :

— Tu l'as dit à tes potes ?

— Bientôt... Pour l'instant je crois que Pitbull serait trop vénère. Elle nous veut ultrafocus.

Et voyant le visage de Sarah s'assombrir :

— Alors ? C'est quoi ta grande nouvelle ?

Le sourire radieux revint aussitôt.

— Ça y est, mon père est décidé à émigrer vers le Néo-Califat ! Il a un plan pour Abijabad.

La nouvelle tomba, fracassante, sur les épaules de Larbin.

— T'es sérieuse ?

— C'est pour très bientôt. Dans les jours qui viennent, ça dépend du passeur mais on se tient prêts... J'aimerais que tu vi...

— Mais vous êtes pas bien ! explosa alors Larbin. Tu sais combien de milliers d'idiots ont essayé de traverser la Mare Mediterraneo pour rejoindre l'Afrique et se sont retrouvés dans les campos de la RPL à creuser des puits jusqu'à ce qu'ils meurent d'épuisement ?!

— On a des connections sûres ! Papa dit que...

— Ça, c'est ce que tout le monde croit. Avant de réaliser trop tard leur erreur, la coupa Larbin d'un ton sec. En plus, vous comptez faire quoi au Néo-Califat si jamais vous y parvenez ?

— Mon père est ingénieur, il trouvera un emploi facilement là-bas ! Et au moins, on aura de la Bleue !

Larbin ne put s'empêcher de ricaner :

— Parce que tu crois qu'il y a plus d'eau qu'ici ?! C'est des mensonges, ils sont aussi secs que nous ! La vérité, c'est que ton papounet et toi finirez esclaves dans une usine et Adam sera envoyé à l'orphelinat d'État ! Pas question !

Le regard de Sarah se durcit soudainement.

— Monsieur s'éveille à la paternité sur le tard et pense me dicter quoi faire ?! Je t'écoute ! Tu as quoi de mieux à nous proposer ? Quelques millilitres d'eau que tu chaparderas dans tes livraisons de temps en temps jusqu'à ce que tu te fasses griller ? Jusqu'à ce qu'un Desséché t'arrache ton wetpack et que Castor te massacre ?

Sarah le poussait maintenant sans ménagement vers la sortie :

— Je voulais... Je veux que tu viennes avec nous, pauvre imbécile ! Tu me parles de risques alors que les Waterbacks ont l'espérance de vie d'une souris des sables ! Casse-toi et réfléchis à tout ça au lieu d'essayer de me donner des leçons !

La porte se referma violemment au nez d'un Larbin sidéré. Il devait encore verser l'argent de sa livraison et, toujours sous le choc de cette conversation, il se remit en route vers un *Lieu de Dépôt Temporaire*[2] (*LDT*) de la Water Corp. En chemin, comme pour donner raison à Sarah, il passa devant le Pont Dix-Neuf où les corps écorchés de Matteo et de son équipe se balançaient horriblement dans le soleil couchant. Leur sang avait coulé en flaques sombres dans le lit asséché de la Seine où des bandes de chiens sauvages et quelques adeptes du Grand Aride se le disputaient âprement.

---

2. Magasin, appartement, toilettes publiques, etc. N'importe quel lieu peut servir durant quelques jours, ou parfois même quelques heures, de « safe zone » de déchargement pour les Waterbacks.

5

Après avoir vérifié que la ruelle était bien déserte, la jeune femme rangea son vélo à l'arrière de l'épave de camionnette encastrée dans le hall d'un bâtiment désaffecté du 15e arrondissement. Puis, elle fit rouler une vieille benne à ordure sur le côté pour découvrir la plaque d'acier qu'elle dissimulait. Cette dernière avait bien trois centimètres d'épaisseur et la soulever fit grimacer de douleur Pitbull dont l'épaule était déjà bleue. Elle venait tout juste de terminer sa livraison lorsque la bombe avait explosé, détruisant complètement un immeuble d'habitation à une bonne centaine de mètres de sa position. Des débris avaient volé dans toutes les directions et elle s'était pris un morceau de brique dans le bras. La cible supposée, un building blindé de la Water Corp., n'avait pour sa part qu'à déplorer un noircissement de sa façade... Pitbull se glissa dans l'ouverture et descendit une petite échelle, s'arrêtant à mi-parcours pour claquer la trappe – explosion de douleur – derrière elle. La fraîcheur bienfaisante tomba en même temps que les ténèbres. La jeune femme continua sa descente dans l'obscurité totale avec l'aisance de l'habitude jusqu'à ce que ses pieds touchent le sol. Elle tâtonna quelques secondes avant de trouver l'interrupteur et de vieilles ampoules s'illuminèrent en tremblotant. La vaste salle était creusée dans la roche et décorée de quelques meubles. Pitbull, sans un regard pour les ossements humains qui s'entassaient le long des murs, se traîna jusqu'à un matelas crasseux pour s'y effondrer en soupirant de plaisir. Épuisée, elle se laissait doucement dériver dans l'inconscience lorsque le claquement de la plaque d'acier la fit sursauter dans un bruit de ressorts. Prenant malgré elle appui sur son épaule meurtrie, elle grogna pour le principe :

— Tu pourrais être plus discret !

Le Bourge, qui savait très bien que Pitbull avait reconnu sa démarche ou peut-être même son odeur ou sa façon de soulever la trappe, alla s'asseoir sur le lit près de son amie. Il soupira de soulagement : la rue ne pardonnait pas, scrutait vos moindres faiblesses et ce n'était qu'au fond de ce trou à rat, entouré de ses potes, que le jeune homme pouvait enfin baisser sa garde. Cet endroit sinistre avait fini par devenir son foyer et les gens qui y habitaient sa famille. Et après presque toute une vie à survivre ensemble, à trimer dans la même équipe de Waterbacks, les mots devenaient parfois inutiles. Restait le plaisir de la conversation :

— Dure journée ?

Somnolente, la jeune femme montra vaguement son bras.

— Merde ! T'es tombée ?

— Non, j'ai explosé.

Le Bourge se souvint alors du carnet de livraison de Pitbull ainsi que de sa conversation avec Viktor.

— Tu veux un massage ? Tu es allée chercher ta Bleue ? demanda-t-il, plein de sollicitude.

— *Are you crazy* ?! J'ai rien de cassé mais ne t'avise pas de me toucher l'épaule. Je crois que je pourrais t'arracher la main. Et non, pas d'eau. Trop claquée.

Le Bourge sortit alors une gourde de son sac à dos et la tendit à la jeune fille qu'il caressa un instant du regard avant de se reprendre aussitôt : non, vraiment, il n'était toujours pas prêt à se lancer avec elle.

— Il m'en reste, vas-y.

Cette dernière but lentement quelques gorgées pendant que le jeune homme s'étendait sur son propre lit.

— J'ai chopé un journal, si tu veux un peu de lecture.

C'était le seul de la bande à savoir lire et il avait l'habitude de leur donner parfois des nouvelles du monde. Sans attendre la réponse de Pitbull, il commença avec les gros titres :

— « Suite à la vague d'attentats, blocus renforcé sur la République Populaire Latine », ça t'intéresse ?

— Non. Autre chose, *please* !

Le Bourge soupira avant de continuer. La manie qu'avait son amie d'utiliser des expressions anglaises avait tendance à l'agacer. Elle lui rappelait que Pitbull avait vécu à New London aux côtés du détestable Castor.

— « Face aux menaces grandissantes du Néo-Califat, Munich hausse le ton » ?

— Pitié...

— « Halte aux vols de puces. Pour empêcher le recel, une nouvelle génération de microprocesseurs se désactivant au contact de l'air est en développement. »

— Y en a qui vont faire la gueule, ça c'est clair, pouffa Pitbull. Autre chose !

— « L'Empire Yakuza envoie un vol d'essai vers le Groenland » ?

— Heureusement, ils ne manquent pas de kamikazes là-bas, soupira la jeune fille. N'empêche, moi aussi je serais curieuse de savoir ce qui se cache derrière ces ouragans. Peut-être l'Enfer ?

— Ou le Paradis ! rebondit Le Bourge. Le seul endroit où il fait encore bon vivre, c'est le Nord, j'en suis sûr. Ici, le climat tempéré s'est transformé en fournaise mais là-haut, continua-t-il en levant le doigt, les températures sont quasi polaires...

Pitbull, qui connaissait par cœur les discours enflammés de son ami sur ce nouvel Eden qu'étaient sans aucun doute devenu la Norvège et toute la Scandinavie, n'écoutait plus vraiment. Son esprit vagabondait des antiques catacombes où ils se trouvaient, jusqu'aux titanesques ouragans qui entouraient depuis des décennies une grande partie du Groenland, isolant ce dernier du reste du monde. Le bruit familier de la trappe la sortit une nouvelle fois de ses rêveries et elle reconnut immédiatement le souffle de Larbin.

Ce dernier, inhabituellement silencieux, passa devant eux d'un air morose.

— Qu'est-ce qui se passe, gamin ? demanda Pitbull en souriant.

— Rien, rien, maugréa le garçon en traînant les pieds.

— Houlà, ricana Le Bourge, ça sent la peine de cœur à plein nez ! Me dites pas que c'est au tour du tombeur officiel de cette bonne ville de Paris d'avoir le palpitant brisé. Comment s'appelle-t-elle déjà, cette petite dinde... Isis, c'est ça ?

— Avec Isis, c'est fini depuis des mois et Sarah n'a rien d'une dinde, s'énerva Larbin.

— Mais c'est qu'il défend sa dulcinée ! Serait-il réellement amoureux ?! continua Le Bourge qui avait décidé de jouer au con.

— En tout cas, quelle qu'elle soit, *be careful* de pas la mettre en cloque ! conseilla Pitbull en regardant Larbin dans les yeux.

Celui-ci ne put s'empêcher de tressaillir : cette nana avait des pouvoirs paranormaux ou quoi ?

— T'inquiète pas ! Sarah n'est pas folle, elle ne veut pas d'enfant. Quant à moi, si je pouvais me faire ma propre vasectomie, je le ferais !

— Pas de souci de ce côté-là je pense, reprit Le Bourge d'un air plus sérieux maintenant. Si tu continues tes conneries à la Robin des Bois, prince des voleurs d'eau, Castor se chargera lui-même de ta contraception en te coupant les couilles ! Je l'ai croisé à Neuilly aujourd'hui, lui et son horrible hyène...

— Je fais ça uniquement en cas d'urgence. Pour empêcher des gamins de crever de soif ! En plus, un micro-trou de seringue dans la fabrique du tissu tout de suite rebouché avec une goutte de cire, c'est indétectable !

Il haussa les épaules avant de reprendre :

— J'ai vu Matteo et ses potes pendus au Pont Dix-Neuf ce soir. Jamais je ne laisserai un truc comme ça vous arriver à cause de moi !

Le silence qui était tombé sur les trois amis fut alors brisé par l'arrivée de Sprite dont la main bandée pissait encore le sang. Avant que quiconque ne puisse poser la moindre question, il retira le bandage et aspergea la plaie avec le contenu d'une étrange bouteille en verre. De silencieuses larmes de souffrance lui perlèrent au coin des yeux :

— Un chien.

Au fond du récipient flottait quelque chose de blanchâtre.

— Je suis quasiment certain que c'est une poire. Ce truc doit pouvoir se boire ! lui lança Le Bourge que le caractère taiseux de Sprite agaçait souvent.

— C'est un désinfectant. Pas une boisson.

Puis il s'assit sur un gros fauteuil branlant en piochant quelques dattes 2.0 dont les sucres rapides apaisèrent rapidement son hypoglycémie. Il but une gorgée d'eau avant de poursuivre :

— Reposez-vous. Surtout toi, Pit. Un train vient d'entrer au Fort Parnasse[3].

Sans y penser, la jeune femme effleura son bras douloureux. Ça tombait plutôt mal. En général, lorsque le train-tank de la Water Corp. tout chargé d'eau de mer dessalée bien fraîche arrivait à Paris, les plus friqués en profitaient pour en commander de grosses quantités. Parfois, les wetpacks pouvaient alors peser jusqu'à 20 litres ! Ce n'était pas le moment idéal pour avoir l'épaule en compote !

---

3. Quartier fortifié du Nouveau Paris, il se situe au milieu du triangle formé par les anciens Invalides, l'École militaire et la tour Montparnasse.

6

Le silence et l'obscurité furent soudainement troublés par la sonnerie aiguë du Nokia 3310. Pitbull, en nage et l'esprit encore en feu, à moitié prisonnière du cauchemar qui venait la hanter chaque nuit, se redressa aussitôt et essaya d'étirer son bras avec précaution. Soulagée, elle constata que son épaule la lançait déjà beaucoup moins, sans doute grâce à la crème au camphre que lui avait dénichée Sprite. Elle se leva dans le noir et se dirigea vers le tas de crânes sur lequel était perché le portable, bien à l'abri dans son sac plastique. Gracieusement offerts à ses livreurs par la Water Corp., ces téléphones presque antédiluviens étaient non seulement bon marché, mais aussi les seuls assez robustes pour résister à la chaleur et à la poussière qui saturait l'atmosphère. Pour pallier ce problème, certaines sociétés demandaient même à leurs employés d'insérer du matériel high-tech dans leur propre corps afin de le garder à l'abri de la corrosion tout en l'alimentant avec leur électricité musculaire... Les ampoules tressautèrent et dispensèrent leur lumière orangée. Près de l'interrupteur, Sprite finissait de s'habiller.

— Vas-y, éteins ça ! grogna Le Bourge en enfonçant son visage dans le matelas.

L'ignorant superbement, Sprite s'approcha de Pitbull :

— Alors ?

— *Wait a second*... Il y a trois messages :

Pitbull/Larbin, *LCA*[4] 21 rue Bonaparte
Bourge, *LCA* 28 boulevard Masséna
Sprite, *LCA* 65 rue de Rivoli

— Voilà. Avalez quelque chose et en piste, les gars !

Le Bourge s'assit sur son lit en maugréant tandis que Sprite leur distribuait des dattes 2.0. Pitbull, quant à elle, rangea le portable dans sa poche – la batterie était presque morte, il fallait le ramener à la Water Corp. Elle s'accroupit devant Larbin qui mettait ses baskets.

— Pas de vol *today*, Larb ! Les gens chez qui on livre seront pointilleux sur la pesée.

— Je sais, je sais. Tu me prends pour un débutant ?

— Allez, les jeunes, il est temps d'y aller avant qu'il fasse trop chaud ! les interrompit Le Bourge en baillant. Je suis dég' ; j'ai carrément plus de route que vous.

— L'important, c'est la distance que tu devras faire une fois chargé, lui sourit Pitbull en faisant mine de monter à l'échelle.

---

4. *LCA* : Lieu de Chargement Actif. Contrairement au *LDT*, ces lieux sont dédiés non pas au dépôt d'argent mais au chargement de l'eau. Ils sont aussi beaucoup moins nombreux : à cause des dégâts de deux Guerres de l'Eau dans le sous-sol parisien et le piratage de l'ancien système de canalisation, seuls une trentaine de lieux ont pu être sécurisés par la Water Corp. afin de les relier au Fort Parnasse (FP). Ils ne sont pas tous actifs en même temps (certains sont en dormance) et ils permettent d'éviter le chargement direct au Fort, bien trop dangereux.

La main bandée de Sprite la retint doucement par la taille :

— Laisse. Ton épaule.

Il s'élança alors à la place de la jeune femme et ouvrit la trappe.

— Quel gentleman, celui-là, se moqua Le Bourge, mi-amusé, mi-agacé.

Avec pour seuls témoins de leur sortie le ciel rose du petit matin et un couple de caracals, ils s'extirpèrent vite de la planque. Les félins les observèrent avec curiosité pendant quelques secondes jusqu'à ce que la plaque métallique, en retombant lourdement, les fasse déguerpir aussi sec.

— *Fuck you* ! souffla Pitbull au Bourge qui était censé retenir la trappe.

— Désolé... Au moins ça a fait fuir les gros chats !

On racontait que les premiers caracals de la ville avaient été les animaux de compagnie d'un ambassadeur ou d'un consul du Néo-Califat qui se seraient échappés dans les rues de Paris. Bien adaptés aux zones semi-désertiques, ces derniers auraient rapidement prospéré jusqu'à devenir les compétiteurs directs des chiens sauvages.

— Ils me font froid dans le dos, continua Le Bourge en ouvrant le coffre de la camionnette où étaient cachés leurs VTT. Je crois même que je préfère les clébards !

— Ils n'ont jamais attaqué personne, eux ! cracha Pitbull en ramenant machinalement une main noire de crasse à son visage mutilé.

Toujours le même geste lorsqu'elle revivait cette page sanglante de son passé. L'année de ses 12 ans, un molosse de combat, un de ces monstres élevés par des Desséchés, l'avait marquée de façon indélébile dans sa chair, manquant de lui arracher la joue et le côté gauche du nez... Elle avait failli y passer et ses amis avaient dû piquer un maximum de Bleue pour pouvoir payer des soins chez un rebouteux correct. Comme elle n'avait rien perdu de son courage et de son charisme, ils avaient tous tendance à parfois oublier l'aversion de la jeune femme pour la race canine. En tout cas, la réflexion stupide du Bourge avait jeté un froid et il décida de fermer sa gueule.

Sans piper mot, ils vérifièrent leurs armes, enfourchèrent leurs bécanes et se grattèrent le front en guise de salut avant de se séparer. Pitbull et Larbin partirent ensemble vers le 26e arrondissement, vérifiant leur jauge d'air comprimé. La jeune fille se débattait encore avec ses souvenirs, le trajet fut donc silencieux jusqu'à leur *LCA*, une ancienne cordonnerie/friperie au rideau de fer à moitié baissé. En garant son vélo, Larbin reconnut soudainement les lieux. Jusque-là, il n'avait pas réalisé que la rue Bonaparte croisait ici la voie Visconti. Le squat' d'Isis était à deux pas et cette pensée le rendit nerveux : la rupture avec son ex avait été plutôt violente – elle avait carrément essayé de le planter avec une fourchette. Il n'avait aucune envie de la recroiser.

— Tu viens ? lui lança Pitbull en lui tenant la porte de l'échoppe entrouverte.

À l'intérieur, un type qui faisait semblant de réparer une semelle au milieu de vieux vêtements entassés leur montra du pouce l'arrière-boutique où deux *checkeurs* les attendaient. Le premier remplissait un wetpack à un robinet tandis que l'autre préparait une balance digitale. Dans un coin, des bérets bleus en civil les observaient. AK67 à la main, ces mercenaires à la solde de la Water Corp. étaient réputés pour leur gâchette facile et Larbin déglutit.

— Dire qu'avant, les gens avaient l'eau courante, direct chez eux ! s'extasia-t-il comme à chaque fois qu'il voyait couler le précieux liquide.

— Il paraît, soupira Pitbull. Maintenant c'est la Water Corp. qui décide quel robinet peut couler et quel robinet fermer...

Le *checkeur* numéro deux saisit la poche, la pesa et la tendit à la jeune femme :

— Waterpack Pitbull. 20 litres pour le 7 boulevard Maurice-Barrès. Forteresse de Neuilly.

Elle acquiesça aussitôt, chaque livreur devant connaître la ville comme sa poche, et échangea le wetpack contre le Nokia :

— Plus de batterie.

L'agent de vérification en sortit un autre d'une petite valise noire et le posa sur le comptoir.

Pitbull fixa l'eau dans sa doublure aux allures de gilet pare-balles puis enfila sa veste sans oublier le téléphone. *Sur le vélo, ce poids supplémentaire va être une vraie tannée,* pensa-t-elle en contractant ses abdos pour ne pas partir en arrière. Mais plutôt mourir que de montrer le moindre signe de faiblesse. Elle sourit donc à son ami et sortit de la cordonnerie la tête haute, dissimulant la tension qui faisait trembler l'ensemble son corps.

Larbin la regarda partir, aussi à l'aise que d'habitude. C'était bon de savoir que jamais elle ne lâcherait, qu'ils avaient une vraie guerrière à leurs côtés.

— Waterback Larbin, l'interpella le *checkeur.* 20 litres pour le 10 rue du Tunnel. Forteresse de Chaumont.

Comme son amie, il acquiesça bravement tout en sachant que son dos allait en baver.

Quelques minutes plus tard, du deuxième étage d'un taudis de la voie Visconti, une jeune femme fixait intensément une scène dans la rue.

— Viens voir, là ! cria soudain l'observatrice vers un type avachi sur le canapé défoncé qui ornait l'angle de la pièce. Dépêche-toi !

Short de Muay Thaï coloré et tatouage de tigre lui traversant le torse, Yusef se leva rapidement et la rejoignit à la fenêtre.

— Tu vois le mec là-bas ? continua-t-elle. C'est le Waterback dont je t'ai parlé !

Yusef sentit la familière jalousie lui nouer l'estomac. Menaçant, il gonfla ses pectoraux :

— Cet *Ibn al Kalb* qui a osé te toucher, putain. Venez, les gars, on va le défoncer !

Trois fennecs[5], les yeux rougis d'avoir trop fumé de Kanab-X, se relevèrent des empilements de cartons sur lesquels ils comataient et s'approchèrent à leur tour.

— Mais non, abrutis, s'énerva Isis. Il a sûrement chargé dans cette boutique, c'est notre jour de chance ! Il faut absolument que vous le chopiez avant qu'il livre sa Bleue !

---

5. Petits trafiquants de drogue et parfois de puces.

Yusef, qui avait à présent la tête du type venant de gagner au Loteau, se précipita vers les escaliers de service entouré de son *crew* :

— Ok, frères, ce soir on picole de la Pure !

7

Cinq minutes à peine après son départ de la cordonnerie/friperie de la rue Bonaparte, Larbin sentit que quelque chose ne tournait pas rond. Rien de précis, une vague menace qui flottait dans l'air. Et puis, il y avait ce type qui semblait le suivre sur son VTT... « Arrête de psychoter ! maugréa-t-il pour lui-même. Des dizaines de personnes vont dans la même direction que toi ! Pas de quoi fouetter un chat ! Tu transportes une petite fortune et ça te rend nerveux... » Il continua pourtant à se focaliser sur le pauvre gars, peut-être à cause de sa dégaine de fennec. Au bout d'un moment, il souffla : il devait se calmer et se concentrer sur ses efforts car le wetpack commençait à bien tirer sur ses lombaires ! Juste pour le test, il s'engouffra brusquement dans une ruelle à droite au lieu de continuer tout droit. Il jeta alors un coup d'œil derrière lui et ne vit plus le type. Étrangement, le mauvais pressentiment ne s'atténua pas et Larbin remarqua un autre fennec qui accélérait dans sa direction, gros tattoo de tigre sur torse bodybuildé. Seul un receleur de puces ou un dealer de Kanab-X utiliserait son surplus d'eau pour faire de la musculation. Pas un gentil, donc. Le 26e arrondissement était devenu la plaque tournante de la drogue parisienne depuis déjà un bail alors c'était peu surprenant. Pour la Water Corp., effectuer les chargements dans ce quartier était une prise de risque calculée entre le danger représenté par les fennecs et la relative protection qu'ils apportaient en bannissant les Desséchés, considérés comme de la vermine par les barons de la drogue...

Encore un grand coup de guidon vers la droite, il perdait du temps de livraison mais c'était mieux que de se faire braquer. Lorsqu'un Waterback se faisait voler son eau, il avait tout de suite affaire à Castor et à ses bérets bleus. Complice ou pas du larcin, dans le doute, le livreur ne faisait pas long feu et servait d'exemple à ne pas suivre. Cela augmentait aussi grandement la motivation des autres pour protéger leur eau... Larbin se retourna à nouveau pour constater la disparition du culturiste. Honteux de s'être inventé une course-poursuite, il grimaça de soulagement. Il n'avait plus qu'à reprendre tranquillement sa route vers la forteresse de Chaumont. Mais l'avenue qu'il venait d'emprunter était complètement bloquée par l'effondrement d'un immeuble, il allait devoir soit retourner en arrière, soit zigzaguer dans les ruelles adjacentes. Comme il était hors de question de recroiser les dealers, Larbin abandonna la place de marché improvisée qui occupait l'impasse et s'engagea dans un étroit passage couvert à sa gauche. Quelques Desséchés en train de mendier s'y tenaient assis le long des murs mais il n'y avait rien de vraiment menaçant, d'autant que le passage déboucha bientôt sur une rue plus large où les gens vaquaient normalement à leurs occupations. La tension qui habitait Larbin depuis le début de sa course commençait peu à peu à refluer lorsqu'une barricade de briques et de ciment lui coupa une nouvelle fois la route.

— C'est pas vrai... grogna-t-il entre ses dents serrées. Je vais jamais pouvoir sortir de ce trou à rat.

Il mit pied à terre pour réfléchir une seconde. Il connaissait très peu cet arrondissement mais, s'il se souvenait bien, la voie Visconti se trouvait juste à côté. Il décida alors de se lancer dans une ruelle à gauche qui devait logiquement déboucher sur...

— Merde ! s'exclama Larbin en serrant les poings sur le guidon.

La ruelle faisait un coude et se terminait en une impasse lugubre et dangereusement vide.

— Faut pas que je traîne ici... marmonna-t-il en exécutant un demi-tour serré à pleine vitesse.

Malgré la chaleur qui écrasait même les recoins les plus sombres de l'ancienne capitale, le sang de Larbin se glaça. À quelques mètres devant lui, un groupe de fennecs lui barraient le passage. Parmi eux, le costaud au tatouage de tigre s'avançait en souriant :

— Bon dérapage, mon grand...

Ces types ne l'avaient pas lâché depuis le *LCA* et avaient joué avec lui, le conduisant tranquillement dans ce traquenard... Larbin le savait, il était complètement foutu.

— Laissez-moi passer, tenta-t-il pourtant. Je n'ai rien qui puisse vous intéresser. J'ai juste mon vélo et je vous le laisse sans problème !

Le tatoué, sans doute le chef du groupe, était hilare :

— Oui, oui. On va le prendre aussi, ne t'inquiète pas !

Larbin déglutit le plus discrètement possible :

— Qu'est-ce que vous voulez ?

— On veut ta puce, commença le dealer en faisant signe à ses hommes de se déployer autour du Waterback. Et puis, surtout, on veut ton chargement !

Dans le cerveau de Larbin, ça tournait à cent à l'heure. Les fennecs n'étaient pas des Desséchés et n'avaient pas de Spotteurs, ce qui voulait dire que quelqu'un l'avait balancé. Mais c'était impossible car personne d'extérieur à la Water Corp. ne pouvait savoir où il se trouvait ce matin… Une seule explication s'imposa alors à son esprit : la proximité du *LCA* avec le squat de son ex.

— C'est Isis qui vous envoie ? Je ne pensais pas qu'elle m'en voulait à ce point-là…

Le sourire de Yusef s'effaça aussitôt :

— Si tu avais été vraiment malin, tu aurais fait semblant de ne pas comprendre et peut-être qu'on t'aurait laissé vivre. Mais maintenant, pour éviter que tes petits copains au chapeau bleu nous retrouvent, on va devoir te faire la peau.

De l'arrière de son short de boxe thaïlandaise, il sortit un long couteau recourbé :

— Et franchement je préfère ça. Rien que d'imaginer un cafard comme toi toucher à Isis, ça me donne envie de gerber !

Sans plus réfléchir et laissant libre cours à son instinct, Larbin relâcha l'air comprimé de son VTT et s'élança brutalement vers le fennec bodybuildé. Droit sur le couteau. Surpris par une réaction aussi agressive, Yusef et ses hommes eurent quelques secondes d'hésitation qui permirent au Waterback de prendre un maximum de vitesse. Puis, au moment de se retrouver au niveau du chef de la bande, il bascula son vélo au sol et dérapa dans la poussière afin de percuter Yusef de plein fouet. Le choc fut brutal et le dealer s'envola sur quelques mètres avant de violemment percuter le trottoir.

Se relevant prestement, Larbin réenfourcha sa bécane en priant pour que la glissade, et surtout le choc, ne l'aient pas endommagée au point de l'empêcher de tailler la route. Heureusement, le VTT fonctionnait encore malgré une roue avant un peu déformée et un crissement inquiétant qui provenait de la chaîne. Sans se retourner pour savoir ce que devenaient ses agresseurs et en dépit d'un genou abîmé par ses acrobaties, le jeune homme pédala de toute la force de ses jambes. S'il arrivait à retourner au *LCA* avec son wetpack intact, le béret bleu qui était là-bas s'occuperait des fennecs et il serait blanchi. Derrière lui, Yusef se redressait péniblement en crachant une incisive ensanglantée.

— Je vais te tuer, fils de chien ! hurla-t-il à Larbin tout en levant la main pour ordonner à ses hommes de ne pas bouger.

Jamais ils n'arriveraient à le rattraper...

Puis, avant que le Waterback ne disparaisse, il jeta de toutes ses forces son couteau recourbé qui, tel un boomerang, siffla dans l'air, frôla Larbin et alla se planter dans une ancienne porte cochère.

Tu m'as raté ! pensa le jeune homme, un sourire victorieux aux lèvres. *Bye bye, pauvre naze !*

Mais sa bonne humeur cessa brusquement. Un liquide tiède était en train de couler le long de son dos. Espérant que cela soit du sang, il s'arrêta tout de suite pour retirer sa veste et constater que le fennec avait bel et bien percé son wetpack. Le jeune homme en eut un instant de vertige.

— Ok. Cette fois-ci, je suis mort...

8

Pitbull franchit la muraille qui séparait le village des privilégiés du Paris populaire grouillant et assoiffé. Livraison effectuée. Allégée de 20 kg, son épaule quasi indolore (la crème de Sprite puait mais elle était miraculeuse !), elle se sentait presque bien. Comme la quasi-totalité de l'humanité, seule la soif la tenaillait encore. Cela tombait bien ; au bout de l'avenue se dressait la masse sombre d'un *Centre de Distribution Citoyen* et elle avait deux rations à aller chercher. En s'approchant de la tour métallique surmontée de fusils mitrailleurs de gros calibres pointés de chaque côté vers la foule, la jeune fille ne put s'empêcher de frissonner. Elle se rappelait « La Révolte des Innocents », comme on l'appelait, lorsque tous les jeunes Parisiens, persuadés que la Water Corp. retenait volontairement de grandes quantités d'eau, décidèrent un beau matin de printemps de prendre d'assaut les *CDC*. Pitbull était trop petite pour participer aux affrontements violents qui éclatèrent alors mais elle avait tout vu : la jeunesse qui espérait un ralliement des bérets bleus à leur cause fut massacrée sans pitié, leur chair éparpillée aux quatre vents dans le fracas des mitrailleuses comme celles qui la tenaient en joue en ce moment-même... La jeune femme s'assit sur le sol derrière un groupe d'ouvriers et prit son mal en patience. Comme d'habitude, la file d'attente était imposante et les agents de la Water Corp., dans leur combinaison réfrigérée, prenaient leur temps. Cependant, leur allure débonnaire n'était qu'apparence : les Desséchés ne se risquaient plus aux alentours des *CDC* où ils étaient tirés comme des lapins, mais le trafic de puces y était toujours sévèrement réprimé.

Une demi-heure plus tard, à moitié assommée par la chaleur de bête et par l'ennui, le regard de Pitbull fut irrésistiblement attiré par un type dans la queue juste à côté d'elle. Secoué de tics nerveux, sursautant dès qu'un béret bleu s'écriait « Au suivant ! », le pauvre homme portait sûrement une puce volée pour la première fois de sa vie. Il n'avait même pas l'air d'un Desséché ou d'un fennec, son visage était à la fois sérieux et bienveillant. Sans doute un bon père de famille, peut-être un prof venant de perdre son emploi et donc sa ration citoyenne, qui aujourd'hui avait décidé de violer la loi pour s'en sortir. La Waterback avait presque pitié de lui sachant qu'on lui avait, en plus, probablement refourgué du matériel périmé...

« Au suivant ! » braillèrent en cœur les bérets bleus armés jusqu'aux dents. Pitbull et son voisin avancèrent d'un cran, ce dernier de plus en plus affolé. Sous son oreille droite, la cicatrice de puce était encore un peu rouge. *Barre-toi right now, mec ! T'es pas prêt !* pensa la jeune femme qui stressait à présent pour lui. Devant eux, les Scanneurs passaient le capteur intégré à leur main sur le visage des citoyens tandis que le micro-ordinateur greffé dans leur torse leur donnait toutes les informations nécessaires. « Dos Santos Joachim, ration journalière ok », articula le Scanneur à un petit homme qui fit remplir sa gourde au tuyau sécurisé devant le prof qui se liquéfiait. « Au suivant ! » Comme au ralenti, l'homme que Pitbull espionnait avança vers le Scanneur et sa main de cyborg. Après un temps qui sembla infini, l'agent de la Water Corp. déclara alors dans un froncement de sourcils : « Eloïse Madurin, puce déclarée volée ». Un court instant de flottement puis, avant que l'homme ne puisse ouvrir la bouche pour dire qu'il y avait sûrement une erreur, pour supplier, s'expliquer ou protester, la détonation explosa en même temps que sa face incrédule, maculant de sang tous les citoyens qui attendaient autour.

— Putain ! Quel taré ! gueula Pitbull au béret bleu tout en s'essuyant le visage du revers de la main.

Ce dernier ne releva même pas l'insulte, rechargea son arme d'un geste sec et fit signe à un vieil homme éploré de s'avancer à son tour. Le corps du pauvre type fut quant à lui transporté promptement jusqu'à l'incinérateur solaire du *CDC*. « C'est à vous ! » lança alors l'agent de la Water Corp. à Pitbull qui s'approcha et inclina sa tête vers la gauche. Elle sentit le frôlement de la paume du Scanneur sur son oreille puis un petit « Bip » :

— « Ration journalière ok. Ration précédente en attente. Voulez-vous la retirer ? »

— Tu m'étonnes ! déclara-t-elle en retrouvant presque le sourire.

60 cl ! Enfin, plutôt 50 cl maintenant qu'elle avait un peu étanché sa soif. Pitbull sentit la fraîcheur et le poids rassurant de la vieille gourde en inox en la raccrochant à sa ceinture. D'un mouvement d'épaule, elle balaya alors le souvenir sanglant du prof et de sa puce volée comme on chasse une mouche. *Chacun lutte pour sa propre*

survie, médita-t-elle en s'éloignant du CDC. *Ce n'est pas mon prob...*

La vue de Larbin se ruant vers elle, complètement affolé, coupa alors brusquement le fil de ses pensées. Ce dernier était couvert de poussière et ses traits juvéniles étaient creusés et livides.

— Qu'est-ce qui t'arrive, Larb ? commença-t-elle, morte d'inquiétude.

Elle comprit dès que sa main se posa sur l'épaule de son ami. Elle était trempée et ce n'était pas de la sueur.

D'un tempérament d'habitude stoïque, à la limite de la froideur, Pitbull lutta pourtant contre la sensation de vertige qui l'enveloppa tout à coup.

— *Fuck*. Je le crois pas. T'as perdu ton eau, déclara-t-elle platement.

— Une embuscade ! Des fennecs me sont tombés dessus dès ma sortie du *LCA* ! Je suis mort, Pit ! Ton Castor et sa bande de tarés vont venir m'écorcher vif ! Je fais quoi ?!

Larbin, dans sa frayeur, eut soudain l'air encore plus jeune que d'habitude, ses yeux noisette encore plus grands et, comme à chaque fois que les choses tournaient mal, ce fut la colère qui envahit le cœur la jeune femme. La colère qui la poussait toujours à lutter. Hors de question que Larbin se fasse buter pour quelques litres d'eau. Hors de question que ces enfoirés de bouchers bleus touchent à un cheveu de ce gamin ! Si elle avait vraiment la mâchoire d'un molosse, elle leur briserait tous les os entre ses dents !

— T'es dans la merde mais panique pas, répondit-elle en l'entraînant dans une ancienne boutique désertée aux murs tagués avec les insanités habituelles.

Elle sortit son arme fétiche. Un tournevis dont l'extrémité était aussi tranchante qu'un rasoir.

— Bouge pas et serre les dents ! ordonna-t-elle à son ami en lui saisissant le crâne. Il faut d'abord t'enlever ton traceur.

Quelques secondes plus tard, Pitbull balança la puce citoyenne dans un tas d'ordures tandis que Larbin arrêtait l'hémorragie en plaquant un bandana sur son cou.

— Faut que je parle à Sprite et au Bourge, continua-t-elle en le regardant dans les yeux. Toi, pas de conneries. Tu rentres pas à la planque, tu ne te balades pas et tu files direct au Manoir de la Terreur, tu te souviens ? On va s'en sortir !

Le jeune Waterback était si soulagé de voir son amie prendre les choses en main qu'il aurait presque pu en pleurer.

— Merci, Pit... Sérieux, merci !

— T'inquiète. Vas-y, fonce ! On se retrouve cette nuit !

Dans un bureau climatisé avec terrasse, au dixième étage d'un nouvel immeuble de la Water Corp. dominant les ruines du Sacré-Cœur, Castor fumait une cigarette de tabac véritable en rêvassant aux flottes de cargals[6] qui

---

6. Les énergies fossiles sont presque aussi rares que l'eau. Les vents, quant à eux, sont soit totalement absents sur les routes maritimes sûres dites « Hurricane Free », soit bien trop violents ailleurs sur l'océan. Les « cargals », contraction des termes « cargo » et « galère », sont donc devenus les moyens de transport et de fret les plus utilisés depuis le Grand Réchauffement. Ils ont rendu possible de nouveaux échanges entre les différents Empires, tout en créant une économie basée sur la traite des rameurs : les cargalériens.

sillonnaient les mers britanniques. Une habitude onéreuse prise à New London et dont il n'avait aucune envie de se débarrasser. Soudainement, sa sonnerie interne lui vrilla le tympan et il jura sur l'enfoiré de technicien qui n'avait pas été capable d'en régler le volume. D'une pensée, il décrocha :

— Ouais ?

Un agent lui cria alors directement dans l'oreille qu'il y avait un potentiel problème de livraison. Le Waterback Larbin était toujours attendu à la forteresse de Chaumont.

— Vous avez déjà envoyé des hommes pour vérifier les dires du client ?

La voix grésilla désagréablement :

— Non, monsieur, pas encore. Mais celui-ci est un membre haut placé de la Water Corp. Au-dessus de tout soupçon.

Castor regarda sa montre, une antiquité qui, elle aussi, lui avait coûté un bras.

— On laisse encore une heure à ce putain de Larbin avant de lâcher les chiens. Compris ?

La communication s'arrêta, au grand soulagement de Castor qui regrettait de plus en plus ce maudit implant. Il ralluma une cigarette en s'appuyant au petit balcon qui dominait le 18e arrondissement. *J'espère vraiment que t'as pas fait de conneries*, pensa-t-il en serrant son briquet, les muscles de ses bras faisant bouger ses nombreux tatouages de félins et d'armes blanches. *Dans le cas contraire, ne crois pas une seconde que je t'épargnerai*. Pourtant, ce n'était pas le visage de Larbin qui flottait dans son esprit... mais celui de Pitbull.

Extrait de *Navigation et Nouvelles Routes Maritimes* de Erik Bartaus

… En définitive, les conditions atmosphériques bouleversées par le Grand Réchauffement ont séparé les océans en deux zones bien distinctes : les côtes (jusqu'à environ 100 miles marins) et le grand large. La première est caractérisée par l'absence de la moindre brise (les fameuses routes « Hurricane Free ») et la seconde par l'omniprésence de vents d'une formidable violence. Les énergies fossiles étant presque aussi rares que l'eau potable, la navigation moderne, sans moteur et sans voile, n'a donc pas eu le choix que de revenir à la propulsion humaine et de ressusciter des navires d'un autre temps : les galères…

Comptoir Commercial de l'Archipel des Brits

Extrait du Rapport Mensuel de l'Agent
Water Corp. Dimitrius Juvescu

… En ce qui concerne la sécurité, la dernière inspection des cargals attachés au port de New London a été plus que satisfaisante : pas la moindre preuve d'une activité de contrebande n'a été trouvée et les chiens renifleurs n'ont décelé aucun résidu de Kanab-X des cabines jusqu'aux cales. Les nouveaux capitaines choisis par la compagnie ne suivent pas, semble-t-il, l'exemple malheureux de leurs prédécesseurs. Même si les tentations restent fortes pour nos équipages, peu accoutumés au laisser-aller qui règne dans l'Archipel des Brits, la leçon dispensée par le lieutenant Castor a été retenue. Cela étant dit, même si les navires battant le pavillon de la Water Corp. ne travaillent aujourd'hui qu'au profit de celle-ci, je reste vigilant car il est dans la nature humaine de…

9

Sans se soucier de la chaleur ni des risques de déshydratation, Larbin pédalait comme un dément à travers les rues de Paris. Il faut dire que, pour la première fois de sa courte vie, il venait de boire jusqu'à plus soif : après l'attaque des fennecs, cela aurait été trop bête de laisser toute cette bonne eau se perdre dans le sol poussiéreux et, quitte à clamser pour un wetpack endommagé, autant en profiter pour se remplir la panse... Il avait même pu remplir ses deux gourdes comme s'il pensait vraiment pouvoir survivre pour en profiter. Mais le jeune homme était tout sauf stupide et il savait bien que la probabilité de succomber à une mort violente dans les prochaines heures était grande. Pitbull était une vraie sœur et il savait que les autres feraient tout pour lui, mais contre la Water Corp. ils n'avaient aucune chance. Il allait devoir partir, quitter sa ville et s'exiler Dieu sait où. Ses amis lui donneraient de l'eau, des vivres, verseraient quelques larmes et puis il serait seul. Enfin, pas vraiment seul car la meute des bérets bleus ne serait jamais loin. Alors, il avait pensé à Sarah et à son projet de passage au Néo-Califat. Même si Pitbull lui avait ordonné de filer direct au Manoir de la Terreur, il fallait qu'il essaye. De l'autre côté de la Mare Mediterraneo, même Castor et ses sbires ne pourraient pas l'atteindre.

Ébloui par la lumière de fin de journée, assez rasante pour passer sous les tentures dépliées au-dessus des rues, Larbin arriva finalement devant l'immeuble de la jeune femme. Les volets étaient totalement fermés (son père était là, donc) mais tant pis, il était grand temps d'avoir une conversation avec le paternel. Arrivé sur le seuil de l'appartement, il sentit pourtant sa gorge se serrer : la porte était entrouverte. Le cœur battant à tout rompre, il s'engagea dans le couloir qui menait au salon. Il n'y avait pas de signe d'effraction, ce n'était pas le chantier habituel laissé par les accros au Kanab-X qui vont jusqu'à arracher le plancher pour trouver une poignée de marks ou quelques centilitres. Tout était silencieux, tout était à sa place. Les mains tremblantes, il ouvrit la porte de la chambre de Sarah et de son fils, imaginant en trois secondes toutes sortes d'horribles scénarii... Mais seule l'absence l'attendait dans cette pièce sombre. L'absence et un petit dessin posé sur le matelas d'Adam. Sarah savait lire mais elle n'ignorait pas que Larbin n'avait jamais appris, alors elle lui dessinait souvent ses messages. Celui-ci semblait maculé de larmes ; de petits ronds délavés s'étalaient au milieu de la couleur. Le Waterback comprit alors à quel point il tenait à ces deux êtres, la jeune femme et le bébé représentés sur un bateau qui traversait la mer. Sarah, puisque c'était elle, naïvement représentée, levait la main en guise d'adieu tandis qu'une grosse larme bleue coulait le long de sa joue non coloriée. Larbin se laissa tomber sur un fauteuil, celui où elle avait l'habitude d'allaiter.

— Elle est vraiment partie... gémit-il sans pouvoir réellement réaliser l'ampleur de ce que cela signifiait. Ils sont partis !

Trop abasourdi pour pouvoir lui aussi s'abandonner au chagrin, il finit par se relever tel un automate et se glissa hors de l'appartement déserté. Son corps lui faisait l'effet d'une coquille vide. Il descendit dans la rue et réalisa alors que la nuit était tombée. Combien de temps s'était-il perdu dans ce dessin ? Beaucoup trop apparemment, et l'étau de la Water Corp. avait déjà dû se resserrer autour de lui. Sans perdre un instant de plus, il sauta sur son VTT afin de rejoindre le Manoir de la Terreur. Pit et les autres allaient lui en vouloir et ils auraient raison. Ils prenaient des risques insensés en le revoyant et lui jouait les retardataires... Heureusement, l'ancien « Orphelinat pour Jeunes Filles » – devenu mixte au moment du Grand Réchauffement – rebaptisé par leurs soins « L'Orphelinat des Causes Perdues », puis « Le Manoir de la Terreur » après sa disparition partielle sous les bombes, n'était à présent qu'à un jet de pierres de la cathédrale Notre-Dame de la Pluie. Bientôt, sa structure gothique se dressa dans le clair de lune, les énormes dégâts dus à l'explosion rehaussant le caractère lugubre de l'édifice. Larbin cracha par terre en se rappelant les années d'angoisse et de sévices perpétrés par le personnel de l'orphelinat derrière les murs épais de l'énorme bâtisse. Ces salauds auraient fini par le tuer si Sprite ne s'était pas interposé. Au lieu de ça, ils avaient laissé son sauveur pour mort ce soir-là... Un sourire mauvais s'épanouit sur le visage du jeune homme tandis qu'il pensait à son ami : ces enfoirés auraient mieux fait de l'achever car, une fois rétabli, ce dernier avait salement remis les pendules à l'heure !

Sans un bruit, Larbin souleva le grillage qui interdisait l'entrée du site prêt à s'effondrer, retira le panneau de bois qui condamnait une fenêtre et se glissa à l'intérieur. Après quelques minutes de tâtonnements dans les ténèbres, il finit par distinguer une faible lueur droit devant lui. Deux ou trois chutes évitées de justesse plus tard, il rejoignit enfin la chandelle qui se consumait au-dessus d'une pile de gravats. Autour d'elle, les yeux brillants de ses amis étaient fixés sur lui :

— Alors, ça y est ? T'as fini par retrouver le chemin ? lança Le Bourge avec une nuance d'agressivité que Larbin ne lui connaissait pas.

— Désolé, il fallait que je voie quelqu'un d'abord. C'était important.

— Génial ! On risque tous notre vie et monsieur a besoin d'aller se faire une nana !

— Oui, je devais parler à une fille... La mère de mon fils, en l'occurrence.

Le Bourge resta muet de surprise. Ce fut Pitbull qui prit la suite :

— *I can't believe it*, Larb ! soupira-t-elle. Tu déconnes, j'espère !

— Désolé... J'aurais dû vous en parler avant, les gars...

— Putain mais c'est qui cette meuf, Larb ? reprit Le Bourge.

— On s'en balance, s'énerva Pitbull. Tu les accumules grave ! Tu te rends compte que la Water Corp. ne te lâchera plus ? Et toi, tu veux te trimballer une famille en plus ?!

— Pas d'inquiétude à avoir, répondit-il avec amertume. Ils sont partis pour le Néo-Califat. Je ne les reverrai plus...

Les derniers mots du Waterback résonnèrent dans la nuit épaisse qui les entourait. Les paroles étant inutiles, ce furent les gestes de Sprite qui rompirent le malaise. Il s'approcha de son ami et le prit dans ses bras.

— Maintenant, il faut penser à toi, murmura-t-il doucement de sa voix rugueuse.

— *Yes*, il faut qu'on se barre et vite ! enchaîna Pitbull avec énergie pour ne pas se laisser gagner par l'émotion. On a récupéré assez de bouffe et d'eau à la planque pour tenir quelques jours. Le minimum du minimum... Et pendant que tu... euh... n'étais pas là, on a eu le temps de réfléchir à la meilleure destination...

— Attendez, attendez ! l'interrompit Larbin. Qu'est-ce que tu veux dire par « il faut qu'ON se barre » ?

— Je pense que ça veut dire qu'on part avec toi, petit enculé ! intervint Le Bourge en lui souriant. Et devine quoi ? Sprite et Pit sont d'accord pour tenter le Nord et la Norvège !

— On a dit le Nord, Le Bourge. La Norvège, c'est *no way* !

— Le Nord, c'est le premier pas vers la Norvège ! répliqua l'autre du tac au tac.

— Arrêtez vos conneries les gars, gémit alors Larbin. Vous ne pouvez pas faire ça. Il faut que je me casse, oui, mais vous n'avez pas besoin de venir avec moi !

— Non, assena fermement Pitbull. On est une famille et jamais on ne te laissera partir tout seul. Y a rien à ajouter.

— Sans nous, mon pauvre vieux, tu ne dépasserais même pas le périph, ricana Le Bourge.

— Allons-y, conclut Sprite en empoignant un gros sac à dos.

Son visage dissimulé dans l'ombre, submergé par la gratitude, Larbin put finalement laisser couler quelques larmes.

***

Le couple de caracals n'avait pas tout de suite déguerpi en entendant arriver la cohorte de bérets bleus, ce fut l'odeur de la hyène domestique qui finit par les décider. Dans la pénombre, les mâchoires serrées, Castor déployait ses hommes. Ils avaient perdu un temps fou à essayer de retrouver ce putain de Larbin. L'activation du mode traceur de sa puce citoyenne n'avait servi qu'à les ridiculiser : 35 soldats à encercler un tas d'ordures dans un squat vide ! Mais là, c'était bon. Ils n'allaient pas finir le bec dans le sable ! Sous cette plaque métallique se trouvaient Pitbull, Sprite et ce naze de Bourge. Si quelqu'un savait où se cachait Larbin, c'était bien eux et il allait les faire parler ! D'un geste il donna le signal à ses hommes. La trappe fut rapidement relevée pour y balancer une poignée de grenades au phosphore : une explosion solaire sous la terre. Un flash assez puissant pour aveugler les putain de squelettes des catacombes. Puis les bérets bleus sautèrent dans le trou à nouveau noir, lampe-torche fixées aux fusils d'assaut. D'une pensée, Castor appela le leader de l'attaque :

— Alors ? Vous les avez tous ? demanda-t-il en lâchant le collier de Bazooka qui se précipita en bavant sur la piste des caracals.

La voix, inquiète, résonna dans son crâne :

— Vous devriez venir, monsieur...

— C'est quoi encore, ce bordel ? grogna-t-il en s'introduisant à son tour dans la planque.

Dans l'obscurité, ses hommes encerclaient un petit tas d'ossements. Les faisceaux de lumière étaient tous braqués vers le même point. Castor s'approcha rapidement : posées sur un crâne, trois petites puces citoyennes ensanglantées semblaient bien se foutre de sa gueule...

Plaque Murale de l'Orphelinat Sainte-Marguerite sur le bâtiment principal, épargné par les bombardements de la Deuxième Guerre de l'Eau :

S'occuper des plus malheureux, à commencer par les orphelines, c'était la mission sacrée de l'Institution Sainte-Marguerite.

Depuis le Grand Réchauffement, ses portes se sont aussi ouvertes aux petits garçons pour les protéger de la rue et de ses dangers.

Sous le saint patronage de la cathédrale Notre-Dame de la Pluie, l'orphelinat a ainsi permis à des centaines de petits…

La suite est illisible, recouverte par une inscription :

À MORT ! BANDE D'ENCULÉS !
SPRITE

10

Le chef des Waterbacks parisiens, après un tour infructueux dans l'obscurité de ce petit morceau de catacombes à la recherche d'hypothétiques indices, se laissa lourdement tomber sur le lit de Pitbull. Parmi les quatre matelas crasseux dispersés dans ce trou à rat, il pensait avoir réussi à trouver d'instinct celui de la jeune femme. Peut-être une histoire de phéromones que son inconscient reconnaissait tout de suite, ou peut-être se plantait-il complètement et qu'il se vautrait juste sur la miteuse couverture de cet attardé de Sprite... Il soupira. Si Castor n'était pas réellement surpris, il était plutôt déçu : elle avait préféré le trahir plutôt que de lui livrer Larbin. Pitbull fonctionnait comme ça, à la loyauté envers les gens qu'elle aimait et lui, ça faisait bien longtemps qu'elle ne l'aimait plus. Malgré leur histoire commune, Castor savait qu'il n'avait jamais vraiment compris la jeune femme.

Ils s'étaient rencontrés il y a une éternité de cela, au hasard d'une ruelle parisienne, lui tout juste entré au service de la Water Corp. après des années de guerre, et elle, survivante de la rue. Un petit bout de fille, le visage balafré et le regard inflexible. Il avait cru qu'ils étaient semblables : deux gamins qui semblaient avoir cent ans... Mais en dépit de tout ce qu'il avait fait pour elle : la sortir de la rue, elle et ses petits copains, pour en faire des Waterbacks, l'emmener vivre avec lui pendant presque un an dans les Brits... Elle avait quand même trouvé le moyen de le quitter ! Après le confort de New London, dédaignant celui qu'il voulait lui offrir à Paris une fois que sa mission plutôt musclée de « manager régional » de la flotte cargal de la Water Corp. fut terminée, cette idiote avait préféré retourner s'échiner à porter de l'eau et dormir dans les égouts ! Il balaya une nouvelle fois les ténèbres autour de sa lampe de poche : quel taudis ! Et quel gâchis surtout ! Ok, il aimait rencontrer d'autres filles et ok, il avait aussi du mal à retenir ses poings lorsqu'il était contrarié, que cela soit avec ses Serviteurs ou ses compagnes, mais quand même ! Il l'aimait à sa façon, elle aurait dû serrer les dents et lui pardonner ! Et maintenant ça ! L'ultime trahison ! Pour couronner le tout, elle avait sûrement conscience que tôt ou tard, il finirait par les coincer : 20 litres d'eau, en soi, ce n'était rien mais un message clair devait être envoyé au monde et à n'importe quel prix. S'il ne répondait pas immédiatement de façon ultraviolente, n'importe quel petit trou du cul finirait par essayer de l'entuber... Pourtant, elle avait tout de même décidé de lui cracher une dernière fois au visage.

Malgré lui, ses souvenirs retournèrent vagabonder vers le comptoir commercial de l'Archipel des Brits où ils avaient vécu. Une période rude côté boulot, où il avait fallu frapper fort pour mettre un terme aux trafics clandestins des capitaines de cargals qui y faisaient escale depuis les côtes de l'Union. Ces salopards faisaient leur business de contrebande de Kanab-X en se servant de la Water Corp. comme couverture et beaucoup étaient allés rejoindre leurs ancêtres en passant par la case ramassage de goémon en grande profondeur… Mais il y avait aussi Pitbull qui l'attendait le soir – parfois avec le sourire, parfois avec un coquard suite à une discussion houleuse de la veille. Ils menaient une vie luxueuse aux frais de la Compagnie.

Un sentiment qui ressemblait dangereusement à de la mélancolie commençait à s'insinuer dans l'épaisse carcasse de Castor et il se secoua comme un chien cherche à se débarrasser d'une nuée de taons. Près de lui, justement, un petit grognement précéda l'apparition de deux points jaunes qui brillaient dans la nuit. Comment Bazooka s'était-elle débrouillée pour descendre dans la planque sans qu'il la remarque, c'était un mystère, mais un des hommes de Castor allait avoir la joie de devoir la porter pour la faire sortir… La hyène s'approcha de son maître à pas feutrés et s'allongea à ses pieds. Sa gueule épaisse ne montrait pas de traces de sang. Les caracals étaient malins en plus d'être agiles et elle aussi revenait bredouille de sa chasse. Mais ce n'était qu'une question de temps. Bientôt les félins feraient une erreur, baisseraient leur vigilance et finiraient dans la puissante mâchoire de Bazooka : 950 kg de pression au centimètre carré, assez pour briser un crâne ou broyer des os d'éléphants ! De même que Pitbull, Larbin et les autres échoueraient fatalement entre les griffes de la Water Corp. s'ils ne voulaient pas mourir de déshydratation dans une zone désertique quelconque. Et alors Castor les ferait payer. Doublement payer, même, en l'honneur de cette sale ingrate ! Il sortit une cigarette et l'alluma avec un vieux Zippo doré sur lequel étaient gravés le poignard et le dattier des Forces Spéciales.

Tout jeune sous-lieutenant de 15 ans, la Compagnie avait sorti Castor de l'enfer de la guérilla contre la République Populaire Latine (RPL) pour en faire son homme de main. Le bruit courait d'ailleurs que c'était Miss W. elle-même qui l'avait sélectionné après l'héroïque bataille de Turin[7] où il avait massacré une centaine d'ennemis avant de perdre un rein, transpercé d'un coup de baïonnette ! Se planquer des jours sous des cadavres en décomposition pour échapper aux soldats sudistes, se nourrir de choses innommables trouvées dans des charniers, subir la soif dans les tranchées au point de boire sa propre urine... Même s'il n'avait croisé qu'une seule fois dans sa vie la terrible boss de la Water Corp., et encore de très loin, il n'oublierait jamais ce qu'elle avait fait pour lui. Castor aussi savait ce qu'était la loyauté, car comme Bazooka et contrairement à Pitbull, il n'était pas du genre à mordre la main qui le nourrissait... Une paire de bottes cloutées martela soudain le sol derrière lui, il jeta son mégot dans un tas d'os avant de se retourner. Un béret bleu se tenait devant lui, sa gueule balafrée observant Castor avec le même air d'adoration que celui de sa hyène.

— Monsieur, commença le mercenaire après un court salut, on a transmis leur signalisation à tous les mouchards de Paname. On a mis 10 litres sur chaque tête. Autant dire que je leur laisse maximum trois heures avant de leur mettre la main dessus.

---

7. La Bataille de Turin a marqué huit ans plus tôt la fin de la Seconde Guerre de l'Eau entre l'Union et la RPL. Ce conflit mondial extrêmement meurtrier avait contraint les armées en lice à enrôler des soldats de plus en plus jeunes.

— Qu'on surveille aussi les routes du nord et du sud, au cas où ils seraient assez cinglés pour essayer de quitter la ville. Je veux être celui qui les châtie ! Pas le désert, pas les chiens, ni les Desséchés : moi !

Extrait de la demande d'incorporation de nouveaux Waterbacks par le lieutenant Castor / Demande validée / Dossier clos / Archives administratives de la Water Corp.

... C'est pour cela que les jeunes Desséchés connus sous les pseudonymes de « Pitbull », « Sprite » et « Larbin » seront assurément de bonnes recrues pour nos équipes de Waterbacks. Leur enfance à l'Orphelinat Sainte-Marguerite, où ils ont subi la maltraitance des employés, les a soudés plus étroitement qu'une véritable famille. Après s'être échappés de cet enfer (blessant deux adultes et en tuant un autre), ils ont trouvé les ressources et la force de survivre dans la rue sans devenir les déchets à moitié fous que l'on croise par centaines en bord de Seine. « Le Bourge », quant à lui, les a rejoints après l'orphelinat. Malgré une enfance aisée (il est le fils d'un haut gradé de la Water Corp. mort avec sa femme durant les bombardements de la RPL), il s'est vite adapté à une vie rude et violente. Je le trouve personnellement difficile à supporter mais sa relative éducation apporte une plus-value à ce petit groupe.

Je me flatte de savoir juger un homme ou une femme depuis mon engagement dans les forces spéciales de l'UFG et je suis persuadé qu'ils pourront former une faction efficace pour nos livraisons les plus ardues. Je m'en porte garant auprès...

11

La décision de suivre Larbin avait été étonnamment facile à prendre. Sans doute parce qu'ils le considéraient tous un peu comme un petit frère et aussi, peut-être, car cette vie de Waterbacks n'avait plus grand-chose à leur offrir. C'était un job pour les jeunes jambes et les morts de soif et, s'ils en voulaient toujours autant, les années passaient, prenaient et ne leur rendaient rien. Ils ne se faisaient aucune illusion, cependant. Ils avaient quoi, une chance sur dix mille de s'en sortir vivants dans les prochains jours et, s'ils en réchappaient aujourd'hui, s'ils arrivaient à vivre là-bas, dans le nord, qu'ils trouvaient suffisamment de nourriture et surtout d'eau, une épée de Damoclès se balancerait au-dessus de leurs têtes jusqu'à leur dernier souffle. La Water Corp. n'oubliait jamais. Des centaines d'agents administratifs étaient là pour y veiller dans la touffeur de leur bureau à peine climatisé, remettant sans cesse à jour les fiches d'avis de recherche, les relançant sur tout le territoire de l'Union à l'attention des hommes comme Castor et les bérets bleus.

Castor. Quand Pitbull pensait à lui ce soir, elle ressentait un étrange mélange de peur et de satisfaction : l'imaginer hors de lui était extrêmement plaisant mais cela le rendait au moins dix fois plus dangereux...

Si quitter Paris avec Larbin était apparu comme une évidence, la destination avait été plus compliquée à trouver.

Le sud n'était qu'un vaste désert pendant des kilomètres jusqu'à Clermont-Ferrand et la frontière de la RPL. L'ouest était à peine moins inhospitalier. L'est grouillait littéralement d'hommes de la Water Corp. Il ne restait que le nord, mais quel nord ? Évidemment, Le Bourge ne parlait que de la Norvège depuis des années. Sprite, lui, voulait seulement rejoindre le Novatlantic. Après le désert à perte de vue, il se sentait attiré par l'infinité de l'océan. Dans les deux cas, cela voulait dire traverser les dangereux marécages de Bremandie[8] pour arriver jusqu'à la côte. Une vraie mission suicide. Pitbull n'y voyait pas d'inconvénient. De plus, elle connaissait bien Castor :

— Il a dû activer son réseau d'informateurs mais je suis certaine qu'il ne s'attend pas à ce que l'on reste à Paris. Je parie qu'il surveille la Route du Nord et même, *why not*, celle du Sud...

— Et alors ? On a juste à sortir de la ville par les sentiers de fennecs à l'ouest et remonter en cross-désert. On garde la route en ligne de mire et on la suit à bonne distance, avait proposé Le Bourge.

— À bonne distance, ça veut dire patauger très vite en plein dans les marais et toutes les joies que cela suppose. Le tout sans eau, évidemment, car on ne tiendra jamais jusqu'à l'océan avec nos réserves.

— Alors quoi ? On est foutus avant même d'avoir fait le premier pas pour se casser ?!

8. La Bremandie est un vaste territoire marécageux formé peu après le Grand Réchauffement et la terrible montée des eaux qui suivit. Elle s'étale sur les antiques régions de la Bretagne, de la Normandie et sur une partie des Hauts-de-France.

— Les rails, était alors intervenu Sprite en hochant lentement la tête.

— Exactement, avait souri Pitbull en regardant son ami. Les rails de la Water Corp. qui partent du Fort Parnasse plein ouest puis remontent vers les usines de dessalement en face de l'Archipel des Brits !

L'idée était géniale car si le Transaqueux[9] traversait lui aussi les étendues fangeuses de la Bremandie créées par la montée des eaux, la Water Corp. avait dépensé des sommes colossales pour assécher le sol autour du chemin de fer. Bien sûr, ce dernier était ultraprotégé et des unités de panzers[10] en sillonnaient constamment les alentours mais pour un petit groupe ne se déplaçant que la nuit, cela semblait jouable. Et si ça ne réglait pas le problème de l'eau, la perspective d'avoir les pieds secs et d'éviter les moustiques-léopards était un sacré bonus.

— En plus, Castor ne se doutera jamais qu'on a choisi une des voies les plus sécurisées de l'Union, avait ajouté Pitbull. Si on fait *low profile*, ça peut marcher. Tant qu'ils ne s'approchent pas trop des rails, les panzers se moquent pas mal des Desséchés qui errent à côté...

***

9. Surnom donné au train transportant l'eau dessalée des côtes du Novatlantic à Paris. L'eau est ensuite distribuée aux autres villes de l'Union par des trains blindés plus petits. Un autre Transaqueux relie les bords de la mer du Nord à Munich, la Capitale de l'Union.

10. Le panzer est un char de fabrication allemande.

— On speede vers le Fort Parnasse, leur souffla Pitbull en remontant un bandana sur son visage. On active le mode furtif. Bourge, je sais qu'il fait chaud mais remonte ta *bloody* capuche !

— Ouais, ouais, t'inquiète... bougonna celui-ci en s'exécutant. J'ai capté que tous les crevards de la ville sont en train de bander en pensant à nous. On prend la Seine du coup ?

— Au maximum. *No choice.* Les rues sont trop éclairées. Vaut mieux se faire courser par quelques clebs que de se faire griller. T'es ok, Larb ?

Ce dernier, encore sous le choc du départ de Sarah et toujours profondément ému par la fidélité de ses amis, acquiesça :

— Encore merci, les gars... Je ne sais vraiment pas quoi...

— Assez parlé, le coupa Sprite en chargeant en air le cadre de son vélo. Faut bouger !

— La voix de la sagesse, ricana Le Bourge en prenant de la vitesse.

Les quatre amis filèrent alors à travers les rues grouillantes de Paris. Après le coucher du soleil, la température diminuait. La plupart des gens préféraient inverser leur cycle naturel pour dormir le jour et s'activer dès la tombée de la nuit. Des feux brûlaient çà et là dans d'énormes bidons métalliques, éclairant les immeubles et les gens de leur rougeoyante lumière. Zigzaguant à travers la foule de badauds, de travailleurs, de fennecs ou de Desséchés, les Waterbacks s'arrêtèrent finalement devant une petite échoppe qui surplombait le trou obscur qu'était le lit de la Seine. Mettant pied à terre, Sprite sortit une liasse de billets de sa poche – tout ce qu'ils avaient pu grappiller

– et la partagea en deux. Il en tendit la moitié à Pitbull qui la rangea dans sa ceinture, et entra dans le petit magasin, le visage toujours couvert. Un bonhomme tout sec qui se tenait derrière son étal lui souhaita la bienvenue :

— Que puis-je faire pour vous ?

— Du calamar séché. Pour « ça », ajouta Sprite en déposant les billets sur les planches poisseuses.

Quelques minutes après, il ressortit le sac à dos plein à craquer de la chair du mollusque qui peuplait à présent les océans à la place des poissons[11].

— Super, commenta Le Bourge en reniflant. Encore du putain de calamar !

— C'est de la prot'. On en aura besoin, répliqua Sprite qui relevait son vélo.

Devant eux, la Seine n'était qu'un énorme serpent ténébreux qui traversait Paris. Dans le ventre de ce reptile, ils pouvaient entendre les jappements des chiens sauvages et les étranges litanies des adeptes du Grand Aride. Aucun d'eux n'avaient jamais emprunté le fleuve après le crépuscule.

— Bon, déglutit involontairement Pitbull. On reste en formation serrée et on laisse personne à la traîne, *right* ?

---

11. Si la surpêche et la pollution avaient déjà fortement impacté la bonne santé des océans durant des décennies, le Grand Réchauffement leur donna le coup de grâce. La hausse des températures entraînant la disparition du plancton arctique, les réseaux trophiques s'effondrèrent, provoquant des extinctions en chaîne. La place laissée libre par les poissons fut aussitôt occupée par les calamars, plus résistants, qui prolifèrent à présent aux côtés des méduses et d'une variété de gastéropodes extrêmement toxiques.

Au moindre pépin – elle tapota la poche arrière de son jean d'où dépassait une épaisse crosse – j'ai dégoté un pistolet de signalisation avec une fusée... Le problème c'est que je ne sais pas si elle fonctionne encore...

Après un dernier regard pour ses amis, la jeune femme s'élança dans l'ombre à peine troublée par la faible lueur de la lampe de son VTT. Larbin et Sprite la suivirent de près.

— *Yallah* bande d'enfoirés ! souffla alors Le Bourge à lui-même afin de se donner du courage tandis qu'il dévalait la pente à son tour.

12

À peine les roues dentelées de son vélo avaient-elles touché le fond de la Seine que Pitbull sut qu'emprunter le fleuve après le coucher du soleil avait été une mauvaise idée. C'était comme plonger dans une autre dimension. Un monde pire encore que celui d'en haut. Ici, la relative fraîcheur de la nuit n'avait aucune prise sur l'atmosphère stagnante. Il y faisait aussi chaud qu'en pleine journée malgré des ténèbres si épaisses qu'elles avaient presque une densité. La lumière des phares des VTT semblait percer l'obscurité avec un temps de retard, comme si les photons peinaient à s'y frayer un chemin. Dans cette étouffante purée de pois, les sons paraissaient trop proches ou trop lointains et les distances elles-mêmes prenaient leurs aises avec la réalité... De temps en temps, les hurlements d'une meute de chiens invisibles s'approchaient d'eux et parfois une paire d'yeux brillants au-dessus d'une mâchoire béante aux crocs éclatants apparaissait dans un rond de lumière : pour Pitbull, le cauchemar reprenait vie et une sueur glacée coulait abondamment le long de son dos. Pour briser l'horrible impression de solitude qui pesait sur ses épaules, la jeune femme aurait alors voulu se tourner vers ses amis mais le sol accidenté qui défilait sous ses roues ne le permettait pas : la moindre chute leur serait fatale.

Accroché à son guidon comme à une corde tendue au-dessus d'un précipice, Larbin focalisa son attention sur Pittbull. Si elle lui échappait, il ne la retrouverait jamais ! C'était une pensée irrationnelle car le fleuve n'était pas un labyrinthe dans lequel on pouvait s'égarer. Pourtant, le jeune Waterback tenait la cadence sans faiblir, tenaillé par la peur de perdre son amie de vue. Soudain, il aperçut Sprite sur sa droite qui semblait littéralement voler au-dessus de la poussière et cette vision lui réchauffa le cœur. Ce dernier ralentit un instant, sans doute pour attendre Le Bourge, cria quelque chose dans son dos qu'il ne comprit pas immédiatement, puis accéléra comme un dingue vers Pitbull. Y avait-il un problème ? Larbin sentait une présence malveillante qui les rattrapait peu à peu. Dans son esprit enfiévré par l'absence de lumière, il imaginait un ventre avide gargouillant de plaisir anticipé. Un ventre doté de grandes mains aux doigts crochus prêtes à les saisir, lui et ses amis...

Sprite devait s'assurer que Le Bourge revienne à la hauteur de Larbin avant d'accélérer à nouveau. Comme prévu avec Pitbull, il laissait à la jeune femme la charge de les guider, d'éviter les plus gros obstacles tandis qu'il faisait le lien avec les autres afin que personne ne se retrouve coupé du groupe. Pour l'instant ça fonctionnait pas mal mais pour combien de temps ? C'était un véritable enfer ici ! Des cris, des vociférations provenaient de toutes les directions à la fois. Parfois un cercle de flammes surgissait brutalement des ténèbres en leur brûlant les yeux. Des êtres qui n'étaient plus vraiment des hommes s'y activaient mais Sprite préférait détourner le regard, se concentrant sur ses amis et sa mission. Pour garder un rythme soutenu, ils devaient sans cesse remplir leurs vélos en air comprimé et il savait que Le Bourge n'était pas un as de la recharge en pleine action : à chaque fois que celui-ci actionnait sa manivelle, il ralentissait inconsciemment et perdait du terrain. Sprite décéléra donc, laissant passer devant lui un Larbin blanc comme un linge malgré l'effort, jusqu'à se retrouver à la hauteur du Bourge.

— Bouge tes fesses, mec ! hurla-t-il, tandis qu'au même moment, il réalisa avec horreur qu'une dizaine de molosses à Desséchés – pas des chiens errants mais des bêtes en armure de cuir élevées pour les jeux – les poursuivaient, à présent assez proches pour être éclairés par la lueur rouge des feux arrière de son ami.

Au début, ça allait plus ou moins. Les trente premières secondes. Pitbull, comme d'hab', avait tracé sa route façon bulldozer, Larb l'avait collée aux miches comme un bon p'tit gars et Sprite, l'homme, le vrai, le patriarche, avait veillé sur la marmaille. Puis ça avait rapidement commencé à bien puer, et pas que le calamar, sauf que personne ne s'en était rendu compte, à part Le Bourge. Il faut dire qu'il était aux premières loges pour voir apparaître à toute blinde la meute infernale ! Des monstres gracieusement nourris à la chair humaine par le clergé du Grand Aride ! Comme dans un mauvais rêve, le jeune homme avait vu ses potes s'éloigner lentement devant lui tandis que les chiens, eux, se rapprochaient. *Cette fois c'est la fin,* avait-il pensé. *J'ai toujours été la dernière roue de la carriole et c'est moi qui vais me faire bouffer en premier...* Mais c'était à ce moment-là que Sprite était revenu à sa hauteur, réévaluant la situation.

— OUI ! C'EST EFFECTIVEMENT BIEN LA MERDE ! s'époumona Le Bourge qui avait enfin l'attention de son ami.

Sprite hocha la tête et hurla deux mots : « PITBULL ! » et « FUSÉE ! » avant d'accélérer brusquement, laissant l'autre à sa panique.

— ATTENDS, PUTAIN ! ME LAISSE... s'égosilla le Waterback avant de percuter un petit rocher à moitié enterré.

Le Bourge fit un court vol plané en avant et atterrit quelques mètres plus loin dans la poussière. Il se redressa péniblement, les mains et les genoux en sang. Son menton aussi avait morflé et il espérait avoir limité les dégâts niveau dents. Mais ces considérations passèrent rapidement au second plan lorsqu'il réalisa qu'une vingtaine de pupilles brillantes s'approchaient en grognant tout autour de lui. À cet instant, la terreur était telle que le jeune homme fut comme figé dans son propre corps. Et s'il était inutile de clore les paupières – c'était déjà presque le noir absolu – il ferma cependant ses yeux pour tenter d'échapper à la souffrance qui allait bientôt s'abattre sur lui. La voix de Sprite éclata alors dans les ténèbres :

— Attrapez ça, les clébards !

Un choc sourd proche du Bourge et l'odeur caractéristique des mollusques séchés, âcre et écœurante. Temporairement distraits par le sac gonflé de calamars, les molosses se ruèrent ensemble dessus, déchirant le tissu de leurs puissantes mâchoires. Mais la nourriture balancée par Sprite n'était qu'un répit, un hors-d'œuvre avant le plat de résistance qu'était Le Bourge. Un long sifflement aigu transperça alors la nuit, accompagné d'un éblouissant éclat rouge. Ce dernier, tel un météore, s'abattit sur les chiens massés autour du sac en lambeaux. Les flammes et les hurlements de douleur suivirent tandis que les molosses brûlaient.

— Reprends ton vélo et on trace ! ordonna Pitbull au Bourge en jetant son pistolet de signalisation dans le brasier mouvant.

Sans se faire prier, ce dernier retrouva facilement sa bécane grâce à la lumière du feu et l'enfourcha. Sans dire un mot, ils parcoururent encore quelques kilomètres en rangs serrés dans l'obscurité retrouvée avant de s'arrêter. Au-dessus d'eux, les projecteurs qui illuminaient le ciel et le vrombissement incessant des éoliennes ne pouvait signifier qu'une chose : ils étaient arrivés au Fort Parnasse.

13

Remonter tout de suite aurait été bien trop dangereux. Ils continuèrent donc quelques temps à suivre le lit de la Seine. Les alentours de la gare étaient en effet ultrasécurisés et de nombreuses caméras de surveillance étaient susceptibles de les filmer. Via le programme de reconnaissance faciale, elles auraient même pu envoyer leur signalement à Castor. Ils sortirent donc un peu plus loin, préférant laisser un bloc d'immeubles entre eux et la place forte. Une fois à la surface, l'air étant bien plus respirable qu'au fond du fleuve, ils s'oxygénèrent un moment avant de se lancer dans la circulation. Bientôt, les rues bondées allaient s'élargir pour se transformer en ces énormes boulevards presque vides qui longeaient le tunnel du Transaqueux jusqu'aux portes de la ville. *Encore un petit effort et on pourra speeder jusqu'à la Plaine !* pensa Pitbull en évitant un petit groupe d'enfants affamés qui poursuivaient un chat, mais cette idée ne la remplissait pas d'allégresse, bien au contraire. La Plaine cendreuse de Boulogne serait leur premier passage difficile hors de Paris. Petite forêt autrefois accolée à la capitale, tous les arbres avaient été carbonisés dans un incendie d'une si terrible intensité que même le sol avait brûlé. Rien ne poussait plus dans cette zone, rien n'y vivait et l'eau y était absente pour toujours. Rompant la monotonie de cette steppe grise, seuls quelques arbres calcinés toujours debout, totems noirs dressés vers le ciel torride, leur donneraient sinon de l'ombre, tout au moins un endroit où se cacher au passage des blindés. Rien que de penser aux épreuves qui les attendaient, la jeune fille sentit la tête lui tourner... Elle freina alors brusquement pour éviter de rentrer dans Sprite qui avait mis pied à terre juste devant elle.

— *Fuck* ! Qu'est-ce qui t'arrive ?! murmura-t-elle à son ami qui hocha sa capuche vers une petite épicerie.

— Utilise l'argent qui reste. Il nous faut plus de bouffe.

Il n'avait pas tort. Une fois sur les grands boulevards, ils ne trouveraient plus rien et les chiens avaient dévoré le gros de leurs réserves.

— J'y vais, proposa Le Bourge derrière son bandana. C'est à cause de moi qu'on a perdu le calamar, c'est à moi de me le coltiner !

— Pour une fois, intervint Larbin, c'était pas vraiment ta f...

— Faut faire vite, lança alors Sprite avec nervosité. Trop de monde ici !

C'était le quartier de prédilection de nombreux Waterbacks, la vie nocturne y était plus trépidante qu'ailleurs.

— Attendez-moi là-bas, ordonna alors Pitbull en désignant un taudis en tôle ondulée à l'écart de l'agitation de la rue. Je m'en charge !

Sans plus attendre, la jeune femme se dirigea vers la petite boutique. Elle réajusta sa capuche avant de rentrer et remercia le ciel pour la pénombre qui y régnait. Seules quelques bougies éclairaient l'intérieur, projetant de grandes ombres noires sur les rayonnages et les murs gris de poussière. Le marchand qui découpait à grands coups de hachoir des tentacules séchés discutait avec un client qui tournait le dos à la porte. Le sang de Pitbull se figea alors dans ses veines. La calvitie luisante de ce type, sa façon de se tenir et surtout sa forte carrure...

— Brindille ! s'exclama Titan en se retournant subitement. On n'arrête pas de se croiser en ce moment ! Qu'est-ce que tu fous aussi loin de chez toi ? Les clubs du Fort Parnasse te manquent ?

Une malchance pareille, c'était dingue ! Sur les milliers de petites épiceries pourries qui fleurissaient tous les dix mètres à Paris, il avait fallu qu'elle choisisse celle où Titan faisait ses emplettes ! Quel karma de merde ! Tôt ou tard le Waterback allait apprendre toute l'histoire et s'il parlait à Castor, ce dernier saurait quelle voie ils avaient décidé d'emprunter. Ils perdraient alors leur seul avantage dans un scénario déjà loin d'être idéal. Si ça se trouvait, Titan était déjà au courant de leur cavale et comptait bien en profiter. Pitbull s'approcha de l'étal et observa les morceaux de mollusques mélangés à la poudre de piment qui constituaient l'essentiel de l'alimentation du petit peuple de l'Union.

— *You know*, plaisanta-t-elle en espérant avoir l'air naturel. J'adore ce quartier, ça me rappelle ma jeunesse...

— C'est clair ! Il y a au moins dix mille ans de ça ! rigola à son tour Titan en se rapprochant. Tu es toute seule ?

Pitbull se tendit imperceptiblement. Ou c'était de la drague, ou il essayait de localiser les autres. D'un geste nonchalant, elle vérifia que son tournevis était toujours accroché à sa ceinture.

— À ton avis ? T'imagines Sprite en boîte ?!

— Parce que tu vas vraiment aller danser, Brindille ? continua l'autre en s'avançant encore.

Il n'y avait maintenant qu'un mètre entre eux. Le cœur de Pitbull battait à tout rompre. Pourquoi cet enfoiré s'obstinait-il à l'appeler Brindille ? Elle n'aimait pas du tout la façon qu'il avait de la regarder. Il souriait mais ses yeux étaient froids. Sur la défensive, elle recula d'un pas :

— M'approche pas ! Qu'est-ce qui t'arrive ?

— Qu'est-ce qui m'arrive à moi ?! rit-il sans la moindre joie. C'est toi qui as l'air tendue, Brindille. Surtout pour quelqu'un qui s'apprête à faire la fête. On dirait presque que tu as peur de moi alors qu'on se connaît depuis l'enfance ! C'est vexant !

La masse imposante de Titan n'était plus qu'à quelques pas. Pitbull allait une nouvelle fois reculer lorsque l'énorme main du colosse jaillit avec la vivacité d'un serpent pour lui saisir le bras. Même pas le temps de réagir qu'un second poing tout aussi rapide s'abattit avec violence sur sa pommette gauche, déclenchant une explosion d'étoiles derrière ses yeux. Pitbull, à moitié assommée, s'effondra sur les étals couverts de calamars qui s'écroulèrent à leur tour sur le sol. Le commerçant avait depuis longtemps disparu dans l'arrière-boutique, priant la Pluie d'épargner son affaire.

— Je suis désolé, Brindille, tonna la voix de Titan d'un air faussement navré, mais 10 litres par tête c'est bien trop tentant pour un ancien gamin des rues comme moi. Je suis sûr qu'au fond de toi tu me comprends...

Il la saisit par la nuque pour la relever d'un seul bras, telle une simple poupée de chiffon.

— Maintenant, dis-moi où sont les autres si tu ne veux pas souffrir inutilement... Tu sais que je déteste frapper les femmes mais si tu m'y obliges, je...

La phrase de Titan resta en suspens, ses gros yeux ronds fixant la jeune femme d'un air perplexe. Sa bouche s'ouvrit et se referma tandis qu'il touchait le tournevis planté dans sa tempe. Puis il s'affaissa lentement sur le sol, comme à contrecœur. Pitbull, encore chancelante, retira son arme du crâne du géant et en essuya le sang sur sa manche.

— Pourtant, tu savais bien que j'étais plus dangereuse que toi, cracha-t-elle, le visage tuméfié, au cadavre encore tressautant.

Sans perdre de temps, elle ouvrit alors son sac et le remplit des morceaux de mollusque qui jonchaient le sol. Elle balança son argent avant de sortir pour retrouver ses amis.

Le marchand attendit que la porte de verre du magasin se referme puis patienta encore une dizaine de minutes avant de sortir de sa cachette. Dans ce monde, on n'atteignait pas l'âge canonique de 38 ans en faisant preuve de témérité... Il fit prudemment le tour de sa boutique, enjamba le corps en frissonnant, puis, incrédule, ramassa la petite liasse de billets : les assassins honnêtes, ce n'était pas monnaie courante ! Dans sa vieille tête, il se repassait la conversation de la fille et du géant et s'humecta les lèvres avec un mélange d'envie et de crainte. Les histoires d'eau étaient dangereuses et s'il s'en mêlait, cela pouvait très bien lui retomber dessus. Il était plus sage de tout oublier... Il secoua la tête. Il n'était vraiment qu'un lâche ! Peut-être était-elle une terroriste de la RPL ou du Néo-Califat ? Non, même si elle avait payé son calamar, il était de son devoir de faire quelque chose ! En sortant de sa boutique, bien décidé à trouver au plus vite un agent de la Water Corp., il s'était presque déjà persuadé qu'il ne faisait pas cela pour les 10 litres de Bleue par tête mais bien pour son pays...

14

Quand Pitbull était revenue vers eux, à moitié chancelante, elle avait tout de suite levé une main tremblante afin de couper court à leurs questions :

— Plus tard, avait-elle soufflé d'une voix tranchante.

Ils l'avaient suivie sans piper mot : ses doigts tachés de sang frais étaient plus éloquents qu'un long discours. Puis, Sprite à côté d'elle, Le Bourge et Larbin fermant la marche, ils s'étaient finalement retrouvés à l'entrée d'un grand boulevard. Il y avait des décennies de cela, la Water Corp. avait en effet rasé des centaines d'immeubles et construit des ponts afin de créer le long du Transaqueux ce faisceau de larges routes permettant le passage des panzers. Pour les fugitifs qu'ils étaient, les boulevards les plus excentrés étaient parfaits pour rouler à vive allure. Plutôt dédiés à la maintenance, ils ne bénéficiaient pas de l'habituel réseau de miradors à la fois humain et informatique. Après la chaleur suffocante de la Seine et les abords archibondés de la gare, ils furent soulagés de sentir à nouveau le vent s'engouffrer dans leurs capuches. Ici, c'était comme si le désert avait déjà commencé : pas de commerce, pas d'habitations, seulement ces grands immeubles aveugles, vestiges de l'ancien Paris, qui bordaient les vastes boulevards et dont les fenêtres avaient été condamnées pour des raisons de sécurité. Il n'y avait pas âme qui vive...

À la différence de ses amis, le caractère sinistre de la route évoquait même de bons souvenirs chez Le Bourge. Des images de sa petite enfance, d'avant l'orphelinat, lui revenaient peu à peu... Il devait avoir cinq ans et ses parents lui avaient fait une surprise. En rentrant de l'école, il avait trouvé son père dans l'entrée, en grand uniforme d'officier de la Water Corp. Il lui avait souri avant de le porter sur ses larges épaules jusque dans la rue où un énorme panzer les attendait. « Ça te dit d'aller faire un tour, p'tit gars ? » lui avait demandé le pilote en faisant un clin d'œil à son père. Le Bourge, que tout le monde appelait encore Yassine, avait répondu « Oh oui ! » et ils étaient montés tous ensemble en direction du Fort Parnasse. Quel sentiment de joie avait alors étreint la poitrine du petit garçon ! Bien au-dessus des gens, de la poussière de la rue, discutant gaiement avec les soldats qui le saluaient comme s'il était lui aussi un officier. Le Bourge se rappelait parfaitement les propos de son paternel à ce moment-là. Il avait désigné d'un geste ample la rue autour de leur piédestal mouvant et avait dit : « Mon fils, le monde ne leur appartient plus. Il est désormais à nous ! » Il se souvenait aussi très bien de ses explications sur la distribution des 30 cl quotidiens : « Personne ne peut vivre avec aussi peu d'eau mais, même en travaillant pour la Water Corp. nous n'avons pas droit à plus. Tu comprends, c'est politique, mon garçon. Ce sont des apparences pour éviter la guerre civile. Après, rien ne nous empêche d'en acheter en plus au nouveau réseau Waterback... » Avec le recul, le jeune homme avait fini par se dire que son père était un sacré connard même si, grâce à lui, il avait vécu heureux, sans connaître la soif, jusqu'aux bombardements du Néo-Califat...

Dans la pénombre du boulevard, les souvenirs du Bourge ne voulaient plus le lâcher et, tandis qu'il pédalait sur cette route fantôme, il repensait à l'époque du « nouveau réseau Waterback ». Ça avait été une vraie révolution lorsque des cyclistes avaient remplacé les blindés pour apporter leur eau aux riches acheteurs ! Son père était dubitatif au début mais il reconnaissait qu'utiliser des chars revenait à se balader avec une pancarte « Braquez-moi ! ». Tous les trois jours, des pains de plastic explosaient sous les chenilles des véhicules de livraison, suivis par des fusillades à la kalach. Une fois sur trois l'eau était volée. Une fois sur deux elle était perdue... Aujourd'hui, Le Bourge n'était même plus Waterback et si, juché sur un blindé, un gamin le croisait, il le considérerait sûrement comme un minable grain de poussière, un esclave ou même un parasite. « Quel monde de merde ! » marmonna-t-il, les larmes aux yeux, juste avant de sentir une main se poser sur son épaule. Larbin l'observait avec ses grands yeux de chien battu qui plaisaient tant aux filles :

— Ça va, mec ?

— T'inquiète, Larb. Du sable dans l'œil. Va falloir s'habituer ! Mate là-bas !

À une centaine de mètres devant eux se dressaient déjà les anciennes barricades de la Première Guerre de l'Eau. Ces piles de détritus, et surtout d'antiques voitures rouillées, marquaient la frontière du nouveau Paris et avaient été le lieu d'une bataille épique ainsi que d'une victoire historique de l'armée de l'Union sur les factions sudistes. Pitbull ralentit alors et s'arrêta juste devant une vieille camionnette constellée d'impacts de balles. Elle enleva sa capuche et retira son bandana, dévoilant à ses amis son visage tuméfié.

— Derrière, c'est Boulogne. Ça serait idéal de profiter de la nuit et de continuer mais j'ai besoin de faire une pause...

— Putain ! Qu'est-ce qui t'est arrivé ?! s'exclama Le Bourge en devançant les autres.

— Mauvaise rencontre, mais j'ai réglé le problème...

— Ok, intervint alors Sprite. On se pose ici une petite heure. On bouffe un peu et on trace.

Puis en se tournant vers Pitbull, le visage crispé par l'inquiétude :

— Je n'ai ramené que du désinfectant. Tu penses que ça va aller ?

— Rien de cassé, t'inquiète, répondit-elle avec un petit sourire douloureux. Juste du temps et un peu de repos...

— Mouais... intervint Le Bourge. J'ai pas l'impression qu'on s'engage vers vachement de repos, là...

Sans daigner répondre, Pitbull s'allongea alors à même le sol et ferma les yeux. Son ami avait raison et, au vu de ce qui les attendait, elle entendait bien profiter de chaque seconde... Deux respirations plus tard, elle dormait déjà.

15

Trois quarts d'heure s'étaient écoulés lorsque Pitbull, en nage, se redressa brusquement, le cœur battant. À ses côtés, Sprite, qui avait l'habitude des cauchemars de son amie, continua à mâchonner tranquillement sa friandise préférée, le remède idéal pour tromper la faim et la soif : un bâtonnet de réglisse.

— C'était qui, alors ? demanda-t-il sur le ton de la conversation.

— Titan... grogna-t-elle en s'étirant comme un chat.

Elle effleura son visage endolori. Parler allait la faire souffrir pendant un moment.

Sprite s'arrêta un instant de mastiquer.

— Même lui, hein... ? On est vraiment seuls à présent.

— On a toujours été seuls, répliqua Pitbull en regardant Larbin dormir comme un bébé, la tête posée sur son sac. C'est juste plus clair maintenant. T'as dormi ?

— Un peu, mentit-il.

Le jeune homme n'avait en réalité pas fermé l'œil, préférant veiller sur le sommeil de son amie. Observant son visage tuméfié, lacéré, mais toujours si magnétique.

Elle se releva et regarda autour d'elle.

— Où est Le Bourge ?

— Parti pisser. Pas beaucoup dormi lui non plus.

Remontant sa braguette, le jeune homme apparut justement de derrière une épave de camping-car.

— La princesse s'est éveillée, plaisanta-t-il sans trop y croire. Tu l'as embrassée ?

Le Bourge savait que Sprite en pinçait également pour la jeune fille mais que son extrême timidité l'empêchait de se déclarer. Il ressentait pour son rival un étrange mélange de jalousie et de pitié. Il regretta cependant aussitôt sa vanne cruelle qui le remettait, lui aussi, face à son manque de courage.

— Ta gueule, Le Bourge, rougit Sprite en se levant à son tour. Il reste deux heures de nuit, faut en profiter.

Pitbull se pencha vers Larbin et le secoua doucement :

— Larb, réveille-toi...

— Déjà... ? bailla-t-il comme un enfant qui n'a pas envie d'aller à l'école.

Sprite, qui venait de grimper au sommet d'une pile de voitures, scrutait le paysage de ses yeux d'un turquoise presque irréel. Comparée à Paris et sa multitude de torches, de bougies, de feux d'herbe sèche qui se consumaient un peu partout, Boulogne était plongée dans l'obscurité. À moins d'un kilomètre de leur position, le tunnel du Transaqueux prenait fin, le train devenant aérien jusqu'aux usines de dessalement. Seules les tours d'observation, placées tous les cents mètres le long des rails, projetaient un peu de luminosité dans les ténèbres de la Plaine calcinée. La nuit, ils pourraient avancer et suivre les lumières de la voie ferrée à bonne distance mais le jour, ils devraient rester tapis au ras du sol.

— Allons-y, lança Sprite en sautant de son perchoir.

— *Yes*, confirma Pitbull. Mettons un max de distance entre nous et cette ville avant le lever du soleil !

Le Bourge dépassa la barricade des véhicules et fronça les sourcils face à l'obscurité.

— Je veux bien, mais on n'y voit que dalle !

— Y a rien à voir, c'est ça le truc, ironisa-t-elle.

Sprite jeta un coup d'œil plein de regret au petit monticule de cendres sous lequel ils avaient rapidement enterré leurs VTT et ramassa un vieux balai dégotté sur un tas de déchets.

— Tu craques, Sprite ? Tu comptes chevaucher ça jusqu'au Novatlantic ?

— Tais-toi et avance, Bourge ! C'est pour effacer nos traces !

— Si tu comptes balayer jusqu'à la côte, on n'est pas arrivés ! ricana l'autre en faisant son premier pas à Boulogne.

La plupart d'entre eux n'avaient jamais quitté la ville, ce petit pas était un véritable saut dans l'inconnu.

Avec mille précautions, hantés par la peur de heurter un objet, de se tordre la cheville sur une pierre ou de tomber dans un trou, ils s'enfoncèrent dans la nuit, à pied. Le sol d'abord dur et sablonneux de Paris se modifia alors progressivement, devenant de plus en plus mou. Leurs baskets, comme aspirées dans la cendre, laissaient de profondes empreintes que Sprite s'échinait à faire disparaître à grands coups de balai.

— Pffff... souffla-t-il en surgissant d'un nuage de suie. Une cinquantaine de mètres ça sera bien suffisant.

— T'es sûr que t'es pas en train de rendre notre passage encore plus visible ? demanda Le Bourge. On dirait qu'un phacochère s'est frayé un chemin ici...

— T'y connais rien, répliqua alors Pitbull pour laisser Sprite respirer. La cendre va retomber et tout aplanir.

Ils reprirent alors leur lente marche puis, constatant qu'aucun obstacle – arbres, pierre ou trou – ne venaient leur faire barrage, ils se turent et accélérèrent peu à peu.

Juste avant que l'horizon ne se teinte en rose, rompant la monotonie de leur voyage, des bruits de moteurs déchirèrent soudain le silence de la Plaine. Cela venait du Transaqueux : de chaque côté des rails, une dizaine de blindés rapides se suivaient à pleine vitesse. Puis vint le train lui-même, devancé par son hurlement strident de dragon légendaire, flèche noire perforant l'air et le ciel gris. Ils s'arrêtèrent pour regarder passer la machine mythique, le transporteur d'eau ultime qui distribuait la vie. Très peu de Parisiens avaient déjà eu la chance de l'observer et il était là, devant eux, fonçant vers la mer et vers un nouveau chargement. À bonne distance, et dans la semi-obscurité, les Waterbacks se rendaient tout de même compte de la puissance et de la vitesse extraordinaires du train fortifié. Charriant des tonnes d'eau sur des kilomètres, personne n'avait jamais réussi à le braquer, aucun bombardement n'avait pu l'endommager, et pour cause. En ombre chinoise, ils pouvaient voir les tourelles et les lance-roquettes qui dépassaient de certains wagons. Ils savaient aussi que tous les deux kilomètres, des silos à missiles et des canons de défense antiaérienne étaient enfouis dans le sol, prêts à contrer la moindre attaque aérienne... Le Transaqueux était vital pour l'Union et la Water Corp. ne plaisantait pas avec sa sécurité.

Le train et les blindés disparurent et le silence s'abattit à nouveau sur la Plaine de Boulogne. L'aube était maintenant bien avancée, et le petit groupe put découvrir le paysage désolé qui les entourait avec sa terre à peine vallonnée, grise et stérile et ses moignons d'arbres noirs ici et là.

— Il va être temps de s'arrêter, commenta Pitbull à contrecœur. On va bientôt être visibles des miradors...

Sprite, qui avait balancé son balai depuis un moment, sortit de son sac une petite pelle pliable dégotée dans un surplus militaire et commença à creuser.

— Chacun se fait un trou à sa taille, reprit alors la jeune Waterback. On s'allonge en se recouvrant totalement d'une toile isolante – on a eu de la chance, elles n'étaient pas dans le sac que les chiens ont mis en pièces – et on attend le crépuscule en perdant le moins d'eau possible.

— Sérieux, c'est ça, le plan ? intervint Le Bourge, un peu paniqué. S'enterrer vivant toute la journée ? Vous avez oublié que j'étais claustro ?

— Tais-toi et creuse, lui lança alors Sprite en même temps que l'outil.

— Ça va aller, t'inquiète, tenta de le rassurer Larbin. Si tu veux je m'enterrerai juste à côté de toi, comme ça si tu flippes, on pourra se parler...

— Putain, mec, ça va être une longue journée, geignit finalement Le Bourge en donnant son premier coup de pelle dans la cendre.

16

Il faisait encore nuit lorsque la sonnerie du téléphone interne de Castor lui perfora le crâne. Il détestait se faire réveiller de cette manière mais ses responsabilités ne lui laissaient guère le choix. Il télédécrocha rapidement, histoire de s'éviter d'autres coups de perceuse.

— Du nouveau ? demanda-t-il, de sale humeur.

La voix du béret bleu à l'autre bout de la ville trahissait une certaine excitation.

— On a un informateur, monsieur. Un marchand des alentours du Fort Parnasse. Ce qu'il raconte nous fait penser au Waterback Pitbull.

La tension monta d'un cran dans l'organisme encore à moitié endormi de Castor. Sans égards pour la fille qui sommeillait à côté de lui, il rejeta brusquement la couverture isolante et déambula à moitié nu dans la chambre.

— Pourcentage de confiance ?

— Le sujet paraît plutôt sain d'esprit, monsieur. On l'a un peu « travaillé » bien sûr, mais surtout pour la forme. Il n'a pas d'intérêt à mentir. Je dirais 80 %...

— Ok, ça me va.

Inconsciemment, Castor avait encore élevé la voix et serrait les poings. Dans son dos, la forme allongée lui lança un oreiller qui manqua sa cible.

— Où est-elle ?

— Il ne sait pas. Il peut juste nous dire qu'elle était dans sa boutique il y a de cela deux heures et qu'elle y a tué un homme...

— Deux heures ! Mais qu'est-ce qu'il a foutu, ce con, pendant tout ce temps ?

Il criait carrément à présent, et la fille comprit qu'il valait mieux se faire oublier.

— Le type n'est pas une lumière, il a eu du mal à se faire entendre par un agent... Je suis désolé que...

— Donnez-moi l'adresse, le coupa-t-il. Il me faut un quart d'heure pour arriver à la gare, soyez-y avec le témoin !

Il raccrocha mais ça n'arrêta pas le mal de tête. Par la fenêtre, des volutes de poussière balayaient la rue avec violence. Si le sirocco commençait à souffler dès l'aurore, ils en avaient pour plusieurs jours et Castor était bon pour une semaine de migraine. Il entra dans la salle de bains et alluma le petit générateur relié à une éolienne du toit. La lumière électrique, blanche et intense, lui arracha presque un râle de douleur, mais il put rapidement trouver ce qu'il cherchait : une plaquette de paracétamol. Il croqua dedans avec voracité et se regarda dans le miroir au-dessus du lavabo qui servait de vide-poche en face de lui. Son corps de guerrier vieillissait, il le voyait. Il était encore puissant sans être aussi ferme qu'avant. Un relâchement des abdominaux que, pour l'instant, lui seul pouvait voir, un léger affaissement des pectoraux... Pourtant il était toujours fier de son physique forgé par les épreuves et par la guerre. Elles avaient fait de lui un homme dur, un homme droit, et c'était exactement ce dont la société en déliquescence avait besoin. En son for intérieur, Castor se voyait ainsi :

un rempart contre l'anarchie. Il devait juste se rajouter une centaine de pompes supplémentaires à ses exercices journaliers. Il s'habilla vite, survolant son histoire personnelle racontée par les tatouages qui couvraient quasiment chaque centimètre carré de sa peau. À la place du cœur, un visage était presque effacé sous les nombreuses scarifications : cela faisait longtemps que cet hommage ridicule à Pitbull, décidé sur un coup de tête un soir d'ivresse à New London, n'avait plus aucun sens. Putain, qu'est-ce qu'il avait pu être fleur bleue entre deux raclées... Pour cacher la traîtresse, il enfila rageusement son T-shirt anti-transpirant et sortit sans un mot. Sur le palier, Bazooka se releva prestement à la vue de son maître. La hyène semblait avoir compris que la chasse allait enfin pouvoir commencer.

Dix minutes plus tard, Castor gara sa voiture électrique devant l'un des innombrables immeubles lépreux qui entouraient le Fort Parnasse. Dans la misérable échoppe, ses hommes l'attendaient déjà autour d'un énorme macchabée. Luttant contre le vent brûlant, il entra brusquement, faisant sursauter les bérets bleus qui se mirent automatiquement au garde-à-vous.

— J'y crois pas, lança-t-il sans un regard pour ses soldats. Elle s'est fait ce fils de pute de Titan !

Même s'il avait déjà goûté aux crochets du droit de Pitbull, le chef des Waterbacks était impressionné. Titan était l'un des seuls types qu'il connaissait qui lui aurait donné du fil à retordre lors d'un combat à mains nues. Passant devant ses mercenaires, Castor s'agenouilla près du corps :

— Oui... déclara-t-il après quelques minutes d'observation. Un coup bien net à la tempe avec un pic à glace ou, mieux encore, un tournevis cruciforme...

Lorsqu'il se releva, il souriait presque :

— C'est bien Pitbull. Amenez-moi la balance !

Le marchand qui avait été menotté dans son arrière-boutique fut prestement jeté aux pieds de Castor.

— Où est-elle allée ? demanda-t-il sans préambule.

— Ve ne fais pas... articula péniblement l'informateur, dont le nez cassé et la lèvre fendue démontraient tout le savoir-faire des agents de la Water Corp.

Castor, levant un poing lourd de bagues en argent, allait tenter de rafraîchir la mémoire du malheureux lorsqu'un béret bleu intervint en hésitant :

— Monsieur... Excusez-moi... Ça ne sert à rien. Comme vous le savez, nous l'avons déjà questionné... Il l'ignore vraiment...

L'ancien soldat des forces spéciales serra les dents, prêt à frapper quand même, puis préféra se détourner du marchand. Le troufion avait raison, tabasser le pauvre type n'aurait servi qu'à soulager temporairement ses nerfs. Au lieu de ça, il valait mieux réfléchir. Pitbull et ses amis ne pouvaient pas se cacher autour du Fort Parnasse, c'était bien trop fréquenté, et par des gens qu'ils connaissaient, pensa-t-il, jetant un œil à Titan qui fixait le plafond. Non, ils étaient juste de passage, mais vers où allaient-ils ? Castor se tourna alors vers l'homme qui l'avait empêché de cogner sur le marchand. Sur son uniforme, le *name tag* indiquait « Volsky ».

— À votre avis, où peut-on se planquer dans les environs ?

— Je pense aux grands boulevards, répondit Volsky après un court temps de réflexion. Ils sont toujours déserts et tous les immeubles autour peuvent servir d'abri.

— C'est une possibilité... approuva le chef des Waterbacks. Allons demander à une amie...

Il siffla alors Bazooka qui entra en reluquant le cadavre de Titan avec gourmandise.

— Celui-ci n'est pas pour toi, sourit Castor en caressant la tête de l'animal. Celle-là, en revanche, si tu la trouves, tu pourras la goûter un peu, continua-t-il en sortant un foulard de sa poche, souvenir d'un luxueux magasin de New London.

L'animal plongea avidement le museau dans le tissu pour s'imprégner de l'odeur de Pitbull. *Parfois*, pensa son maître avec une joie mauvaise, *ça pouvait quand même servir d'être fleur bleue.*

17

Ils n'eurent pas à attendre la tombée de la nuit pour sortir de leur tombe de fortune comme dans un film d'épouvante de l'Ancien Monde. Le sirocco soulevait en effet tellement de cendres qu'un brouillard opaque saturait l'atmosphère et atténuait les rayons du soleil. Le vent brûlant ne rendrait pas la marche plus agréable mais ils pourraient au moins se déplacer sans la crainte de se faire repérer par les guetteurs du Transaqueux. Masques étanches sur les yeux et bandanas recouvrant le nez, ils replièrent leurs couvertures isolantes sans une parole. La journée passée à rester quasiment immobiles avait été longue et ils s'étiraient tous comme des caracals, faisant craquer leurs os et massant leurs muscles ankylosés. Dans le lointain, les faibles lueurs des miradors semblaient clignoter à travers la brume grisâtre et, d'un geste, Sprite invita ses amis à le suivre. Essayer de parler dans le vacarme torride des bourrasques ne servirait qu'à se déshydrater plus vite, alors ils se mirent en marche sans échanger un mot. Ils avaient de toute façon mieux à faire avec leur souffle, la progression dans le sol meuble et face au vent leur demandait de gros efforts. Larbin, courbé en deux, marchait dans les traces de Sprite et sentait déjà les prémices d'un point de côté. Il devait respirer profondément et trouver son rythme s'il ne voulait pas ralentir ses amis. Ils avaient décidé de l'accompagner dans son exil, il n'allait pas en plus devenir le poids mort de la bande ! Gonflant son ventre d'air chaud afin de se masser le diaphragme, il ne put s'empêcher de gamberger. Où étaient-ils à présent, Sarah et le bébé ? Ils n'avaient sans doute pas atteint la Mare Mediterraneo. Peut-être se cachaient-ils dans le reg, le désert de roches qui servait de frontière naturelle entre l'Union et la RPL ? Peut-être étaient-ils déjà dans les prisons latines en train de mourir de soif ? Il n'osait l'imaginer mais il se pourrait aussi que son fils soit... Il secoua la tête pour se débarrasser de cette pensée : il fallait qu'il reste concentré. À ce moment-là, une rafale plus forte que les autres faillit l'envoyer à terre... et ce fut le bras du Bourge qui le rattrapa in extremis.

« Putain de sirocco », grogna ce dernier entre ses dents. Après une journée enterrés vivants, il fallait qu'ils se tapent une tempête de cendres ! On ne pouvait pas parler, on n'y voyait que dalle... C'était à peine s'il pouvait discerner l'arbre mort qui se dressait à moins de trois mètres ! Le Bourge se tendit soudain : cet arbre bougeait de façon vraiment étrange. D'accord, il y avait une tonne de vent, mais quand même. Au risque de perdre les autres dans le brouillard de cendres, il s'approcha du tronc noir. Ce qu'il vit en relevant la tête le surprit tellement qu'il tomba à son tour en arrière et se retrouva les fesses dans la suie. Larbin, qui avait vu son ami s'éloigner, le rejoignit alors, accompagné de Sprite et Pitbull, et ils observèrent un instant le macabre spectacle : accroché à l'unique branche de l'arbre, un corps sans tête se balançait dans le vent. La dépouille totalement nue était si desséchée qu'elle semblait, elle aussi, faite de bois brûlé. Sprite s'avança jusqu'à la potence et en scruta l'écorce charbonneuse. Lorsqu'il se retourna vers eux, il leur fit signe de venir. Du doigt, il leur montra un petit dessin gravé au couteau dans la lignine : un trait plat avec, au-dessus, une tête de mort. Le Bourge ne put résister une seconde de plus et baissa son foulard afin de hurler la question qui le taraudait :

— C'EST QUOI, CE BORDEL ?!

À contre-cœur, Sprite découvrit à son tour sa bouche :

— SOLEIL MORT AU-DESSUS DU DÉSERT ! LE GRAND ARIDE ! ON FAIT GAFFE !

Puis, sans permettre au Bourge ou aux autres de réagir à cette révélation, il se remit à marcher, cette fois un peu plus vite, ne s'arrêtant de temps en temps que pour vérifier que tout le monde tenait le rythme. Ce sirocco était une aubaine ! Non seulement, il effaçait leurs traces – s'il avait su, il se serait évité quelques coups de balais inutiles – mais il leur permettrait sûrement de passer inaperçus vis-à-vis de la Water Corp. et du Grand Aride. L'arbre totem avait été on ne peut plus clair, le chemin qu'ils avaient choisi passait à travers un territoire de la secte et Sprite espérait pouvoir en sortir avant la fin de la tempête. Malheureusement, plus ils avançaient, plus ils rencontraient des signes visibles de la présence du culte. La tension dans le groupe des Waterbacks augmentait avec la fréquence des sinistres découvertes : ici, un autre arbre à pendus, là, un énorme rocher blanc qui, tel un furoncle, sortait de la cendre en affichant les symboles de l'astre mort et du désert. Le soleil était d'ailleurs couché depuis quelques heures lorsque des lumières différentes de celles du Transaqueux scintillèrent sur leur gauche. Leur rougeoiement indiquait que ce n'était pas des lumières électriques. D'instinct, ils s'accroupirent tous autour de Sprite.

— T'en penses quoi ? demanda Pitbull, la bouche collée sur l'oreille de son ami.

— LE VILLAGE DES TARÉS, cria-t-il dans les hurlements du vent. T'INQUIÈTE, LE SIROCCO SOUFFLE DANS NOTRE DIRECTION !

Il avait raison, leurs voix étaient emportées loin, à l'opposé du groupe de maisons que l'on arrivait parfois à distinguer. En revanche, les sons qui provenaient du Grand Aride leur arrivaient distinctement et Pitbull frissonna en entendant de faibles geignements.

— ÉCOUTEZ, Y A UN TRUC QUI CLOCHE !

— ILS ONT DES PRISONNIERS, affirma Sprite, l'air dégoûté. ON PEUT RIEN FAIRE POUR EUX...

Larbin se redressa alors, l'oreille tendue vers le village :

— SI ! ON DOIT Y ALLER ! s'exclama-t-il en se tournant vers ses amis. J'ENTENDS UN BÉBÉ !

Sixième Parabole du Désert

Extrait des Évangiles Arides

... C'est pourquoi, quiconque entendra les paroles du Désert et les mettra en pratique deviendra comme le grain de sable poli dans la tempête. Plus rien ne s'attachera à lui. Ni les sentiments, ni la peur, ni la soif. Lui et ses frères recouvriront le monde, reniant la pluie, reniant la vie, s'abreuvant des bêtes de l'Ancien Monde car telle sera leur destinée. Mais celui qui entend les paroles du Désert et ne les met pas en pratique, celui-là est juste un animal qui espère encore l'eau du ciel. Il n'est qu'une outre imbécile dont le sang devra jaillir afin de fortifier la foi véritable...

18

Cela faisait des heures que des équipes de mercenaires arpentaient le grand boulevard sur toute sa longueur sans rien trouver de plus intéressant qu'une poignée de Desséchés défoncés au Kanab-X. Le sirocco avait complètement effacé l'empreinte olfactive de Pitbull et si la hyène avait bien confirmé l'intuition de Volsky, elle n'avait réussi à conduire Castor et ses troupes qu'à mi-parcours avant de perdre la piste. Il y avait ici des milliers d'appartements vides dans lesquels une bande de fugitifs pouvait se cacher et ils allaient devoir les visiter un par un ! Le temps qu'ils allaient perdre à tâtonner ainsi rendait presque dingue le chef des bérets bleus qui ne voulait même pas penser à la probabilité non négligeable que les Waterbacks aient changé d'avis pour se planquer ailleurs... Pour couronner le tout, sa migraine ne cessait d'augmenter et il était à deux doigts de flanquer un magistral coup de boule au prochain soldat lui annonçant « rien à signaler » pour se soulager un peu. Vite suivi de Bazooka, il grimpa sur le panzer réquisitionné pour l'occasion et se pencha au-dessus du pilote à travers la trappe :

— Conduisez-moi au bout du boulevard, aux limites de Paris !

Le blindé se mit tout de suite en branle, encouragé par les jappements excités de la hyène. Assis sur la tourelle, les yeux protégés par un masque étanche, Castor regardait défiler les barres d'immeubles désaffectés en rongeant son frein. Est-ce que les fuyards étaient en ce moment même en train de l'observer par une faille dans l'une de ces fenêtres murées ? Il l'espérait mais il en était de moins en moins persuadé. Ce n'était pas le genre de Pitbull de ramper entre deux rochers en espérant se faire oublier. Il fallait toujours qu'elle agisse, elle avait besoin d'espace ! Le blindé s'arrêta enfin devant les barricades de la Première Guerre de l'Eau. Ici, la poussière dans l'air se mêlait à la cendre de la Plaine de Boulogne, formant une vraie mélasse qui s'insinuait partout. Le conducteur du panzer ferma rapidement la trappe tandis que Castor et sa hyène sautaient sur le sol balayé par le vent. Comme Sprite quelques heures auparavant, il se hissa en haut d'une pile de voitures et scruta l'horizon. Hormis les projecteurs du Transaqueux, on n'y voyait pas à deux mètres ! Non, par là-bas c'était du suicide. Il n'y avait même pas de relais Water Corp. pour se recharger en eau comme sur les routes du Nord et du Sud. Qu'est-ce que Pitbull pouvait bien avoir en tête en venant sur ce grand boulevard ? Il soupira : il avait déjà prouvé qu'il n'était pas le mieux placé pour comprendre la jeune femme. Soudain, Bazooka se mit à grogner comme si elle avait trouvé une piste intéressante.

— Qu'est-ce qui se passe, ma grande ? Tu sens un caracal ?

En guise de réponse, celle-ci gronda en direction de son maître avant de se diriger vers un petit monticule de cendres. Quelques secondes plus tard, elle ricana avec nervosité pour appeler Castor. Ce dernier s'approcha pour voir ce que l'animal était en train de déterrer et sentit le frisson de la traque remonter agréablement le long de son dos : Bazooka tirait un guidon entre ses puissantes mâchoires... Quelques minutes plus tard, lui et sa hyène avaient sorti quatre vélos du sol, des VTT de Waterbacks dont, Castor en était certain, celui de Pitbull ! Il se précipita vers le panzer et cogna ses grosses bagues contre la paroi blindée. Le pilote sortit la tête de la trappe déverrouillée.

— REGROUPEMENT DES TROUPES ! lui hurla Castor dans la tourmente. ILS SONT PARTIS PAR BOULOGNE !

Le pilote acquiesça et fit mine de redescendre dans sa cabine pour transmettre les ordres lorsque le chef des bérets bleus le retint d'un geste.

— ATTENDS ! IL ME FAUT DES RÉSERVES D'EAU ET DEUX OU TROIS VÉHICULES LÉGERS !

Puis Castor retourna aussitôt vers les barricades, essayant de sonder le paysage du regard. C'était dingue et logique à la fois : la Plaine battue par le vent brûlant ressemblait à l'antichambre de l'Enfer mais les fugitifs étaient tout de même partis par là, imaginant qu'il n'y aurait jamais pensé. Sans le sirocco, il n'aurait même jamais trouvé les vélos et aurait fouillé le boulevard pendant des semaines !

Pitbull ! pensa-t-il avec un mélange d'agacement et de fierté. *T'es vraiment aussi cinglée que moi !*

19

Couverts par le vacarme de la tempête, les Waterbacks se dirigèrent au petit trot vers les bâtiments. Plus ils se rapprochaient du village, plus les cris des malheureux devenaient nets, mettant leurs nerfs à rude épreuve. Ceux du bébé, particulièrement stridents, commençaient même à entamer le flegme légendaire de Sprite qui, la nuque tendue et les mâchoires crispées, semblait prêt à exploser. Pitbull aussi, au début plutôt réticente pour intervenir, avait accéléré depuis qu'on entendait clairement l'enfant... Larbin en eut presque chaud au cœur : eux qui avaient tendance à ne penser qu'à leur clan !

Ils n'étaient qu'à quelques mètres de la première maison à présent. Il s'agissait d'une sorte d'entrepôt en tôle ondulée ne comportant qu'une seule petite fenêtre tournée vers la Plaine. Derrière les carreaux sales, la lumière d'un feu dansait mais les plaintes du bébé semblaient provenir d'un peu plus loin. Ils firent alors une halte pour observer le village. Cinq baraquements formaient un cercle autour d'une place centrale : quatre entrepôts identiques à celui qui leur faisait face et un dernier, plus imposant, construit en pierre. Les torches qui y brûlaient en abondance et la peinture rouge – ou le sang ?! – qui recouvrait presque totalement la façade autrefois blanche ne laissait aucun doute sur le caractère sacré de la construction.

Les cris s'étant estompés depuis quelques minutes, Sprite se retourna vers ses amis pour leur faire signe de ne plus bouger. Ils patientèrent ainsi un moment qui sembla durer une éternité avant que les hurlements ne reprennent de plus belle. Le doigt de Sprite pointa alors le deuxième baraquement sur leur droite, juste derrière celui qui devait être un genre d'église, et Pitbull acquiesça. À plat ventre dans la cendre, ils rampèrent lentement vers les cris, attentifs au moindre mouvement suspect. Mais rien ne bougeait et sans les mugissements de l'enfant et les torches, on aurait pu jurer qu'il n'y avait pas âme qui vive. Puis, les plaintes cessèrent à nouveau un instant et Larbin et ses amis purent entendre de gutturales litanies s'élevant du temple : apparemment sûrs de leur isolement au beau milieu de la Plaine Cendreuse, la plupart des adeptes devaient y être occupés sans avoir posté le moindre guetteur alentour. C'était une chance pour les Waterbacks qui, comme des coyotes, avaient longé l'orée du village et y pénétraient à présent. Se retournant une nouvelle fois vers ses amis, Sprite leur fit soudain signe de continuer sans lui vers les cris du bébé tandis qu'il s'élançait seul jusqu'à la bâtisse de pierre. Ignorant son ordre, Pitbull et les autres le suivirent de près et lorsqu'ils le rejoignirent sous une fenêtre du temple du Grand Aride, le visage de Sprite était livide. À son tour, Le Bourge voulut se redresser pour regarder discrètement à l'intérieur mais la main de son ami le retint tandis que ses lèvres articulaient « non ». Quelque chose dans les yeux de Sprite le convainquit aussitôt de s'abstenir s'il voulait réussir à dormir durant la prochaine décennie. Sans perdre de temps, ils coururent en direction de l'entrepôt des prisonniers et, dos collé contre le mur de métal encore bouillant, firent une courte pause pour reprendre leur souffle. À travers la tôle, le bébé braillait à s'en rendre sourd. La porte était à moins d'un mètre. Brusquement, la poignée commença à tourner et l'instinct presque animal de Sprite se mit en branle. Sans réfléchir, le jeune homme tira sa machette et se précipita sans bruit dans l'entrebâillement : le Desséché qui en sortait fut violemment projeté en arrière avant que la lame ne s'abatte sur son crâne rasé. Pitbull et les autres rejoignirent aussitôt leur ami à l'intérieur en refermant derrière eux. Dans la lueur du feu, l'arme de Sprite dégoulinait d'un liquide épais tandis que l'homme allongé au sol baignait dans une petite flaque sombre. Larbin et Le Bourge se figèrent alors en découvrant le cauchemar dans lequel ils venaient de plonger : contre les parois de la vaste salle, des cages vides assez grandes pour y enfermer des êtres humains se succédaient tandis qu'au centre, une imposante table de bois maculée de tâches et couverte d'instruments tranchants partageait l'espace avec une bâche crasseuse et une hache plantée dans un billot... Pitbull, elle, se précipita vers la baignoire rouillée où avait été déposé l'enfant. Totalement nue et recouverte de ses propres excréments, la petite fille posée à même la fonte avait le visage écarlate de fureur. La Waterback attrapa une couverture poussiéreuse et emmaillota l'enfant avant de la prendre dans ses bras :

— Alors ma belle... Tu es sauvée, arrête de pleurer !

Mais le bébé, ignorant superbement les paroles de Pitbull, se mit à vociférer de plus belle.

— *Fuck* ! Qu'est-ce qu'elle a, cette gamine !?

Larbin s'essuya la bouche d'un revers de manche et s'approcha de son amie en titubant.

— Une... une fille ? accusa-t-il le coup.

L'espace d'un instant, il s'était en effet presque pris à espérer l'impossible... Puis, se reprenant :

— Elle est terrorisée et elle doit avoir faim. Passe-la-moi !

Il berça alors doucement l'enfant et, comme il avait vu faire Sarah avec Adam, lui fourra un doigt sale dans la bouche. Le bébé se mit alors à le sucer avec voracité, les yeux mi-clos de contentement.

— Putain, t'as la technique, mec, apprécia Le Bourge qui avait plus ou moins repris ses esprits. On fait quoi maintenant ?

— On trace au plus vite, répondit Sprite qui rengainait sa machette.

— Avec le bébé ?! Mais qu'est-ce qu'on va foutre d'un bébé ? s'emporta Le Bourge.

— Tu t'attendais à quoi ? Tu croyais qu'on passait juste foutre un doigt dans le bec de la gosse pour la laisser ensuite au Grand Aride ? s'énerva Pitbull.

— Ben, franchement, je pensais qu'on allait sauver les parents en même temps...

— Trop tard pour eux, répliqua platement Sprite en montrant vaguement la direction du temple.

— On n'a pas d'autre choix que de l'emmener avec nous, ajouta alors Larbin.

— Qu'est-ce que tu racontes, mon pote ?! Tu crois peut-être que trimballer cette gamine va te racheter d'avoir abandonné ton fils ?

Le coup partit sans que personne, pas même Larbin, ne le voie venir. Il frappa Le Bourge en plein sur l'oreille gauche.

— Ah putain, mais ça va pas, mugit celui-ci en perdant l'équilibre sur l'angle de la table de torture.

— Ferme ta gueule ! rugit à son tour Larbin.

— Fermez tous vos gueules ! ordonna Pitbull qui sortit son tournevis.

Les litanies des membres de la secte étaient à présent audibles depuis l'entrepôt et semblaient gagner en puissance. Dans l'une des cages du fond de la salle plongée dans la pénombre, un rire s'éleva alors, sinistre. Un prisonnier qu'ils n'avaient pas vu jusqu'à présent se releva doucement :

— Hahaha... Le grand moment est arrivé !

— Putain mais c'est qui celui-là ?! s'exclama Le Bourge en se relevant. T'es qui toi ?!

— Hahaha... Je suis la gourde de sang chaud. Je suis la vie dans leurs veines... Hahaha...

— T'es surtout un gros taré... Bon, on se casse ?!

Sprite, qui avait ressorti son arme, s'approcha de la porte pour y coller une oreille :

— On va avoir de la compagnie, déclara-t-il avec un soupçon de nervosité. Une autre issue ?

— Ils arrivent ! Ils arrivent ! Hahaha ! chantait maintenant le dément qui hurlait presque de rire.

Pitbull, qui venait de finir de passer une torche le long des murs, répondit alors par la négative.

— Juste cette fenêtre minuscule où même Larb ne pourrait pas passer son petit cul !

— Va falloir se battre, alors, conclut Le Bourge en sortant son poignard Bowie de l'étui accroché à sa cuisse.

Sprite lui lança un sourire féroce :

— Ils sont beaucoup plus nombreux...

— Ptêt' bien, mais nous on est des enculés de Waterbacks !

Il venait tout juste de finir sa bravade qu'un choc terrible explosa derrière sa tête. S'écroulant à genoux sur le sol crasseux, il se retourna en gémissant :

— Mais qu'est-ce qu...

Ce fut la surprise plus que le coup de crosse qu'il venait de prendre qui le fait taire. Derrière Le Bourge se tenait en effet le soi-disant prisonnier qui, fusil mitrailleur pointé vers leur petit groupe, souriait de toutes ses dents pourries. Sa chemise raide de crasse était ouverte sur un énorme tatouage représentant le soleil tête de mort de la secte.

— Jetez vos armes, mes petits salauds ! ricana-t-il avant de tirer une rafale en l'air, perçant ainsi une dizaine de petits trous dans la tôle du toit. Hahaha ! J'en ai l'eau à la bouche !

Les Waterbacks se regardèrent avant de déposer leurs armes avec réticence. Larbin, qui tenait encore le bébé dans ses bras, sentit presque le sol se dérober sous ses pieds. C'était donc ainsi qu'ils allaient finir ?

Le Desséché repartit dans un éclat de rire sinistre :

— Félicitations, mes petites gourdes de sang. Vous appartenez maintenant au Grand Aride !

20

Isolé dans sa prison, Larbin jetait des regards paniqués à Pitbull, enfermée en face de lui, de l'autre côté de la salle. Pour soutenir son ami, celle-ci essayait de toutes ses forces de ne pas se laisser gagner par la peur, heureuse que la pénombre et la distance empêchent le jeune homme de discerner ses tremblements. Elle se tourna vers Sprite qui, non loin d'elle, était accroupi dans sa propre cage, le visage fermé.

— Tu vois Le Bourge ? lui chuchota-t-elle pour ne pas trop exciter leur geôlier qui les fixait d'un œil torve.

— Il est toujours allongé... répondit Sprite en la regardant d'un air fiévreux.

Le Bourge avait en effet été jeté encore évanoui dans la geôle la plus éloignée et Pitbull espérait que le choc qu'il avait reçu à la tête ne l'avait pas gravement blessé.

— Taisez-vous, les enfants ! s'exclama gaiement le gardien.

Celui-ci jubilait. En voyant débarquer les intrus quelques heures plus tôt dans « la salle de préparation » qui servait surtout à prélever le maximum de sang avant « l'exposition des corps », il avait hésité à se précipiter sur son arme. Mais comme un imbécile, il l'avait déposée un peu trop loin et les jeunes Parisiens étaient sans doute rapides. Maudissant sa négligence, il avait préféré se cacher dans l'une des cellules pour jouer au prisonnier... Heureusement – loué soit Le Désert ! – les chants de la Procession Sanglante venant chercher l'offrande avaient détourné leur attention et lui avaient donné l'occasion de récupérer son fusil. Ah ! La tête du Grand Prêtre lorsqu'il était entré dans la « salle de préparation » suivi de tous les fidèles ! C'était Bortos, et uniquement ce vieux Bortos, que personne ne prenait au sérieux et qui n'avait plus le droit de communier, le héros du jour ! C'était lui qui avait capturé quatre beaux spécimens ! 16 litres de bon sang, c'était presque mieux que la morveuse et sa mère qu'avaient ramené Gracchus de sa dernière incursion à la grande ville.

— Vous avez de la chance, reprit-il en montrant ses chicots luisants. Il n'y a pas de plus grand honneur que d'être sacrifié en l'honneur du Divin Désert !

Comme il disait ces mots, la porte de l'entrepôt s'ouvrit pour laisser entrer celui que les adeptes appelaient avec une servilité empressée « le Grand Prêtre ». Pitbull, elle, ne voyait qu'un petit bonhomme vieux et rachitique, engoncé dans une toge pourpre qui devait lui tenir trop chaud. Seul son regard intense, qui semblait parfois vous transpercer, avait quelque chose d'impressionnant. Le gourou, silencieux et les mains croisées dans le dos, fit un rapide tour des prisonniers, puis s'arrêta devant la cage de Sprite.

— C'est toi qui as tué notre frère ? demanda-t-il avec une douceur menaçante.

— Ce fut un grand plaisir, précisa le Waterback d'un air mauvais.

Le Grand Prêtre se contenta de sourire largement, dévoilant de chevalines gencives.

— Nous n'avons que faire de perdre l'un des nôtres, reprit-il en s'approchant du prisonnier. Nos adeptes n'ont pas vocation à avoir une longue vie. Avant d'embrasser le Grand Aride, leur destin était de mourir de soif dans une ruelle ou de périr d'épuisement, enchaînés à un cargal. Non, le Divin Désert leur offre un soulagement, et surtout un but, une mission ; celle de le servir. La mort est heureusement toujours présente au bout du chemin et nous rendons grâce à la sainte canicule pour cela...

Il fit une pause afin de ménager son petit effet.

— Ton insolence est risible. Je me nourrirai avec bonheur de mon frère décédé mais je ne suis pas certain que tu prennes la mort du tien avec la même sérénité... Bortos ! continua-t-il sur le même ton calme en désignant la cage du Bourge. Prépare-nous celui-là !

— T'as pas intérêt à le toucher ! se mit à beugler Pitbull en se jetant sur ses barreaux.

— Bourge ! Bourge ! Réveille-toi, mec ! le supplia en même temps Larbin.

Leurs cris énervèrent alors le bébé qui, de retour dans sa baignoire, reprit lui aussi ses longs hurlements.

Mais le geôlier, après s'être incliné devant le prêtre, était déjà en train de sortir de sa cellule, en le tirant par les pieds, le jeune homme qui gémissait, à moitié inconscient. Il le déposa à côté du corps du Desséché que Sprite avait éliminé.

— Tu as bien agi, Bortos, reprit le fanatique, faisant mine d'ignorer les cris, les menaces ainsi que le regard assassin de Sprite. Nous reprendrons la célébration interrompue avec ces deux offrandes et, cette fois, tu auras le droit de communier.

Le gardien se plia encore plus près du sol :

— Oh merci Grand Prêtre ! Je ne mérite pas votre bienveillance… Et la chieuse ? ajouta-t-il en se léchant les lèvres d'un coup de langue grise.

— Ne t'occupe pas de l'enfant ! s'énerva tout à coup le maître des lieux. Tu m'as bien compris ?! Si nous ne les offrons pas au désert rapidement, ces deux-là vont se gâter. La gamine peut attendre !

Puis en regardant Le Bourge et le macchabée :

— Qu'ils soient prêts dans une heure !

Se drapant dans sa toge, le leader du Grand Aride repartit, sans un regard supplémentaire pour les prisonniers, tandis que Pitbull était submergée par la rage.

— T'approche pas de lui ! vociférait-elle à Bortos au-dessus des geignements de la petite fille. J'vais t'faire la peau !!

Mais le gardien, imperturbable, commença à se mettre au travail en sifflotant. Sous les regards horrifiés des trois Waterbacks, il installa le Desséché sur le dos et dessina au charbon les symboles du culte sur son crâne fendu. Il recula un instant pour admirer son œuvre, et, satisfait, fit de même sur le front du Bourge. Puis il tira les corps sur la bâche de plastique noir placée juste à côté d'une tranchée creusée dans le sol, dans laquelle des seaux avaient été disposés.

— Il ne faut pas en perdre une goutte, expliqua-t-il aux prisonniers sur le ton de l'artisan fier de son travail.

Mais c'est lorsqu'il plaça de gros blocs de bois sous la tête du cadavre et celle de leur ami que les jeunes Parisiens comprirent vraiment ce que Bortos s'apprêtait à faire. Dans leur esprit, ils revirent les horribles arbres de la Plaine Cendreuse. Sprite repensa aussi à ce qu'il avait vu à l'intérieur de l'église du Grand Aride.

— Je vais tous vous tuer, gronda Sprite, sortant de sa torpeur tandis que Bortos empoignait sa lourde hache. Je vais vous massacrer tous autant que vous êtes ! répéta le Waterback qui serrait tellement les poings que du sang coulait de ses paumes meurtries.

Larbin, lui, sanglotait comme un enfant, accroupi, le visage dans son coude tandis que Pitbull était hagarde de stupeur.

— Ne t'inquiète pas, petit, ricana le geôlier en levant son outil au-dessus du Bourge – dont les yeux commençaient à ciller – comme s'il allait fendre une simple bûche. Très bientôt, ça sera ton tour !

Et il abattit la hache...

21

… lorsque l'explosion, arrachant un morceau du mur, propulsa violemment Bortos contre l'une des cages dans un bruit d'os brisés. À l'extérieur, les déflagrations en rafales des fusils automatiques suivirent aussitôt, puis des cris de rage, de peur et les vociférations du prêtre qui semblait avoir perdu beaucoup de sa sérénité. L'heure était grave : des mécréants osaient attaquer le Grand Aride ! Les adeptes se ruèrent alors vers les armes à feu récupérées au fil des années sur leurs nombreuses victimes et tirèrent à leur tour vers la Plaine Cendreuse. Mais seul le flash de poudre sortant des canons ennemis permettait de viser grossièrement dans la tempête, et la plupart des Desséchés se contentaient de canarder l'obscurité. Face à eux, dans le désert, un béret bleu rechargeait son lance-roquettes à côté de Castor.

— Cette fois-ci, évite de shooter un bâtiment, l'avertit ce dernier d'un ton cassant. S'ils sont là, ils doivent être gardés à l'intérieur…

… *S'ils sont encore vivants bien sûr*, compléta-t-il dans sa tête en insérant un nouveau chargeur dans son Heckler et Koch G42. Putain, qu'est-ce qu'il détestait le Grand Putride, comme il appelait cette religion de dégénérés ! L'idée que Pitbull soit en ce moment même entre leurs mains faisait dangereusement monter sa tension et lui donnait des envies de meurtres... Heureusement, si les Waterbacks avaient été assez stupides pour se faire capturer par la secte, c'était il y a peu de temps : pour rattraper les fugitifs, les deux Hummers légers de la Water Corp. avaient avalé les kilomètres de cendres à *top speed*, leurs batteries au lithium frôlant à tout moment la surchauffe ! Il y avait moins d'une heure, ils étaient tombés sur les trous dans lesquels Pitbull et ses amis avaient dû dormir, Bazooka retrouvant l'odeur de la jeune femme malgré le sirocco et le merdier atmosphérique qu'il provoquait. Puis ils avaient repéré les arbres à pendus des enfoirés accros au sang et Castor avait eu un mauvais pressentiment. Ils avaient alors encore accéléré jusqu'à tomber sur ce charmant village de vacances au milieu de l'Enfer !

À Munich, Miss W. se fourvoyait au sujet de cette secte, la considérant comme un simple groupe d'illuminés dont les membres finiraient tôt ou tard par ramer au fond des cargals de la Water Corp. Il n'était pas dans les prérogatives de Castor d'en massacrer les adeptes mais il savait, lui, qu'il était dangereux de laisser se développer ce culte et il ne comptait pas faire de prisonniers aujourd'hui.

— Volsky ? demanda-t-il au mercenaire qui observait l'objectif à travers des jumelles à infrarouge. La situation ?

— Une trentaine de trous du cul apeurés en train de se mettre à couvert, monsieur !

— Parfait ! Bleus Un, Deux et Trois, lança Castor à ses hommes. Maintenant que les tarés sont bien excités, vous prenez le Hummer et vous faites le tour des baraques pour les prendre à revers. Vous mettez la pile du 4x4 au minimum pour limiter les bruits : ils voient que dalle et je ne veux pas qu'ils vous entendent ! Vous tirez pour tuer !

Puis se retournant vers les autres soldats :

— Bleu Six, tu continues à pilonner la place à la roquette. Bleus Quatre, Cinq et Sept, vous me suivez en prenant vos fusils de sniper. Vous choisissez un spot convenable et vous éclatez de la sangsue. Moi, je vais aller dans le dur avec Bazooka ! Allez, *raus*, on se bouge ! conclut-il en tapant des mains.

Dans l'entrepôt, le vent soufflait fort à travers le trou laissé par l'explosion et la cendre s'y engouffrait avec violence. Les Waterbacks, d'abord sonnés par la détonation, hurlaient maintenant à l'unisson du bébé. En effet, Le Bourge, qui l'avait échappé belle – la lame de la hache était venue se planter à quelques centimètres de son visage – était en train de se réveiller sous les encouragements de ses amis.

— ALLEZ ! *WAKE UP ! WAKE UP !* s'égosillait Pitbull, gonflée à bloc par ce shoot inattendu d'espoir.

Le Bourge, vaseux, une titanesque migraine enserrant la totalité de son crâne, finit par se redresser lentement au milieu des sifflets enthousiastes.

— C'est ça ! Vas-y, mec ! T'es le meilleur ! s'exclamait Larbin, grimpant presque à ses barreaux.

— Mmmm... Je suis en vrac, les gars, marmonna le blessé en se frottant l'arrière de la tête.

Puis réalisant qu'il se tenait allongé sur une bâche entre un cadavre et une hache :

— Putain, mais qu'est-ce qui s'est passé ?!

— Cherche pas, intervint Sprite. Les poches du type. Va chercher les clés !

Le Bourge allait demander à son ami de parler moins vite parce que, bordel, il avait le cerveau comme un champignon atomique, lorsqu'il aperçut le corps désarticulé du type qui lui avait lâchement explosé l'occiput à grand coup de crosse. Le gars avait salement morflé et, de ses yeux encore ouverts, semblait regarder d'un air surpris les angles improbables que faisaient à présent ses jambes. Le Waterback se leva, encore groggy, chancela jusqu'au gardien et, surmontant son dégoût, tâta les poches de son jean noir de crasse. Enfin, lorsqu'il se retourna vers ses amis, le jeune homme brandissait non seulement un trousseau de clés, mais aussi le fusil d'assaut déniché tout près. Quelques secondes plus tard, Pitbull se jetait dans les bras du Bourge qui eut du mal à la lâcher, puis Sprite et Larbin les rejoignirent, goûtant leur liberté retrouvée. Rompant les embrassades, Larbin alla chercher le bébé qui ne poussait plus que de petites plaintes épuisées tandis que Sprite se risqua à entrebâiller la porte de l'entrepôt :

— C'est la guerre là dehors. Faut en profiter !

— Tu crois que c'est Castor ? demanda Pitbull en scrutant les ténèbres de la Plaine au loin.

— Possible. Raison de plus pour pas traîner.

— Il faut retrouver notre eau d'abord, lança Larbin qui berçait la petite fille.

Évidemment, le Grand Aride les avait dépouillés de leurs affaires en commençant par l'élément le plus précieux.

— Ils la gardent sûrement dans le bâtiment le plus solide, proposa Le Bourge en désignant le temple.

Sprite acquiesça et, talonné par les autres Waterbacks, courut à travers la place en priant la Pluie pour que personne ne se prenne une balle perdue. Arrivés devant leur objectif, ils poussèrent l'un des lourds battants et pénétrèrent à l'intérieur sans être vus. S'attendant au même spectacle qu'à leur arrivée, Sprite fut soulagé de constater que le temple avait été « nettoyé ».

— Suivez-moi, souffla-t-il en se ruant entre les travées vides vers une petite porte en bois située au fond de la salle ovale.

Elle n'était pas verrouillée et donnait sur un espace deux fois moins grand que la pièce précédente, mais rempli jusqu'au plafond d'un bric-à-brac ahurissant : des tas de vêtements, des armes, des munitions, de la nourriture, des objets plus ou moins incongrus dans cet enfer comme des peluches ou de la vaisselle. Des décennies de meurtres et de pillages s'étalaient sous leurs yeux. Et bien sûr de l'eau ! Un véritable trésor ! Une petite citerne pleine juste derrière leurs sacs à dos encore intacts. Larbin s'abîma un instant dans la contemplation de cette accumulation de richesses, réalisant avec horreur ce qu'elle signifiait jusqu'à ce que Pitbull le sorte de sa torpeur :

— *Guys*, on boit un max et on trace avec nos affaires et quelques armes !

Joignant le geste à la parole, Pitbull releva le couvercle hermétique du réservoir et plongea carrément la tête dedans, vite imitée par les autres qui réalisèrent alors à quel point ils étaient assoiffés. Réhydratés, ils remplirent leurs gourdes à ras bord. Dans cet amoncellement de marchandises, Larbin découvrit aussi un vieux biberon qui lui permit d'hydrater le bébé. Puis, chacun saisit ses sacs et l'arme à feu de son choix avant de ressortir dans la tourmente du vent et de la bataille. Les bérets bleus, moins nombreux mais plus expérimentés et lourdement armés, mettaient le feu au Grand Aride dont les cadavres des adeptes s'alignaient derrière leurs barricades de fortune.

— DE L'AUTRE CÔTÉ ! brailla Sprite en montrant la direction opposée aux affrontements.

— *CAREFUL* ! DES BÉRETS BLEUS VONT SANS DOUTE AUSSI SE RAMENER PAR LÀ ! ajouta Pitbull qu'une bourrasque faillit renverser.

Pliés en deux, ils prirent le parti de longer au maximum les bâtiments tout en gardant un doigt sur la gâchette. Le Bourge, totalement réveillé par la subite montée d'adrénaline, transpirait à grosses gouttes et, le crâne toujours en feu, se tenait lui aussi prêt au face à face avec des agents de Castor. Mais ce fut le prêtre, adossé à une palissade, frissonnant de peur et de rage sous le feu nourri des infidèles, qui les aperçut. Pour le fanatique, c'était l'humiliation de trop ! On ne pouvait pas cracher ainsi à la face du Divin Désert et de ses serviteurs ! D'une main tremblante, il saisit l'épaule d'un de ses adeptes, occupé à recharger son arme :

— PRENDS GURKA ET ÉLIMINE LES PRISONNIERS ! DÉPÊCHE-TOI ! ILS SONT PARTIS PAR LÀ !

Les deux Desséchés se mirent aussitôt en chasse et rattrapèrent promptement Pitbull et ses amis. Les premières balles frôlèrent d'ailleurs la jeune femme alors qu'elle atteignait l'orée du village. Elle se jeta à plat ventre dans la cendre, vite imitée par Sprite, Le Bourge et Larbin qui se recroquevilla autour du bébé afin de le protéger.

— DERRIÈRE ! cria-t-elle inutilement en effectuant un tir de barrage pour leur permettre de se traîner à l'abri sous un vieux chariot à dromadaires aux pneus dégonflés.

Mais le danger était maintenant partout car un véhicule de la Water Corp. venait de s'arrêter sans bruit juste dans leur dos. À l'intérieur du Hummer, Volsky décrocha l'émetteur pour contacter Castor :

— Monsieur, les fugitifs se sont apparemment libérés. Ils sont aux prises avec le Grand Aride. On est *clear* pour les shooter proprement. À vous !

La voix grésilla, autoritaire et menaçante :

— Interdiction de tirer sur les gamins, Bleu Un. Il nous les faut vivants, compris ?! Dégommez plutôt les tarés !

Les trois bérets bleus surgirent hors du véhicule et engagèrent immédiatement les hostilités avec les adeptes. Au milieu des feux croisés, Pitbull, en véritable fille du chaos, restait étonnement calme et n'avait d'yeux que pour le blindé léger qui semblait lui tendre les bras. Elle agrippa le bras de Sprite :

— C'EST NOTRE SEULE CHANCE ! SUIVEZ-MOI !

Rampant prudemment, ils s'éloignèrent de la fusillade aussi vite que le leur permettait la reptation. Pitbull s'arrêta au bout d'une vingtaine de mètres pour analyser la situation. Les déflagrations étaient encore intenses mais les bérets bleus allaient vite régler leurs comptes à leurs adversaires.

— ALLEZ ! *GO* ! s'exclama-t-elle alors en se relevant pour effectuer le sprint de sa vie vers le véhicule.

Les Waterbacks allaient d'ailleurs l'atteindre lorsque Bleu Deux, repérant un mouvement dans sa vision périphérique, réalisa ce qui était en train de se passer. Oubliant les ordres et obéissant plutôt à son instinct, il se retourna pour faire feu sur les jeunes Parisiens. Il put tirer plusieurs rafales avant que son coéquipier, après avoir éliminé les Desséchés, lui arrache presque son fusil des mains :

— T'ES MALADE ! LE BOSS A DIT « VIVANTS » !

Heureusement, cet abruti ne les avait pas touchés et le soldat Volsky regarda monter les adolescents dans SON Hummer. Ok, ce n'était pas glorieux de se faire braquer par des gamins, mais désobéir aux ordres était puni de mort. Une nouvelle fois, il décrocha son émetteur mobile :

— MONSIEUR, DÉSOLÉ, commença-t-il d'une voix peu assurée. LES FUGITIFS VIENNENT DE NOUS... PRENDRE LE BLINDÉ...

Silence de quelques secondes avant l'explosion sur la ligne :

— QUOI ?! VOUS VOUS FOUTEZ DE MA GUEULE ?!

Raccrochant immédiatement, Castor courut de toutes ses forces jusqu'au deuxième Hummer laissé derrière. Il croisa au passage le béret bleu au lance-roquettes et lui fit signe de les suivre, lui et sa hyène. Hors d'haleine, il se mit au volant du blindé, actionna la pile au lithium au maximum pour exploiter la pleine puissance du moteur et fonça au milieu des tirs qui subsistaient. Au bout d'un moment, le soldat qui s'accrochait au tableau de bord se tourna vers son chef :

— Nous laissons nos hommes, monsieur ?

Mais Castor ne prit même pas la peine de répondre. Il sortit du village en renversant quelques Desséchés comme s'ils n'étaient que de simples moustiques-léopards sur son pare-brise. À une centaine de mètres devant lui, malgré la poussière qui encombrait l'atmosphère, il pouvait à présent voir les deux petites taches rouges des feux arrières des fugitifs. Les Waterbacks étaient à sa merci et, près de lui, Bazooka ricana d'impatience.

22

Pitbull aussi avait repéré le Hummer de Castor, dont les projecteurs avant étaient si forts qu'elle ne pouvait pas regarder dans ses rétroviseurs sans être aveuglée par leur puissance. La pédale d'accélérateur collée au plancher malgré la visibilité nulle, la jeune femme se concentrait pour faire abstraction du bébé qui continuait à vociférer – *Fuck* ! Quelle énergie ! – et de Sprite qui pissait le sang dans l'habitacle derrière elle. Une balle avait en effet éraflé la cuisse du Waterback au moment même où celui-ci grimpait dans le véhicule. C'était une munition de béret bleu à haut potentiel infectieux et s'il ne nettoyait pas rapidement la plaie, même superficielle, il risquait de perdre sa jambe. Ou pire. Il lui fallait vite un antiseptique de grade militaire et, aidés du Bourge, ils fouillaient frénétiquement le Hummer à la recherche d'une trousse de secours. Mais bringuebalés de gauche à droite par la conduite effrénée de Pitbull, ils faisaient chou blanc pour l'instant.

— Putain ! gueula Le Bourge en s'affalant contre le genou de Larbin qui, d'un bras, s'accrochait tant bien que mal à un siège tandis qu'il retenait la gamine de l'autre. Tu pourrais essayer d'aller tout droit ?!

— Je fais ce que je peux ! répliqua Pitbull en poussant le véhicule à fond, quitte à en faire péter la batterie. C'est la seconde fois que je tiens un volant de ma vie et on a la Water Corp. aux fesses !

Castor, penché sur le volant comme si cela lui permettrait d'aller plus vite, ne quittait pas des yeux le Hummer des fugitifs : ces petits cons poussaient le moteur du blindé dans ses derniers retranchements et, jusqu'à présent, il ne gagnait pas de terrain. C'était à celui des deux véhicules qui surchaufferait le premier. La situation lui échappait, il devait faire quelque chose ! Essuyant la sueur qui perlait sur son crâne rasé à blanc, il se retourna vers le soldat Bleu Six qui s'était installé aussi loin que possible de la hyène.

— Prends les commandes, lui ordonna-t-il en lui laissant sa place. Et ne les perds pas de vue !

À l'arrière, Castor savait ce qu'il cherchait et, en quelques secondes, ouvrit le bon compartiment. Les dents serrées, il sortit le lance-missile portatif ainsi que le coffre contenant un unique MMP[12] bien calé dans la mousse. Il ne fallait pas se rater. En tirant une roquette à tête chercheuse telle que celle-ci dans le fion des fugitifs, leur blindé allait décoller, c'était sûr, mais normalement, s'il tirait juste sous les roues, c'était un scénario à 86 % sans perte humaine. Acceptable, donc. Soldat aguerri aux combats en panzer, il se déplaça avec aisance jusqu'à la trappe de plafond et ouvrit cette dernière, laissant entrer l'enfer de la tempête dans le véhicule. Il abaissa son masque protecteur avant de sortir la tête, puis tout le haut du corps dans la tourmente. Il souleva alors les 11 kg de technologie

12. Missile Moyenne Portée.

meurtrière et les déposa sur son épaule de vétéran. Il avait fait cela des dizaines de fois et il savait que le MMP était le projectile idéal, même en zone désertique où la cible et son environnement sont pratiquement à la même température. Sûr de lui, il lança le protocole de détection/accrochage et, le doigt sur la gâchette, se tint prêt à faire feu.

À la droite de Pitbull, le radar se mit à hurler tandis qu'une lumière rouge clignota soudain dans l'habitacle.

— C'est pas bon ça ! s'exclama Larbin. Il se passe quoi ?

Dans les rétros, entre deux flashs aveuglants, la jeune femme aperçut la silhouette de Castor.

— *Fuck* ! Ils vont nous envoyer du lourd ! Accrochez-vous, ça va remuer !

— Parce que ça peut plus remuer que ça ?! lança Le Bourge qui tentait tant bien que mal d'asperger la cuisse de Sprite avec le désinfectant miraculeusement trouvé sous une banquette. Il est HS, faut que je lui fasse un bandage !

— Je fais ce que je... Attends, c'est quoi ça ? s'interrompit-elle.

À travers son pare-brise poussiéreux, Pitbull commençait à discerner une forme noire qui grossissait rapidement.

Sans s'en rendre compte, ils avaient roulé en plein vers la ligne du Transaqueux plongé dans l'obscurité. La silhouette indistincte étant le mythique train lui-même !

— C'est quoi ce délire ?! s'écria la Waterback qui comprit aussitôt qu'elle allait bientôt se trouver prise en tenaille entre le Hummer qui les poursuivait et les mitraillettes lourdes qui protégeaient la voie.

— C'est la tempête ! lui répondit Larbin qui essayait toujours de calmer le bébé. Il n'y a plus de soleil depuis trop longtemps. La ligne doit être à plat.

Pitbull n'avait jamais entendu parler d'un tel précédent mais l'explication tenait debout, le Transaqueux fonctionnant uniquement à l'énergie solaire, la pénombre amenée par la tempête de sable démentielle avait dû vider ses batteries.

— Si tu te rapproches trop, on est morts, tu le sais, continua le jeune homme.

Oui, elle le savait et elle voyait déjà au loin les tourelles qui pivotaient vers eux et les « panzers d'escorte » qui accéléraient afin de leur couper la route. L'alerte dans l'habitacle continuait à lui vriller les tympans, rappelant à la jeune femme l'imminence de la menace derrière eux. Prise d'une soudaine inspiration, elle se retourna vers ses amis.

— Tous à plat ventre, j'ai une idée ! leur hurla-t-elle avant d'accélérer encore vers le train.

Les tirs n'allaient plus tarder maintenant. Ils seraient dévastateurs mais elle n'avait pas le choix.

— Ça pue l'idée à la con ! lança Le Bourge en s'allongeant à côté de Sprite, à présent inconscient, mais dont le bandage restait blanc (au moins, l'hémorragie avait cessé).

Castor, une trentaine de mètres à la traîne, avait lui aussi compris la situation mais ne voulait pas abandonner ses proies. Il fallait qu'il les arrête avant que les défenses de la voie ferrée ne les réduisent en charpie. Il était sûr que Pitbull conduisait, il n'y avait qu'elle d'assez couillue pour accélérer vers les tourelles du Transaqueux...

— Monsieur, il faut qu'on s'arrête ! lança le conducteur de l'intérieur du Hummer. C'est de la folie !

— T'AS PAS INTERÊT À RALENTIR ! lui cria son supérieur.

Le MMP était à quatre secondes d'accrocher sa cible, ce n'était pas le moment de perdre son sang-froid... Trois secondes... Deux... Une... Castor appuya sur la gâchette, le corps contracté au maximum pour se préparer au recul considérable qu'il allait subir, et le missile s'échappa avec un sifflement furieux.

C'était ce qu'attendait Pitbull. De toutes ses forces, elle tira alors brusquement sur le frein à main, tout en tournant le volant au maximum, quitte à renverser le Hummer. Heureusement, ce dernier était assez lourd et le sol cendreux suffisamment glissant pour permettre un dérapage violent sur le côté. Avec un sens du timing impossible, le MMP frôla le véhicule des Waterbacks et réinitialisa sa course vers la source de chaleur suivante... le Transaqueux. Avec la lenteur d'un rêve – ou d'un cauchemar –, la jeune femme suivit le missile des yeux tandis qu'il dépassait un mirador et s'écrasait sur le train mythique dans une gerbe de feu. Les Waterbacks relevèrent la tête au son de la formidable explosion.

— Maintenant, on est vraiment dans la merde, constata platement Le Bourge.

— Mais on n'est plus les seuls apparemment, ajouta Larbin en désignant le Hummer de la Water Corp. d'où avait été tiré le missile et qui essuyait à présent le plus gros des tirs des tourelles.

Les panzers aussi allaient directement sur lui.

Pitbull, les sourcils froncés, profita de cette accalmie pour se retourner vers Sprite :

— Comment va-t-il ?

— Il est ok, répondit Le Bourge. L'antiseptique militaire l'a fait tourner de l'œil, mais ça ira je crois...

— C'est le moment de tailler la route alors, lança-t-elle avant d'ajouter d'une voix rendue rauque par l'émotion : Faites bien attention à lui, d'accord ?

Redémarrant le blindé léger, elle accéléra rapidement dans la direction opposée au Transaqueux en flammes. Dans ses rétroviseurs, le véhicule qui les poursuivait depuis le camp du Grand Aride venait de décoller du sol sous l'impact de plusieurs obus avant d'atterrir brutalement sur le capot. Peut-être Castor était-il en train de mourir, broyé dans l'épave... Bizarrement, elle n'arrivait pas à savoir si cette idée la réjouissait ou l'attristait. Elle mit ses sentiments de côté : d'un instant à l'autre, ils pouvaient se faire rattraper par les panzers. Crispés dans le Hummer, les Waterbacks n'osèrent d'ailleurs pas prononcer une parole durant la première demi-heure puis, voyant que le feu du ciel ne tombait pas sur eux, ils finirent par lâcher prise, épuisés. Le Bourge fut le premier à s'endormir aux côtés de Sprite, puis Larbin le rejoignit vite ainsi que la gamine – enfin ! Pitbull, l'œil vitreux, tenait bon et avalait les kilomètres en fixant le brouillard noirâtre qui dansait derrière le pare-brise. Elle fonçait dans une direction inconnue pour un avenir inconnu mais elle n'avait pas peur. Elle était sans doute trop fatiguée pour cela.

Elle allait finalement céder au sommeil elle aussi, quand, après quelques heures d'une fuite aveugle en avant, le

Hummer émergea enfin de la tempête. Ce fut comme sortir la tête du sable pour respirer enfin. La jeune femme arrêta le blindé pour profiter du spectacle : le soleil rougeoyait dans le ciel limpide et disparaissait derrière les marais scintillants de Bremandie.

23

Autour de l'arène improvisée dans un ancien parking souterrain, les hommes s'agitaient de toutes parts. Le vacarme que produisaient les centaines de conversations fiévreuses, rebondissant sur le plafond de béton et se mêlant aux aboiements frénétiques, l'empêchait de réfléchir. Oppressée par ce tumulte, écœurée par l'odeur de transpiration qui la submergeait en vagues brûlantes, Pitbull serrait le tournevis de toutes ses forces. Ce dernier, tout comme la main qui le tenait, était couvert de sang. Deux Desséchés sautèrent alors par-dessus les barrières pour entrer dans le cercle de bitume où elle se tenait. Ils récupérèrent prestement le corps du bâtard étendu sur le sol devant elle et dont l'encolure était maintenant percée de trois petits trous rouges. Après lui avoir lancé un regard vide, ils ressortirent avec la carcasse. Tremblante, elle essaya d'avaler sa salive sans succès, sa gorge était trop sèche. Elle savait que les choses sérieuses allaient pouvoir commencer. Celles-ci ne se firent pas attendre : déjà la foule s'écartait pour laisser passer le nouveau combattant en poussant de petits cris de joie anticipée. Luttant pour ne pas se laisser envahir par la panique, elle chercha des yeux le visage de Sprite, de Larb ou celui du Bourge, le petit nouveau qui la faisait rire. Évidemment, ils n'étaient pas là. Elle seule avait été kidnappée par ces monstres qui avaient besoin de massacrer un enfant pour se changer les idées. Lorsqu'ils avaient fui l'orphelinat, les mains baladeuses et les attouchements odieux, elle et ses amis avaient pensé que la rue ne pouvait pas être pire. Mais elle était seulement différente dans sa manière d'exprimer la violence.

Soudain, la créature apparut et la terreur avala toutes ses pensées. Ce n'était pas un simple animal, un chien jaune des rues comme celui qu'elle venait de réussir à éliminer, c'était une arme de guerre. Les muscles saillant à travers son poil ras d'un blanc immaculé, il tirait sur sa chaîne avec la force d'un âne de labour. La bête repéra rapidement l'odeur de la peur et s'arrêta un instant pour observer sa proie, haletante, les oreilles dressées et la puissante mâchoire entrouverte. Puis, le molosse s'élança vers elle tandis que la barrière s'ouvrait pour le laisser pénétrer dans l'arène. Brindille sentait son cœur battre si fort dans sa cage thoracique qu'il semblait chercher à s'échapper. Elle tendit son petit bras pour brandir l'arme dérisoire devant la gueule béante du pitbull. Des rires, des cris rauques encourageaient à présent le chien qui semblait hésiter. Peut-être s'attendait-il à un véritable combat et pas seulement à une exécution. Autour d'eux, cependant, les Desséchés s'impatientaient et exigeaient de voir couler le sang. Finalement gagné par l'hystérie ambiante, le molosse se rua sur elle, sur son visage. Elle tomba en arrière et la douleur éclata. Intense. Un liquide tiède se mit à couler le long de sa gorge. Avec une lucidité atroce, elle pouvait sentir chaque canine plantée dans sa joue tandis que ces dernières tiraient pour en arracher la chair. Dans une étrange intimité, ses yeux étaient plongés dans ceux du chien qui la déchirait. En un geste désespéré, elle plongea alors le tournevis dans l'orbite de la bête jusqu'à transpercer son cerveau. Avant de mourir, le réflexe de l'animal fut de resserrer ses mâchoires encore un peu plus fort...

... Pitbull se redressa brusquement sur le volant. Devant elle, les eaux saumâtres du gigantesque marécage commençaient juste à s'illuminer sous la lumière rasante du petit matin. Elle passa une main moite sur son visage afin de vérifier qu'elle en avait toujours un et en profita pour repousser ses cheveux roux en arrière. Elle tourna la tête pour découvrir Sprite, un peu pâlot mais souriant, qui l'observait depuis le siège passager. Pitbull réalisa seulement alors à quel point elle avait été inquiète pour lui durant la course-poursuite. Elle allait parler lorsqu'il la devança :

— Tu as réussi, murmura-t-il pour ne pas réveiller les autres qui ronflaient derrière. J'en étais sûr...

— Et toi, comment tu te sens ?

— Pas trop mal. Le Bourge a assuré, je crois, continua-t-il en montrant le bandage qui entourait sa cuisse. Toujours le même rêve ?

— Je crois qu'il me suivra toute ma vie, répondit-elle en soupirant d'un air détaché.

Mais Sprite connaissait assez les fragilités de la jeune femme pour ne pas se laisser berner par cette feinte indifférence et, après un bref mouvement d'hésitation, lui prit brusquement la main :

— Ce jour-là... si seulement je t'avais retrouvée quelques minutes plus tôt... Je te jure, je m'en voudrais touj...

— Tais-toi, chuchota-t-elle en lui étreignant les doigts.

C'était bizarre. Après la relation toxique qu'elle avait eue avec Castor, Pitbull pensait avoir fait une croix sur les hommes. Bien sûr, elle avait remarqué les regards, les attentions de Sprite mais sans jamais vraiment les prendre au sérieux. Pourtant, ce qu'elle ressentait en ce moment pour son ami n'était pas de la simple camaraderie.

Comprenant que quelque chose venait de changer chez la jeune femme, le Waterback rassembla tout son courage et s'approcha d'elle. Elle le dévisagea calmement, se perdant dans ses yeux turquoise. Lorsqu'il avança finalement les lèvres, elle ne se détourna pas...

Le moustique-léopard et le variant Hémo-45

Extrait du 18e rapport annuel
du Ministère des Pandémies
Archives de l'UFG

... pensions avoir laissé le pire derrière nous avec l'Hémo-39 mais il semblerait qu'après les inoffensifs variants 40, 41, 42, 43 et 44, les moustiques-léopards soient à présent le vecteur d'une toute nouvelle fièvre hémorragique. Peut-être due à la politique de gazage agressif de l'UFG, ce virus a muté extrêmement vite avec un taux de contagion jamais vu et une létalité de 85 % (les chiffres communiqués au Ministère de la Propagande ont bien sûr été revus à la baisse pour limiter la panique). Ce nouveau mal est d'ailleurs en passe de faire basculer toute la Bremandie en alerte « Bio-Écarlate » (risques biologiques graves). Il ne faut pas oublier que de nombreux hommes travaillant sur la ligne du Transaqueux ainsi que les quelques agriculteurs...

24

Le bébé n'ouvrit les yeux que lorsque le soleil fut assez haut pour rendre insupportable la chaleur dans le Hummer. Réveillant les Waterbacks de ses petits glapissements, ceux-ci émergèrent déshydratés et durent se restreindre pour ne pas trop entamer leurs réserves d'eau. Le Bourge, après avoir un peu apaisé sa soif, remarqua que Sprite, déjà bien réveillé, s'était installé près de Pitbull et que leurs mains venaient juste de se détacher.

— Ça a l'air d'aller mieux, déclara-t-il au blessé sur un ton qu'il détesta aussitôt.

Dans son cœur, la surprise se mêlait à l'amertume. Contrairement à lui et contre toute attente, Sprite avait eu le courage de se déclarer... Le Bourge pensait-il vraiment avoir ses chances avec Pitbull ? Ou s'en voulait-il simplement de n'avoir jamais eu le courage de faire un pas vers elle ? Il savait depuis longtemps que le grand benêt au regard turquoise aimait la jeune femme. Tout le monde le savait, sauf peut-être Sprite lui-même. Apparemment, frôler la mort avait décidé son ami à agir tandis que Le Bourge avait juste continué à faire ses blagues débiles ! *Tant pis pour ma gueule*, pensa-t-il en essayant de faire bonne figure. De toute façon, Pitbull avait toujours préféré les gros bras comme Castor aux petits malins tels que lui... Celle-ci n'eut pas l'air de remarquer la mine dépitée du Bourge, contrairement à Sprite qui lui sourit avec bienveillance :

— Grâce à toi, mon pote. Merci !

Puis, comme s'il comprenait le combat intérieur de son ami, il ajouta :

— Ça va aller, t'inquiète pas.

Le temps sembla alors faire une pause dans l'habitacle du blindé léger tandis que les deux rivaux se regardaient, ne sachant plus très bien quoi dire ou répondre. Heureusement, la petite fille brisa ce moment de gêne en poussant de nouveaux vagissements.

— C'est quoi son *fucking* problème ?! s'énerva Pitbull, à fleur de peau. Elle s'arrête que quand elle dort ou quoi ?

Il y avait quelque chose dans les cris de ce bébé qui attaquait immédiatement les nerfs de la jeune femme.

— Je crois qu'elle a faim, répondit Larbin en reniflant la gamine. Et qu'elle a chié dans sa couverture...

— Ça commence ! s'exclama Le Bourge en observant les marais de Bremandie qui s'étendaient devant eux. Comptez pas sur moi pour mettre les mains dans la merde ! On est où au juste ?

— Aucune idée, avoua la Waterback en ouvrant le sac de calamar séché. On s'est trop éloignés de la ligne du Transaqueux.

Elle tendit des morceaux de mollusque à Larbin qui, après avoir grossièrement essuyé les fesses du bébé, venait de jeter la couverture par une fenêtre du Hummer, la remplaçant par un chèche militaire trouvé sur une banquette.

— Elle ne va pas manger ça, intervint Le Bourge. Il faut lui donner du lait !

— Parce que t'en as du lait, toi ?!

— Non, mais toi tu pourrais, non ? lança le jeune homme à Pitbull tout en désignant sa petite poitrine. T'es une femme, après tout...

— C'est pas comme ça que ça marche, débile ! répliqua-t-elle, mi-amusée, mi-exaspérée par l'ignorance de son ami.

— Elle doit avoir presque un an, expliqua Sprite. À cet âge-là, elle peut avaler autre chose que du lait... Essaye le calamar en tout petits morceaux !

Larbin s'exécuta mais la petite fille recracha tout de suite la nourriture en braillant de plus belle.

— Fais comme les mamans oiseaux, rigola alors Le Bourge. Mâche un peu avant pour l'aider...

— C'est un peu crade, quand même, se plaignit le jeune homme tout en mastiquant.

Sous des regards d'abord dubitatifs, Larbin sortit de sa bouche un morceau prémâché et l'approcha des lèvres du bébé. Après quelques hésitations, le miracle s'accomplit et ce dernier accepta la nourriture sous les cris de joie.

— Putain ! Alléluia ! Elle va enfin fermer sa gueule, la morveuse ! s'excita Le Bourge qui manqua de se cogner la tête contre le plafond du Hummer. Maintenant qu'on a réglé ce problème, on a plus qu'à se remettre à bouger rapido : après ce qui est arrivé au train, je pense qu'on va avoir toute la Water Corp. aux fesses et pas seulement Castor, sa bite et son couteau !

La Bremandie fumait maintenant sous l'ardeur du soleil. De compacts petits nuages noirs la survolaient çà et là, changeant souvent de direction dans l'atmosphère brûlante, comme malmenés par des vents capricieux.

— C'est quoi ces trucs ? demanda Larbin en désignant l'étrange ballet aérien.

— Des moustiques-léopards, répondit Sprite en haussant les épaules.

— On de la chance d'être à l'intérieur, sinon on était bon pour choper l'Hémo-45, confirma Le Bourge qui vérifia l'étanchéité de la trappe de plafond.

Les moustiques-léopards chassaient toujours en essaim et étaient tristement célèbres pour leur capacité à vider un petit animal de son sang en quelques minutes, ainsi que pour les maladies qu'ils transmettaient allégrement. La dernière en date, l'Hémo-45, était une fièvre hémorragique fatale à 64 %.

— Oui, ça serait pas mal de sortir de ce trou avant que la batterie nous lâche, ajouta Pitbull. Sauf que j'ai aucune idée de la direction à prendre...

Sprite observa le ciel un moment et la course de l'astre solaire encore assez bas à l'horizon :

— Le soleil monte de ce côté : l'Est. Le Nord devrait être par-là, expliqua-t-il en pointant droit devant eux.

— On a dérivé complet du Transaqueux, opina Le Bourge. Mais de toutes manières, notre but c'était le Nord et avec le Hummer, plus besoin de suivre le train. On peut traverser ce bourbier tranquillou !

— *No choice.* On va essayer, répondit Pitbull en tentant de rallumer le moteur. J'espère juste que le blindé tiendra le coup.

Au soulagement général, l'habitacle se mit immédiatement à vibrer en même temps que les voyants du tableau de bord s'allumèrent.

— Bon. Allons-y... soupira la jeune femme en appuyant sur l'accélérateur.

Le véhicule s'enfonça alors dans la terre détrempée avant d'avancer dans un bruit de succion.

Assis à côté du siège conducteur, Sprite regarda son amie – sa *petite* amie ? – un moment, un vague sourire aux lèvres avant de se tourner vers le paysage. Paris pourtant proche semblait appartenir à une autre galaxie et cette eau saumâtre, ce sol boueux, cet air malsain étaient déjà les prémices du Novatlantic. Ses chères dunes où il aimait s'évader, où il s'échappait déjà lorsqu'il ne pouvait plus supporter l'orphelinat, étaient loin maintenant et il n'y retournerait sans doute plus. C'était pourtant en se frottant à l'âpreté des étendues arides qu'il avait réussi à grandir... Le silence et la dureté du désert avaient fait de lui un homme.

La main de Pitbull se posa doucement sur son genou et il ouvrit les yeux. Il n'avait même pas senti qu'il s'était assoupi et, s'il en croyait la couleur du ciel, pendant un bon moment.

— Tu vois ? En face ? demanda la jeune femme en pointant une étrange structure qui se dressait au loin devant eux. On dirait... des arbres. De VRAIS arbres...

La jeune femme savait évidemment que ce n'était pas possible. Pas ici. Pas en pleine Bremandie ! Sprite non plus n'en revenait pas.

— Ça ressemble… presque à une plantation ! s'exclama Larbin, incrédule.

En se rapprochant, ils ne purent que se rendre à l'évidence : sous de vastes filets les protégeant des moustiques-léopards, s'alignaient des centaines de dattiers 2.0.

25

Les battements de son cœur furent la première chose qui pénétra le cerveau de Castor, le sortant peu à peu du gouffre de l'inconscience. Il n'ouvrit pas pour autant les yeux : il ne savait plus comment faire. Lentement, son corps finit par s'éveiller, de l'intérieur vers l'extérieur, comme si les couches successives de son être prenaient vie les unes après les autres. Après son cœur, ce fut l'impression de mouvements et de chocs qui malmenaient son dos qui le tirèrent vers la lumière, puis l'odeur de kérozène, les cliquetis des chenilles du panzer et enfin les voix. Maintenant, il avait repris le contrôle de ses paupières mais il les garda fermées, par prudence cette fois-ci. Car avec le retour de son corps revenaient aussi les souvenirs... Les obus sifflant comme des feux d'artifices. Son Hummer en feu. Bazooka calcinée... Les mots résonnèrent comme des balles perforantes dans le minuscule habitacle métallique :

— ... avec nous. Je sais, monsieur, mais c'est bien le lieutenant Castor. Pas de doute possible.

Une pause.

— Un MMP, monsieur. Le train sera immobilisé un moment.

Une autre pause chargée de tension.

— Très mal en point, monsieur. Nous vous l'amenons. Nous sommes à dix minutes de la base. Terminé.

Les pièces du puzzle s'emboîtaient à présent laborieusement dans la tête de Castor. Il était celui qui avait tiré sur le Transaqueux. Il avait fait bien pire que les pauvres Waterbacks et leurs 20 litres d'eau volée... S'il était arrêté, il n'avait pas une chance : la Water Corp. allait le crucifier ! Prudemment, il entrouvrit les yeux. Les trois bérets bleus lui tournaient le dos, focalisés sur leur mission : livrer au plus vite leur ancien boss devenu en un lancer de missile raté l'ennemi public numéro un. Ils ne lui prêtaient aucune attention. *Quelle bande d'incapables*, pensa Castor en réalisant que les mercenaires ne l'avaient même pas attaché. Il se redressa lentement, plus pour ménager ses blessures que par discrétion – le panzer était assez bruyant pour couvrir ses moindres gestes – et s'approcha de l'agent radio. Castor lui saisit la tête et d'une rotation brusque et puissante, lui brisa la nuque. Reposant le front du béret bleu mort sur ses cartes radar, il rampa alors vers le conducteur et l'artilleur. En passant devant une plaque de métal poli, il eut un mouvement de recul en apercevant sa silhouette : il était couvert de sang comme un type en stade terminal d'Hémo-45. Pas étonnant, que ces types l'aient laissé pour mort sans prendre la précaution de l'entraver ! Il n'était qu'à cinquante centimètres des soldats quand il sortit la lame triangulaire dissimulée dans le talon de sa chaussure gauche. Les deux hommes s'écroulèrent en même temps, la gorge tranchée pour l'un, la tempe perforée pour l'autre, et le panzer s'arrêta. Après avoir jeté les cadavres hors du véhicule, Castor prit alors un instant pour réfléchir et goûter l'ironie de la situation. Il n'était plus qu'un fugitif, n'ayant nulle part où aller et, contrairement à Pitbull et ses amis, n'ayant personne sur qui compter. N'importe laquelle de ses connaissances serait au contraire trop heureuse de le livrer à la Water Corp. Même sans récompense. Installé aux commandes du panzer, il fit alors demi-tour avant d'accélérer vers les lieux où on l'avait shooté, lui et son Hummer. Il fallait faire vite avant que la tempête n'efface toutes les traces. Il devait coûte que coûte retrouver les Waterbacks. Il déciderait alors quoi faire avec eux : les suivre ou les tuer.

Miss W. venait de prendre une longue, très longue douche. En commençant par de l'eau chaude pour purifier son corps souillé par les regards concupiscents du Chancelier, puis avec de l'eau glacée pour réveiller ses sens et leur donner un coup de fouet. D'une serviette, elle frotta vigoureusement sa peau rougie par le froid et enfila un peignoir propre. Devant la glace, se tenait une femme d'âge mûr qui la regardait au-dessus de petites poches que maints liftings n'avaient pu effacer. Une femme somme toute assez banale, pas l'une de ses plantureuses jeunes filles qui hantaient les antichambres de la Chancellerie. Rejetant ses cheveux blonds en arrière, elle sortit de la salle de bain et alla directement s'asseoir à son vaste bureau. Derrière l'immense baie vitrée, la ville de Munich illuminée et l'ombre des montagnes au loin composaient un magnifique tableau impressionniste. Au-dessus du bar, la photo de son aïeul, le fondateur de la Water Corp., ne lui souriait pas. Lui aussi avait été un homme de pouvoir. Un homme qui avait fait fortune dans le pétrole et l'industrie puis dans le business de l'eau avant que quiconque n'ait senti le vent tourner. Un homme qui, sous prétexte de fortune et de pouvoir, choisissait les femmes comme des fruits 2.0 sur un marché. Et *natürlich*, qui se souciait de ce que pouvait bien en penser le fruit ?! Le Chancelier était pareil mais il oubliait un peu vite qu'il ne devait son siège qu'à la Water Corp., à lui mettre des ultimatums et à la regarder comme une *würstchen* prête à être dévorée. Elle avait dû le remettre à sa place cet après-midi. « Les électeurs demandaient une augmentation de la ration d'eau quotidienne », « Les électeurs voulaient ceci ou voulaient cela » ! Croyaient-ils vraiment encore vivre dans une démocratie ?!

La porte du bureau s'ouvrit sur Günther qui, sa sculpturale musculature moulée dans un ensemble en soie, portait une théière et une tasse sur un plateau d'argent :

— *Du willst tee, Frau W. ?*[13]

Son beau visage viril la regardait avec adoration. Non, elle n'était pas belle mais elle était puissante, et c'était maintenant son tour de choisir les hommes comme de simples fruits sur un marché.

— *Nein, mein schatz... Etwas wein, bitte...*[14]

Après avoir supporté le Chancelier, elle avait besoin d'un verre, pas d'une tasse. Günther revint rapidement avec une bouteille de Château Mouton Rothschild 2043 (la dernière année avant le cataclysme écologique) et la déboucha devant elle.

— *Harter tag, frau W ?*[15] demanda le jeune homme en versant le liquide rubis dans un verre en cristal.

---

13. « Voulez-vous un thé, Miss W. ? »

14. « Non, mon chéri... Un peu de vin, s'il te plaît... »

15. « Dure journée, Miss W. ? »

Miss W. n'eut pas le loisir de répondre, l'écran-bureau se mit à sonner. Ce dernier indiquait la France. La branche militaire. Ça ne pouvait pas être bon, surtout à cette heure-ci. Elle fit signe à Günther de vider les lieux, ce qu'il fit en soupirant « *Ah ! Die Franzosen...*[16] », et décrocha.

Un quart d'heure plus tard, elle était toujours debout devant son bureau et avalait son deuxième scotch – finalement, le vin rouge non plus n'était pas assez fort pour supporter cette journée. Le Transaqueux parisien endommagé par une attaque ! Jamais cela ne s'était produit auparavant, même durant les Guerres de L'Eau. Et par un officier de la Water Corp. en ce moment même en fuite à bord d'un panzer de la compagnie ! Un homme qu'elle avait elle-même sélectionné à ses débuts à la tête de la société ! Le général galonné jusqu'au monosourcil qu'elle avait eu en ligne avait quand même osé lui dire qu'au moins le train ne transportait pas d'eau au moment de l'attentat... *Scheisse !* L'eau n'était rien comparée au symbole qui venait d'être déboulonné : la toute-puissance de la Water Corporation et son invulnérabilité ! Miss W. n'avait pas envie de faire face à une nouvelle « Révolte des Innocents » comme son père avant elle. Ou pire : à une guerre ! Il lui fallait prendre des mesures drastiques avant que n'importe quel péquin de l'Union ne pense pouvoir s'en prendre impunément à elle. À Munich, elle allait devoir resserrer l'étau financier et politique autour du Chancelier. Quant à Castor et cette bande de Waterbacks par qui tout était arrivé, elle exigerait leurs têtes alignées sur son bureau dans les prochaines

16. « Ah ! Ces Français ! »

24 heures. Pour cela, il n'y avait qu'une seule personne à contacter. Elle se servit un troisième verre avant d'appuyer sur une touche dédiée du clavier tactile de son écran. Sur celui-ci, le visage d'une femme à la peau sombre et aux yeux d'un bleu acier apparut alors. Ses traits dégageaient une force et une volonté peu communes, une certaine violence aussi. Miss W. avala une gorgée tourbée avant de commencer :

— Major Némésis, j'ai une mission pour vous !

26

L'occasion était trop belle pour les Waterbacks : après des jours à se contenter de calamars séchés, des arbres chargés de fruits bien mûrs leur tendaient à présent les bras. Par précaution, ils avaient abandonné leur véhicule à bonne distance des gigantesques filets qui protégeaient la plantation à la manière d'un dôme ou d'une immense serre, mais difficile de ne pas se faire repérer sur un relief aussi plat. Marchant avec prudence et difficulté à travers le marais, de l'eau bourbeuse jusqu'aux genoux, espérant ne pas croiser un serpent ou un nuage de moustiques, ils serraient leurs armes automatiques, prêts à riposter à la première attaque. Larbin, qui avait laissé le bébé endormi dans les bras de Sprite, à l'arrière du hummer, avançait péniblement derrière Pitbull en éclaireuse tandis que Le Bourge pestait entre ses dents sur la nature spongieuse du terrain.

— C'est pas vrai, grogna le jeune homme en retirant son pied nu d'une flaque de vase. Ma putain de chaussure vient d'être aspirée !

— Le sol se durcit à partir d'ici, lui lança Pitbull qui venait d'arriver sur une zone herbeuse. Ils n'ont pas planté leurs arbres dans le marécage...

— On fait une pause ? proposa Larbin, essouflé, en s'affalant sur la terre compacte.

— Rapidement alors. Et on se tait, chuchota la jeune femme en désignant les arbres maintenant à une dizaine de mètres seulement de leur position. On chope des dattes et on se barre. Ni vu, ni connu.

Ils s'apprêtaient à poursuivre leur chemin lorsqu'elle arrêta Larbin :

— Reste ici pour nous couvrir, Larb.

Le jeune Waterback approuva en armant sa kalachnikov.

Pitbull, quant à elle, était déjà devant le filet en tissu synthétique qui ondulait paresseusement dans le vent chaud.

— Bourge, c'est à toi de jouer, lança-t-elle tout bas à son ami.

Ce dernier dégaina son poignard Bowie, s'agenouilla devant la toile, et entreprit d'y percer un trou suffisamment grand pour ramper à l'intérieur de la plantation. La lame n'avait pas encore entaillé le moindre millimètre qu'une dizaine de déclics de fusils automatiques se firent entendre autour d'eux. Derrière le filet, cinq hommes et femmes tenaient les fugitifs en joue tandis que cinq autres les avaient pris à revers. Un garçon aussi jeune que Larbin collait même le canon de son revolver sur le crâne de ce dernier. Un vieillard aux cheveux gris sortit à son tour de sous les arbres.

— Jetez vos armes, ordonna-t-il d'une voix calme.

— Putain, ça va pas recommencer ! pesta Le Bourge en jetant son couteau à terre.

Les autres l'imitèrent et se débarrassèrent de leurs fusils.

— Je ne peux malheureusement pas vous laisser faire des trous dans ma moustiquaire, continua le vieil homme avec ironie. Qui êtes-vous et que faites-vous ici ?

Les Waterbacks se regardèrent en silence.

— Je ne plaisante pas avec l'Hémo-45 et la sécurité de mes hommes et de ma famille, reprit-il avec humeur. Et j'aimerais savoir pourquoi un groupe de jeunes gens utilisent un Hummer de la Water Corp. avant d'essayer de s'introduire chez moi sans y être invité ! On vous observe en effet depuis un bon moment...

Peut-être à cause de sa façon de prononcer « Water Corp. » avec un subtil dédain, Pitbull se décida à parler. Les mains toujours levées, elle se tourna vers le patriarche :

— Nous ne sommes pas des agents, juste des fugitifs accusés à tort d'avoir volé de l'eau...

Le vieil homme se mit à rire doucement :

— Vous n'avez pas volé d'eau mais vous avez dérobé un véhicule... Et mes fruits, vous vouliez les acheter je présume ?

— Je sais que les apparences sont contre nous mais nous ne sommes pas des voleurs, monsieur, se défendit la jeune femme. Nous ne pouvons faire confiance à personne, c'est tout...

Le vieillard la jaugea un moment puis hocha la tête d'un air satisfait.

— Ici, on ne porte pas vraiment la Water Corp. dans nos cœurs. Les dattiers n'ont pas besoin de beaucoup d'eau mais ils nous la font payer à prix d'or – quasiment le tiers de notre revenu – et bien sûr c'est sans compter les impôts de l'Union qui nous amputent d'un deuxième tiers...

Il regarda ses hommes à l'extérieur du filet.

— Lucas, Joachim, prenez leurs armes et amenez-les à la maison sous bonne garde.

Pitbull allait parler lorsqu'il ajouta :

— Ah, oui ! Votre ami blessé ainsi que le bébé vont bien entendu nous rejoindre...

Après une dizaine de minutes de marche le long du filet protecteur, les Waterbacks et leur escorte arrivèrent jusqu'à une grosse fermeture éclair semblable à celle d'une simple tente. Ils se faufilèrent rapidement dans l'ouverture et empruntèrent un petit chemin de terre entre les arbres. Les jeunes Parisiens, qui n'avaient jamais vu autant de végétation, ne purent d'ailleurs s'empêcher de jouir de cette promenade à l'ombre des feuillages malgré les armes pointées sur eux. Au bout du chemin apparut enfin une demeure en bois blanc qui s'apparentait plus à un manoir qu'à une simple maison.

— Wow ! s'exclama alors Le Bourge, véritablement impressionné.

— Ce domaine et cette maison appartiennent à notre famille depuis plusieurs générations, s'enorgueillit Lucas, le jeune garçon qui avait braqué son arme sur Larbin. Venez, mon grand-père vous attend !

Sur la vaste terrasse protégée du soleil par des auvents, assis sur un siège d'osier, le patriarche les attendait en effet. D'autres chaises vacantes étaient disposées en face de lui autour d'une table basse sur laquelle trônaient une corbeille de fruits ainsi qu'une carafe d'eau et des verres. Les Waterbacks, sidérés, croisèrent une petite patrouille d'hommes et de femmes qui, pistolets mitrailleurs à l'épaule, se dispersèrent dans la plantation tandis qu'ils furent menés jusqu'aux places vides.

— Comme vous pouvez le voir, nous ne sommes pas sans défense, expliqua sans préambule le vieil homme en les regardant s'asseoir. Les insectes ne sont pas les seuls suceurs de sang qui nous posent des problèmes. Le Grand Aride commence à développer son culte sordide ici même, en pleine Bremandie ! Vous vous rendez c...

Il s'interrompit en voyant arriver Sprite boitillant entre deux gardes. Dans ses bras, le bébé braillait à s'en déchirer les cordes vocales.

— Mangez et buvez un peu, soupira alors leur hôte. Et nourrissez cet enfant, bon sang ! Après vous me raconterez votre histoire...

27

Lorsque Pitbull ouvrit les yeux, elle eut l'impression d'avoir passé cent ans dans un profond coma. Cela faisait un sacré bail qu'elle n'avait pas dormi sur un matelas de cette qualité. Depuis New London. Pourtant, cette fois-ci, l'évocation de son ancienne vie ne fit pas dériver son esprit vers Castor mais vers la forme qui respirait doucement à ses côtés dans la pénombre. Elle se tourna vers Sprite, doucement, pour éviter de l'éveiller, et se mit à contempler ce beau visage qu'elle connaissait depuis toujours. Ce qui lui aurait semblé étrange il y a quelques semaines de cela, lui paraissait ce matin le plus naturel du monde : elle, partageant son lit avec son plus vieil ami... Elle soupira de bien-être. Cet endroit devait ressembler au paradis. D'ailleurs elle jurerait presque s'être fait réveiller par le chant d'un oiseau !! Pas le croassement rauque d'une de ces grosses corneilles qui hantaient les ruelles parisiennes, non : une vraie mélodie ! Ce fut à ce moment-là qu'elle réalisa qu'elle n'avait pas rêvé du chien et de l'arène. La première fois depuis des années ! Elle tendit l'oreille pour retrouver l'oiseau, mais tout ce qu'elle percevait à présent étaient des conversations humaines.

La matinée était déjà bien avancée derrière les rideaux de la petite chambre que Daniel – le maître de ces lieux – avait allouée au jeune couple. Elle crut soudain discerner le rire de Larbin qui discutait joyeusement. Sans doute avec Lucas, le petit-fils du patriarche avec qui il s'était immédiatement bien entendu. Pitbull étira ses bras et remonta un peu la tête sur son oreiller. Elle repensa à la conversation d'hier sur la terrasse. Comment ils avaient raconté toute leur histoire depuis le braquage de Larb. Le vieil homme et sa famille qui l'entourait n'avaient posé aucune question jusqu'à ce qu'ils en arrivent à l'attaque du Transaqueux. La compassion qui s'affichait sur les visages de leurs hôtes avait alors laissé la place à l'inquiétude et à la peur. Le fils aîné de Daniel, Joachim, s'était même tourné vers son père afin de le supplier de chasser au plus vite les Waterbacks, ceux-ci représentant un trop grand danger pour la plantation. Heureusement, le chef de famille, après s'être excusé pour la fougue de son premier-né, leur avait accordé deux nuits de repos avant de devoir quitter les lieux. Pitbull et ses amis, épuisés autant physiquement que nerveusement, avaient accepté l'offre généreuse avec gratitude. Après cela et malgré les regards mauvais que leur avait lancé Joachim, l'ambiance s'était nettement détendue. Une femme avait pris la gamine des bras de Larb pour lui donner du lait de chamelle et, après s'être lavé dans un vrai bain de billes autonettoyantes, chacun avait pu se reposer dans une chambre propre...

Incapable de se rendormir, Pitbull décida de se lever. Sans déranger Sprite, elle s'habilla rapidement et sortit dans le couloir. L'ancienne maison de bois avait été construite afin de favoriser les courants d'air et la jeune femme frissonna de plaisir en sentant une petite brise courir le long de son dos. La demeure était silencieuse, abandonnée par ses habitants qui devaient travailler à la datteraie. Pitbull suivit un couloir la menant vers une pièce lumineuse. C'était une bibliothèque comme elle n'en avait jamais vue, même dans l'Archipel des Brits, et Le Bourge y était confortablement installé. Des rangées et des rangées de vrais livres en papier n'attendaient plus qu'un lecteur de bonne volonté pour révéler leurs secrets. Son ami avait apparemment répondu à l'appel de la connaissance et était si profondément plongé dans un ouvrage qu'il ne l'entendit pas arriver.

— Qu'est-ce que tu lis ? lança-t-elle en souriant, sachant bien qu'il allait sursauter.

Elle ne fut pas déçue.

— Ah ! Tu m'as fait flipper ! grogna-t-il en refermant le livre. C'est un atlas d'avant le réchauffement... C'est dingue. Daniel m'a expliqué que la Bremandie, à l'époque, c'était une campagne verdoyante qui entourait la ville d'Évreux... Jusqu'à la montée des eaux.

— Oui, c'est ouf... répondit poliment Pitbull que le passé n'intéressait pas mais qui enviait son ami de savoir lire.

Il était le seul de la bande à avoir appris, le seul qui ait connu des parents et un début de scolarité.

— Mais ici, sous cette plantation, continua Le Bourge, passionné par ses découvertes, ça a toujours été une terre fertile. D'après Daniel, ça s'explique par le niveau un peu surélevé du terrain mais surtout grâce à une épaisse couche d'argile qui l'englobe en profondeur et empêche l'eau salée de pénétrer... C'est une véritable oasis en plein marécage !

— *So what ?* Tu es excité comme une puce des sables à cause de ça ? demanda-t-elle, dubitative.

Elle connaissait bien Le Bourge et savait qu'il y avait autre chose.

Ce dernier haussa les épaules :

— J'ai aussi trouvé un bouquin sur la Norvège ! Il faut que je vous en parle à tous...

Pitbull ne put s'empêcher de lever les yeux au ciel : le voilà qui repartait avec sa vieille obsession.

— Je croyais qu'on avait fait le tour de la question, Bourge.

Celui-ci ignora le commentaire et désigna un coin de la bibliothèque :

— Y a des trucs à manger en plus de la Bleue sur le buffet là-bas et Daniel nous convie à sa table ce soir... Si Sprite se décide à sortir de son hibernation...

Le soir venu, le grand feu qui crépitait dans l'âtre colorait les murs et les visages des convives d'une belle teinte orangée. Les Waterbacks étaient installés à une grande table ovale face au patriarche et à ses cinq enfants et petits-enfants qui venaient de rentrer du travail. Un siège pourtant, celui de Joachim, restait vide, mais Daniel n'eut pas l'air d'y prêter attention.

— J'espère que vous avez profité de notre accueil pour reprendre des forces, commença-t-il avec un sourire.

— Une telle bonté était inespérée. Nous n'oublierons jamais ce que vous avez fait pour nous, déclara sobrement Pitbull.

Le vieil homme rougit en toussotant :

— À travers les livres, j'ai gardé la nostalgie d'un monde que je n'ai pas connu. Un monde où des enfants ne sont pas exécutés sans jugement par la police pour quelques gouttes d'eau, où des hommes libres, sans puce dans le cou, aspirent à autre chose que leur propre survie et savent encore s'entraider...

Il se tourna vers sa famille qui le regardait avec amusement.

— Je ne suis qu'un rêveur et je crois que tous mes enfants en sont devenus aussi... Enfin, presque tous...

Pitbull, élevée dans la violence de la rue, avait encore du mal à croire qu'un être humain puisse venir au secours de son prochain sans arrière-pensées. Cependant, les paroles du patriarche touchèrent la jeune femme qui inclina la tête vers lui.

— Merci, Daniel. Vraiment.

— Et merci de m'avoir laissé consulter cette fantastique bibliothèque, ajouta Le Bourge avec enthousiasme.

— Le moment qu'on attendait tous, ironisa Larbin en inspirant bruyamment. Mister Norvège va entrer en piste !

Ignorant délibérément la remarque, Le Bourge posa un petit livre sur la table.

— Vous savez ce que c'est ? demanda-t-il en pointant l'ouvrage du doigt. Tout simplement la clé vers la Scandinavie !

— Pourquoi tes amis t'appellent-ils « Mister Norvège » ? demanda Daniel en rompant le pain de datte encore chaud.

— Mes soi-disant « amis », commença Le Bourge, ne réalisent pas que ce pays est la nouvelle terre promise ! Quand j'étais enfant, mes parents m'ont offert un ancien livre de photos et ce que j'ai vu m'a marqué à tout jamais :

imaginez simplement une terre verte, des glaciers bleutés, des fjords magnifiques !

Pitbull passa le plat de calamars farcis au *wheat-NG*[17] à Larbin.

— Je te rappelle que pour aller en Scandinavie, énonça-t-elle comme si elle s'adressait à un très jeune enfant, on a besoin d'un bateau. Et même si on en avait un, il faudrait passer les ouragans qui entourent la Norvège. C'est impossible ! Même les navires britanniques ne s'y risquent pas !

— Eh bien, détrompe-toi, répliqua Le Bourge en reprenant son livre. Ce bouquin plutôt récent décrit toutes les routes *Hurricane-free* empruntées par les cargals de l'Union, des Brits, de l'Empire Yakuza et même par les bateaux solaires[18] du Néo-Califat ! Il est écrit que contrairement au Groenland, qui est définitivement séparé du reste du monde par les Quatre Affreux[19], la Scandinavie est, je cite le passage « atteignable en été grâce à une diminution notable

---

17. Comme les dattes 2.0, le blé nouvelle génération (ou *wheat-New Gen*) est une plante génétiquement modifiée pour pousser avec le minimum d'eau possible. Ce blé est beaucoup plus onéreux que les dattes.

18. Contrairement à la plupart des nations, le Néo-Califat dispose d'un sous-sol riche en minerais lui permettant de produire assez de panneaux solaires pour en équiper une nouvelle génération de bateaux qui fonctionnent avec cette énergie. Les cargals composent encore cependant le gros de leur flotte.

19. Surnom donné aux quatre hyper-ouragans qui entourent le Groenland. Ils empêchent toute navigation vers cette terre et voilent toutes les visibilités satellites. Ils sont nommés d'après les Titans de la mythologie grecque : Hypérion, Cronos, Océan et Atlas.

de l'activité de la perturbation anglo-scandinave à partir du mois de juillet » ! Ils appellent ça *la Passe de Faro*... Vous savez ce que ça veut dire ?! Que notre rêve n'est plus si impossible que ça !

Le Bourge fut alors interrompu par l'entrée d'une domestique portant le bébé dans les bras. Elle l'apporta spontanément à Larbin.

— Elle a bien mangé, l'informa-t-elle en souriant. Je pensais que vous voudriez lui dire bonne nuit...

— Au fait, c'est quoi son nom ? demanda Lucas aux Waterbacks.

Pitbull lança un regard gêné à ses amis :

— Pour vous dire la vérité... On n'en sait rien et on n'a pas vraiment eu le temps d'y penser...

— Moi j'y ai réfléchi, intervint Larbin en prenant l'enfant dans ses bras. J'avais pensé à « Hope » parce qu'elle est porteuse d'espoir...

— Pas celui d'avoir la paix en tout cas, rigola Le Bourge avant de revenir au sujet qui le préoccupait : Alors vous en pensez quoi ? De la Norvège ?

Comme pour lui donner raison, la petite se mit à chouiner avant de se calmer dans les bras de Larbin.

— C'est intéressant mais le plan n'était pas de s'embarquer sur un navire, répondit Pitbull. C'est bien trop dangereux. Et puis je te rappelle que c'est TON rêve...

Le Bourge se tourna vers son amie et la regarda avec le plus grand sérieux.

— Je crois que le plan a changé depuis que ton copain a défoncé le Transaqueux. Nous ne serons jamais plus à l'abri dans l'Union. On n'a plus le choix, il faut quitter le pays.

Un grand silence tomba sur la salle à manger, uniquement perturbé par les petits cris de Hope. Pitbull allait rétorquer qu'il n'était pas question d'envisager un tel exil lorsque Sprite lui coupa l'herbe sous le pied en prenant la parole :

— Il a raison. Mais les Brits sont un choix plus sûr...

Il s'arrêta pour reprendre son souffle, la cuisse serrée entre ses paumes.

— Tu es d'accord avec lui ?! commença Pitbull avant de réaliser que quelque chose ne tournait pas rond avec la jambe de son ami : Qu'est-ce qui t'arrive, Sprite ?!

— Je sais pas. Ça me fait mal d'un coup. Je me sens pas au top...

— C'est ta blessure ! Saloperies de balles infectieuses !

Daniel, qui s'était levé à son tour, s'approcha alors des Waterbacks :

— J'ai quelques notions de médecine. Montrez-moi ça. Si c'est une balle de béret bleu, il faut s'en occuper rapidement !

Il venait à peine de finir ces mots qu'un bruit étrange provenant de la plantation se fit entendre. Une sorte de ronflement dont l'intensité augmentait peu à peu. Des cris provenant de la datteraie s'élevèrent à leur tour. Comme un seul homme, Daniel, ses enfants et les Waterbacks se précipitèrent dehors pour tomber nez à nez avec Joachim, terrorisé.

— Papa ! Papa ! s'écria-t-il fiévreusement. Des hélicoptères ! Des hélicoptères de la Water Corp. ! Ils sont devancés par un Hummer qui fonce vers la plantation !

Un autre agriculteur les rejoignit, tout aussi paniqué :

— Daniel, le véhicule sera sur nous dans cinq minutes ! Les hélicos dans dix !

28

D'un coup de volant, il évita l'explosion du missile air-sol Maverick 3. Une immense gerbe de boue monta jusqu'au ciel et recouvrit presque complètement les fentes de visée du panzer, rendant la conduite de ce dernier encore plus chaotique. Heureusement, l'explosion avait eu lieu du côté de son oreille déjà sourde. Les mâchoires contractées et la moitié du visage en sang, Castor était à bout de nerfs, et c'était peu de le dire.

La Water Corp., en effet, n'avait pas traîné pour réagir et à peine un petit quart d'heure après sa prise de contrôle du char, son téléphone interne avait commencé à hurler, volume au maximum. Mentalement, il avait tout de suite essayé de passer en mode silencieux. Il avait alors découvert avec horreur qu'il y avait deux boutons OFF, et que le second était situé dans un bureau de Munich ! Au bout de trois heures de ce traitement, il avait sérieusement commencé à envisager de s'arracher le tympan à mains nues ou de se fracasser le crâne sur le tableau de bord. Au lieu de ça, il avait réussi à retrouver les traces des Waterbacks malgré la tempête et s'était lancé à leur poursuite. Puis le téléphone avait arrêté soudainement de sonner et une voix avait éclaté dans son cerveau. Une voix féminine qui lui disait de s'arrêter et de l'attendre s'il ne voulait « pas bouffer ses propres baloches ». Cette charmante proposition lui apprit trois choses extrêmement importantes : un, que la major Némésis était à ses trousses (sa voix grave était inimitable). Deux, qu'au vu de la réputation de cette guerrière, qu'il l'attende ou pas, il allait goûter à ses bijoux de famille si jamais elle le rattrapait. Trois, le bruit de fond qu'il avait perçu était sans le moindre doute le vacarme des pales d'un hélicoptère. Du coup, il avait encore accéléré la cadence du gros panzer en regrettant l'agilité de son Hummer. *Des hélicoptères, putain ! Et pourquoi pas un porte-avion ?!* Si Miss W. avait donné l'autorisation de brûler une telle fortune en kérosène, il n'y avait plus grand-chose à espérer pour lui à part la fuite. Avec en bonus cette Némésis aux fesses ! Un sacré numéro, celle-là encore ! C'était quoi toutes ces gonzesses qui avaient plus de couilles que la plupart des mecs qu'il connaissait ?!

Quand elle avait raccroché, les hurlements de la sonnerie avaient repris, de plus en plus forts, de plus en plus stridents. L'ancien chef des bérets bleus parisiens avait tenu quelques heures de plus avant d'arrêter le char. Il n'avait plus le choix. Ce qui lui avait paru extrême en début de journée était devenu LA solution. Empoignant sa lame triangulaire, il l'avait pointée juste au-dessus d'un petit creux derrière l'oreille. En profondeur, il avait senti sous ses doigts le mécanisme qui était en train de le rendre fou. Une profonde inspiration et d'un geste sec, il avait enfoncé jusqu'à la garde la lame dans sa chair. Un éclair de douleur l'avait traversé. Une souffrance si forte qu'il avait manqué de perdre connaissance. Puis le silence l'avait submergé comme une vague de sérénité et de bien-être. Il en avait presque ri de soulagement : il avait définitivement perdu un tympan et même si l'électronique principale était toujours en place, au moins, il avait la paix.

L'apaisement de Castor fut de courte durée car à peine était-il sorti de la tempête pour découvrir à son tour les marais de Bremandie, que le radar du panzer s'était mis à clignoter en rouge. Ils avaient mis moins de quinze heures pour le retrouver... Il était certain que son téléphone interne avait joué le rôle de mouchard. Ainsi, même les officiers de la Water Corp. exempts de cette putain de puce de travail pouvaient être pistés comme de vulgaires citoyens.

La proie était aussi un prédateur et, devant lui, les traces du Hummer de Pitbull étaient parfaitement visibles. Il les avait suivies jusqu'au véhicule pour le trouver vide et abandonné. Putain ! Où ces enfoirés étaient-ils passés ?! De son oreille valide, il lui avait semblé vaguement percevoir le ronflement terrible des hélices. *Non, pas déjà...* avait-il pensé. Puis il l'avait vue : la plantation au loin dans la brume chaude. Et il avait foncé. Il n'était plus qu'à quelques kilomètres maintenant et – ce n'était pas un mirage auditif – il avait compté trois hélicoptères derrière lui qui gagnaient sans arrêt du terrain. Mille mètres de l'objectif. Il évita miraculeusement un deuxième Maverick 3 qui fit tout de même décoller du sol le panzer de plusieurs tonnes. Cinq cents mètres. Ce n'était pas le moment de faire dans la dentelle et Castor, sans ralentir, entra à toute blinde dans la plantation, déchirant le filet protecteur et déracinant une dizaine de dattiers 2.0. Sans perdre de temps, il ouvrit la trappe du char et sortit les mains bien levées en l'air. Les hélicos seraient ici dans quelques minutes. Une dizaine de types le braquaient avec des fusils automatiques et, en eux, il lut immédiatement la haine et l'envie de tirer. Au milieu de la bande, il aperçut alors cet enfoiré de Bourge, puis Sprite et Pitbull qui le regardaient comme s'il était revenu d'entre les morts.

— Attendez ! Ne tirez pas ! cria-t-il autant à l'attention des agriculteurs énervés que de ses anciens Waterbacks. Je peux vous aider !

29

Pas le temps d'y réfléchir. Même pas quelques minutes afin de peser le pour et le contre. Castor était là, désarmé, encore plus *fucked up* qu'eux et il proposait son aide. Un guerrier comme lui était sans conteste un atout alors, d'instinct, Pitbull avait crié : « Il est avec nous ! » Le Bourge et Larbin avaient bien sûr fait mine de protester mais la jeune femme les avait fait taire d'un regard furieux. Sprite, comme d'habitude, n'avait rien dit mais elle le connaissait assez pour lire la déception dans son regard : leur « relation » était toute fraîche et le Waterback n'avait pas vraiment imaginé se retrouver en cavale avec l'ex de Pitbull. Cependant, l'heure n'était pas au romantisme ni au ménagement des sensibilités mais à la survie ! La jeune femme se détourna de ses amis pour s'avancer vers le patriarche de la plantation en pleine dispute avec son fils aîné.

— Il nous suffit de les livrer à la Water Corp., insistait Joachim en menaçant toujours Castor de son arme. J'vois pas pourquoi on prendrait le moindre risque pour des inconnus !

— Tu me fais honte, répliqua sèchement son père. Tu voudrais donner des gamins de l'âge de ton neveu aux bérets bleus ?! Va plutôt distribuer des munitions ! Et toi, Lucas, continua-t-il, va sortir le canon lourd de la réserve avec Mathias !

Pitbull se planta devant le vieil homme qui continuait à crier ses ordres de bataille.

— Qu'est-ce que vous faites, Daniel ? l'interrompit-elle en lui saisissant le bras.

— Vous croyez que nous allons nous laisser massacrer sans nous défendre, peut-être ?! Hors de question !

Castor, que les agriculteurs venaient de cesser de tenir en joue, descendit de son panzer pour rejoindre la jeune Waterback.

— Elle a raison, assena-t-il au vieil homme. Vous ne pouvez rien faire contre des hélicoptères de combat. Ils vont vous réduire en charpie. En revanche, personne n'est obligé de penser que vous nous avez aidés ! Cachez immédiatement toutes vos armes, donnez-nous un véhicule rapide – j'imagine que vous en avez forcément quelques-uns sur une plantation isolée telle que la vôtre – et vous n'aurez qu'à dire qu'on vous a braqués ! On va tracer la route en emportant toute cette merde avec nous !

Daniel parut gagné par la confusion et Castor en profita pour enfoncer le clou :

— Dépêchez-vous de prendre une décision. Bientôt vous n'aurez plus ce luxe !

Le patriarche de la plantation toisa le nouveau venu avant de rappeler ses hommes pour les informer du changement de plan : ils n'allaient plus se battre mais jouer aux victimes effarouchées et désarmées...

— Si seulement tu les avais virés dès le début, grommela Joachim. Et maintenant on va leur donner un de nos camions !

— Fais ce que je dis et tais-toi ! s'emporta Daniel, honteux de l'attitude de son fils aîné, ou peut-être seulement en proie à la culpabilité. Vous, venez avec moi ! lança-t-il avec nervosité à Pitbull et ses amis.

Larbin, qui suivait le mouvement en tenant Hope dans ses bras, s'en voulait à mort d'avoir apporté une telle menace au-dessus de la tête de leurs hôtes. Lucas et sa famille ne méritaient pas de payer pour leur bonté envers eux. Il était plutôt déprimant de constater que c'étaient les types comme Joachim qui avaient finalement raison... Ils arrivèrent vite devant une grange dans laquelle étaient garés deux camions rapides dotés de chenilles.

— C'est parfait, déclara Castor devant les engins agricoles. Ça va nous laisser une possibilité de riposte...

Le Bourge leva les yeux au ciel en faisant mine de s'installer dans un véhicule. *Il est incroyable ce type*, pensa-t-il. *Il nous pourchasse avec sa saloperie de hyène – d'ailleurs où est-elle, celle-là ? –, il explose le Transaqueux, nous ramène toute l'armada de la Water Corp. aux fesses et après, il joue au petit chef avec nous !*

— Bourge ! gueula l'ancien lieutenant avec à propos. Bouge ton cul et va chercher les lance-roquettes dans mon panzer. On décolle dans une minute !

— Putain ! Va les chercher toi...

— Arrête, Bourge, grimaça Sprite, de sale humeur. On n'a pas le temps pour ça ! Vas-y !

Cent-cinq secondes plus tard, le camion était prêt à partir. Les trois hélicoptères étaient maintenant bien visibles dans le ciel et seraient au-dessus des dattiers dans deux minutes. Castor, installé aux commandes, s'apprêtait à mettre les gaz plein pot quand Lucas revint vers eux avec un gros sac qu'il lança à Larbin.

— Ça vous sera utile à vous et à Hope... Bonne chance ! cria-t-il aux Waterbacks.

— Encore merci pour tout ! lança Pitbull, émue, à Daniel et son fils.

Le vieil homme, en guise de réponse, s'agrippa à l'épaule de Castor par la fenêtre baissée :

— Votre seule chance, c'est le champ à énergie à quelques kilomètres au nord. On ne voit rien à cause du brouillard de chaleur mais il est tout proche...

Après un bref signe de tête, l'ex-béret bleu écrasa alors l'accélérateur et le camion bondit à travers les marécages.

Aux commandes de son hélicoptère *Tiger* ECC778, la major Némésis rongeait son frein pour ne pas balancer toute sa puissance de feu sur la plantation à quelques *klicks*[20] de là. Pourtant, le radar était formel : le traceur couplé au récepteur interne du lieutenant Castor s'y trouvait et, si ce dernier ne s'était pas arraché la moitié du visage, il n'en avait pas encore bougé. Sur le manche, le bouton contrôlant le tir des deux paniers de 19 roquettes de 70 mm lui chatouillait le pouce ! D'un mouvement du doigt, elle pouvait déverser les flammes de l'Enfer sur la datteraie, cramant tous les êtres vivants dans un rayon de 3 km. Une manière simple et efficace de se débarrasser de ce terroriste ! Malheureusement Miss W. connaissait bien son dossier ainsi que ses petites faiblesses, et elle lui

20. Argot militaire signifiant « kilomètres ».

avait demandé de limiter les pertes collatérales. Cramer une plantation entière avec tous ses employés n'était donc pas envisageable. Pas encore. Némésis connaissait la politique et elle l'avait en horreur. Tous des lâches ! Pour le moment, le désastre du Transaqueux ayant été étouffé, la patronne de la Water Corp. n'était pas prête à assumer un massacre. Si demain ses actionnaires menaçaient réellement son hégémonie, elle serait beaucoup plus encline à fermer les yeux.

Elle jeta un coup d'œil à Tigron 1 et 2 volant à ses côtés qui multipliaient par trois sa puissance de frappe. Quel gâchis de n'utiliser une si belle tronçonneuse que pour couper une allumette ! Soudain le radar se mit à biper. Castor s'était remis en mouvement ! Il avait choisi de fuir dans les marais au lieu de se mettre à couvert. Qu'est-ce qu'il espérait exactement, cet imbécile ?! Dans un instant, elle aurait même un visuel et pourrait balancer ses Maverick 3 avec deux fois plus de précision qu'au *radar only*. Dans un bruit de tonnerre, elle passa comme la colère de Yahvé au-dessus de la plantation en panique : un coup de pied dans la fourmilière. Des insectes courant sans but précis, les mains plaquées sur la tête. Magnanime, la déesse de la vengeance les épargna et focalisa son attention sur le camion qui fonçait vers le Nord. Elle réprima un éclat de rire en comprenant ce que devait ressentir le héron des dunes en voyant fuir une chenille. Histoire de s'amuser un peu avant de fondre sur sa proie, elle enclencha sa mitrailleuse de 12,7 mm. D'une rafale, elle arracha presque la portière droite. Haha ! Ça devait gueuler et serrer les fesses, là, en bas !

RAAAA ! Tout à sa joie, Némésis manqua alors de se prendre une roquette sur le flanc gauche. Son instinct seul venait juste de la sauver ! Elle n'avait pas vu cet enfoiré de tireur allongé sur la plage arrière de l'engin agricole ! Ainsi, Castor était accompagné. Si elle avait de la chance, il avait retrouvé les Waterbacks fugitifs et elle pourrait faire d'une pierre cinq coups ! En attendant, le souffle de l'explosion avait déséquilibré son *Tiger* ainsi que Tigron 2. Le troisième hélicoptère prit alors le *lead* de la poursuite en attendant Némésis. Elle venait juste de stabiliser l'assiette de son appareil lorsqu'une deuxième explosion arracha le rotor de Tigron 1 qui s'écrasa comme une pierre dans les marais dix mètres plus bas. *MERDE !* gueula Némésis en jetant son casque à travers le cockpit. L'heure n'était plus au jeu. Il fallait qu'elle se calme. Elle souffla doucement et reprit une altitude optimale. Posément, elle arma ses deux derniers missiles air-sol. Dans cet état de concentration extrême qui faisait d'elle une vraie machine à tuer, elle ne fit plus qu'un avec le viseur, arrêta de respirer et s'apprêta à tirer...

— MAJOR ! ATTENTION ! hurla alors Tigron 2 dans sa radio.

Levant les yeux, elle réalisa soudain que son radar avait dû être endommagé durant l'explosion de Tigron 1 car il était resté silencieux malgré l'obstacle qui arrivait sur elle à grande vitesse ! Elle décéléra brutalement d'un geste réflexe, évitant d'un cheveu l'impact avec un gigantesque mât blanc. Reprenant ses esprits après ce pic de stress, Némésis découvrit le paysage fantastique qui s'étendait devant elle. D'abord incrédule, elle serra les poings de frustration en voyant s'échapper ses proies. À perte de vue, comme une immense forêt d'albâtre teintée de rouge par le crépuscule, des milliers d'éoliennes gigantesques tournoyaient en lui barrant le passage.

30

Larbin tendait la troisième roquette à Castor lorsque Pitbull, qui avait repris le volant, atteignit le champ à énergie. Un sentiment presque religieux s'empara alors des passagers du camion agricole : rouler entre ces énormes colonnes blanches, c'était presque comme entrer dans une cathédrale. Si l'on ajoutait à cela l'électricité statique qui saturait l'air autour des énormes batteries des éoliennes et qui vous dressait les poils de tout le corps, cela donnait une atmosphère quasi mystique à la vaste plaine. Même Hope, dans les bras du Bourge, s'était miraculeusement tue... pendant à peu près 7 secondes. Avant que le calme ne se change en tempête. Apparemment, les pilotes des deux derniers hélicoptères avaient décidé de balancer leurs explosifs comme des pétards le jour de commémoration de la victoire de l'Union sur la RPL ! Dans un chaos de flammes et de boue, les géantes blanches s'abattirent autour d'eux avec des grincements de monstres immémoriaux tandis que Pitbull louvoyait dans le cataclysme avec un sang-froid inhumain, évitant de justesse les murs de feu, les gouffres béants et les chutes de métal.

— CONTINUE COMME ÇA ! lui hurla Castor en s'asseyant près de Larbin, son lance-roquettes à la main. ILS NE PEUVENT PAS NOUS SUIVRE ! DÈS QU'ILS SERONT À COURT DE MUNITION, ON AURA GAGNÉ !

— *I KNOW* ! lui gueula-t-elle en pilant devant une énorme hélice qui venait de se planter dans la terre à quelques mètres devant le véhicule dans un fracas de fin du monde.

Elle remit le turbo et, aussitôt l'obstacle contourné, accéléra de plus belle à travers le vacarme et la fureur. Imperceptiblement, le maelstrom commença à se calmer et les explosions qui déchiraient le sol semblèrent peu à peu s'éloigner. Toujours dans l'urgence du danger, Pitbull mit pourtant un moment à réaliser que l'œil du cyclone était maintenant derrière eux. Tremblante d'épuisement et de terreur, elle se permit alors d'arrêter le camion, déposant son front dégoulinant de sueur sur le volant. Au loin, à l'ouest, le soleil était en train de disparaître complètement derrière l'horizon.

— On a réussi, les gars ! On a réussi ! s'excita Larbin en se jetant dans les bras de Sprite tout sourire, oubliant presque un instant la douloureuse pulsation de sa jambe.

— On a seulement gagné du temps, répliqua Castor en prenant un peu d'eau dans le sac du Bourge. Le temps que Némésis trouve un véhicule pour nous débusquer... On ne peut pas se reposer sur nos lauriers, continua-t-il à l'attention de Pitbull : faut continuer à avancer !

Comme pour appuyer ses propos, ils entendirent les hélicoptères tourner autour d'eux dans la fumée noire couvrant le ciel nocturne.

— Je rêve ! Depuis quand tu te sers dans ma gourde, toi ?! s'énerva Le Bourge. Tu te prends pour qui exactement ?! Je te rappelle que tu n'es plus un agent respecté de la Water Corp., ni notre boss ! En fait t'es plus qu'un débile tatoué jusqu'au trognon qu'on se coltine avec nous pour d'inexplicables raisons ! Pitbull ! Tu peux me dire pourquoi tu as accepté de te traîner ce blaireau ?! Pas en souvenir du bon vieux temps, j'imagine !

Sans laisser à la jeune femme le temps de répondre à son ami, Castor se retourna vers Le Bourge en affichant un sourire mauvais :

— Tout simplement parce qu'elle est plus maligne que vous tous réunis ! Tu as beau avoir passé la moitié de ta vie dans la rue, la bourgeoise, tu es toujours aussi con que quand tu traînais dans les jupes de maman ! Contrairement à toi, je sais me battre, je sais conduire un véhicule et je sais exactement où nous sommes !

— Peut-être bien ! cracha Le Bourge. Mais touche pas à ma gourde, enfoiré !

Sprite, pour éviter que son ami se prenne un mauvais coup, décida de changer de sujet :

— Si tu connais notre position, n'hésite pas à partager l'info.

— Nous sommes à deux heures de la côte et du port militaire de Rouen.

Pitbull, qui s'était retournée sur le siège conducteur pour boire un peu d'eau, caressa tendrement la nuque de Sprite.

— Tu es brûlant, déclara-t-elle, inquiète. Il faut qu'on trouve un moyen de te soigner !

— Peut-être que Castor, le surhomme à l'oreille sanglante, pourrait faire quelque chose, ricana Le Bourge. Il paraît qu'il a tous les talents sauf celui de fermer sa grande gueule !

— Tu es bien placé pour dire ça, toi ! répliqua l'ex-lieutenant.

Puis vers Pitbull :

— Qu'est-ce qu'il a, ton petit chéri ?!

— Un de tes hommes l'a touché, répondit-elle, glaciale.

Castor s'approcha du blessé :

— Une balle infectieuse ? Montre-moi ça...

Et comme il se penchait sur la plaie qui commençait à devenir purulente, il souffla au Waterback :

— Alors, ça fait quoi de passer derrière un vrai mec ?

Sprite allait répondre quand Le Bourge, toujours bien remonté, le devança :

— Tu devrais te faire tatouer cette phrase sur le cul, s'il reste de la place à côté de la tronche de ta mère !

Le rire de Hope éclata soudain dans l'habitacle, cascade de fraîcheur qui ne fit qu'agacer encore plus le béret bleu, cette fois-ci prêt à en découdre :

— J'vais t'apprendre le respect, petit merdeux ! Laisse-moi deviner : elle vient de toi l'idée géniale de trimballer une morveuse à travers l'UFG ?!

Heureusement, Larbin, qui était allé pisser hors du camion, désamorça la situation en ouvrant une portière en catastrophe. Dans sa main grésillait une petite radio.

— Un hélicoptère a jeté ce truc au-dessus des éoliennes avant de se barrer !

Castor se précipita pour lui prendre l'objet des mains et l'alluma. Une voix monocorde retentit alors dans le camion agricole, répétant sans interruption la même information :

... sur le canal 27... rendez-vous sur le canal 27... rendez-vous sur le canal 27... rendez-vous...

— C'est celui dédié aux communications cryptées, expliqua l'ex-lieutenant. Némésis veut nous parler mais sans que l'état-major puisse retrouver une trace de la conversation.

— Attends, c'est peut-être une bonne nouvelle si elle va contre les intérêts de la Water Corp. ? espéra Larbin.

— D'après ce que je sais sur celle qui nous pourchasse, faut pas rêver ! répondit Castor en allant sur le canal 27. Je vous écoute ! articula-t-il dans l'émetteur.

— Lieutenant Castor ! J'ai enfin l'honneur de vous parler, ironisa la voix rauque qui résonna aussitôt dans l'habitacle. Je suis heureuse que vous ayez fini par retrouver nos fugitifs...

Les Waterbacks se regardèrent alors avec inquiétude.

— ... C'est une bonne nouvelle car vous pourrez ainsi tous vous rendre en même temps, continua la major Némésis.

— Elle rêve la meuf ! s'exclama Le Bourge, scandalisé.

Castor approcha à nouveau l'émetteur de ses lèvres :

— Qu'est-ce qui vous fait croire qu'on va se rendre alors que vous serez bientôt *short carburant* quelque part dans ce marécage ? Pas vraiment en position d'exiger quoique ce soit !

— Tout simplement car je ne suis pas dans le marais mais dans une charmante plantation... répondit Némésis qui avait l'air de beaucoup s'amuser.

Pitbull et ses amis se raidirent à l'annonce de la guerrière.

— Si vous ne vous rendez pas tout de suite à la datteraie, il risque de se passer des choses vraiment, vraiment horribles ici… continua-t-elle, hilare. Dépêchez-vous car je vais exécuter quelqu'un toutes les quinze minutes… À commencer par ce vieillard, là-bas !

À travers les crépitements de la radio, les Waterbacks entendirent des protestations et des cris mêlés. Au milieu de ce brouhaha, la voix de Daniel s'éleva pour ordonner à ses fils de se calmer. Une détonation éclata alors. Juste avant le gémissement de Lucas qui hurlait « Grand-père ! ».

— *FUCK*, NON ! cria Pitbull en arrachant l'émetteur des mains de Castor. Tu vas le regretter, connasse !

Mais Sprite s'interposa et reprit calmement la radio avant de la balancer par la fenêtre :

— Pas besoin d'écouter ça. Cassons-nous d'ici.

— On va pas laisser cette salope massacrer la famille de Daniel, quand même ?! s'insurgea Le Bourge.

— Elle nous attend avec des hélicos de combat. Ça me rend dingue mais… Pitbull, s'il te plaît, cassons-nous d'ici !

— Attends, tu déconnes complet, mec, s'insurgea à son tour Larbin, sidéré par les mots de son ami. Hors de question d'abandonner Lucas et…

— C'est toi qui rêves, petit, l'interrompit brutalement Castor. Ton pote a raison : y a rien à faire pour eux et, perso, j'ai pas envie de claquer bêtement en jouant les héros ! Déjà qu'on se traîne un chiard qui passe son temps à boire et à brailler…

— C'est toi le boulet, pas Hope, réagit Le Bourge, excédé. Si on a cette folle aux basques, c'est grâce à tes prouesses !

Pitbull soupira alors et leur fit face, les yeux brillants :

— Sprite a raison. On se barre, prononça-t-elle d'une voix cassée par l'émotion.

Ce n'était pas la première fois qu'elle trahissait quelqu'un pour survivre et même si elle savait que se rendre n'aurait jamais sauvé qui que ce soit des griffes de Némésis, jamais elle ne s'était sentie aussi merdique.

Le camion se mit alors en route dans un calme pesant. La tristesse, l'atroce culpabilité assommaient les Waterbacks. Seul Castor, imperturbable, regardait Larbin d'un air supérieur.

— Ils ont essayé de baiser la Water Corp., c'est triste pour eux mais c'est ce qui arrive aux traîtres... grogna-t-il avant de cracher dehors.

— Et toi alors ? se moqua Le Bourge. T'as pas trahi, peut-être ?

— Non, le Transaqueux c'était un accident mais pour ça je mérite quand même de mourir : la Water Corp. m'a sorti de l'Enfer et je ne suis pas ingrat.

Il renifla avant de terminer :

— C'est pas pour autant que je vais me laisser faire...

Le silence retomba pour de bon pendant quelques heures. Les phares éteints pour ne pas attirer l'attention, seul le bruit des chenilles du camion agricole se frayant un chemin à travers les terres imprégnées d'eau salée troublait la nuit étoilée. Puis, des lumières apparurent à l'horizon juste avant que leur parviennent l'odeur de la mer et le bruit lointain des vagues. La présence énorme du Novatlantic encore invisible, immensité noire et rugissante, nettoya un peu de leur chagrin et les remplit de crainte mêlée d'espoir.

31

À chacun de ses mouvements, Sprite avait l'impression de sentir sa cuisse se déchirer mais ce n'était ni le moment de craquer ni celui d'inquiéter ses amis : Castor lui avait injecté un analgésique doublé d'un antibiotique qui tardaient seulement un peu à faire effet. Il prit sur lui : contrairement à Daniel, il était encore en vie, alors pas le droit de se plaindre.

Les lumières blanches et orangées de Rouen ne brillaient qu'à quelques kilomètres mais semblaient inatteignables : comme toute la côte, son accès était en effet protégé par des champs de mines, des tourelles militaires ainsi qu'un haut mur de ciment surplombé par des barbelés. Pour y accéder, pas d'autre choix que de transiter par un *check point* où leurs visages sonneraient immédiatement l'alerte. Heureusement, ils venaient d'avoir un double coup de chance : à une centaine de mètres de leur position, ils avaient rapidement repéré une route menant au port et – miracle des miracles ! – un employé de la Water Corp. venait justement d'arrêter son camion-remorque près d'eux pour une pause-pipi de dernière minute. Comme un seul homme, ils se ruèrent à l'arrière du véhicule pour monter discrètement à l'intérieur. En retombant sur une pile de cartons, Sprite réprima un gémissement. Il avait fait un effort trop violent pour sa jambe blessée et la douleur devenait presque intolérable.

— Ça va, mon pote ? lui chuchota Larbin, un petit doigt dans la bouche de Hope qui le tétait avidement.

— T'inquiète ! Vas-y, planque-toi !

La remorque était idéale pour une partie de cache-cache, cette dernière transportant toutes sortes de containers derrière lesquels les Waterbacks pouvaient se dissimuler. Certains étaient marqués par un sigle étrange qui attira l'attention de Pitbull.

— Hé ! Le Bourge ! interpella-t-elle son ami à voix basse. Tu lis quoi là, au-dessous de ce symbole ?

— Euh... y a écrit « Danger Radioactif ». Je croyais que ça faisait longtemps qu'on avait arrêté ce genre de conneries dans l'Union...

Un bruit de portière qui claque les avertit du retour du chauffeur et ils cessèrent de parler tandis que le camion se mettait en branle. Castor, par quelques signes rapides, leur fit comprendre qu'il faudrait sauter du camion dès les contrôles passés et Le Bourge lui répondit en souriant d'un signe vindicatif du majeur. L'ex-béret bleu allait lâcher un silencieux « connard ! » lorsque la voix du conducteur s'éleva jusqu'à eux :

— Driver 24 à Zone F. Driver 24 à Zone F. Je suis à deux minutes de la Porte 55 ! Je répète Zone F : Driver 24 en approche de la Porte 55 !

— Zone F à Driver 24. Bien reçu. On vous attend.

Devant Pitbull, le visage de Castor sembla littéralement se décomposer.

— Qu'est-ce qui se passe ? lui murmura-t-elle, alarmée.

Il se passa les deux mains sur le visage avant de répondre à mi-voix :

— On a dévié de notre route ! Les lumières n'étaient pas celles du port de Rouen ! Ce camion va dans la Zone Fantôme, des installations militaires top secrètes !

Le Bourge, qui avait tout entendu, se dirigea aussitôt vers le cul du camion :

— Faut qu'on saute tout de suite ! On va être faits comme des rats !

Mais à peine eut-il finit de parler qu'un énorme projecteur éclaira la remorque. Le jeune homme eut tout juste le temps de plonger au sol pour ne pas être pris dans sa lumière. Autour du véhicule à l'arrêt, des voix s'élevèrent :

— Avancez, Driver 24, pour un *check* de routine !

Dans la pénombre de la remorque, Pitbull articula un énorme *FUCK*. Les Waterbacks se recroquevillèrent de plus belle.

— Haha, Léon ! Ça fait un bail, s'écria alors soudainement le chauffeur.

— Tu m'étonnes ! Je ne pouvais pas éviter les *shifts* de nuit toute ma carrière !

— P'tit malin, va...

— Héhé ! Allez, tu te gares au hangar 456 !

Le camion se remit bientôt à avancer, s'enfonçant profondément dans les méandres de la Zone F.

— On va faire quoi quand Hope va se remettre à avoir faim ?! souffla Larbin qui regardait maintenant la petite fille comme s'il tenait une bombe à retardement.

— Nous sommes dans la *mierda*, les gars, résuma Le Bourge, toujours en position horizontale.

Ils finirent par s'arrêter. Puis, ils entendirent le chauffeur descendre et s'éloigner, ses pas résonnant dans ce qui semblait être un énorme espace vide. À l'extérieur du camion régnait une semi-obscurité.

— C'est le moment de sortir de là, souffla Castor en se relevant de sa cachette.

Après avoir écouté quelques secondes supplémentaires, il sembla satisfait et sauta hors du camion, vite suivi par Pitbull et ses amis. À la grande surprise de Sprite, il put se réceptionner sur sa jambe blessée sans ressentir la moindre douleur : les médocs de Castor se révélaient finalement plutôt efficaces !

— Comment on va faire pour sortir de cette zone ?! demanda Larbin qui observait le vaste hangar vide.

— J'en sais que dalle mais on va commencer par prendre cette porte là-bas et après on verra, grogna Castor en désignant l'unique voie disponible, l'entrée des camions mise à part.

Derrière celle-ci, ils découvrirent un couloir rectiligne qui descendait en pente douce. Quelques minutes de marche plus tard, les Waterbacks réalisèrent que ce corridor continuait à s'enfoncer tout droit sur des centaines de mètres. Heureusement, grâce à l'heure tardive, il était totalement désert.

— Ça doit être le plus long couloir du monde ! Je crois qu'il débouche direct en Enfer, ironisa Le Bourge qui flippait sec. Pas sûr que ça soit la meilleure option pour sortir d'ici...

Au bout d'un certain temps pourtant, ils arrivèrent à une intersection. Sur leur gauche, un immense mur de verre leur permettait d'observer une vaste salle en contrebas, tandis que tout droit, le chemin continuait à s'enfoncer dans les profondeurs du sol. Derrière la baie vitrée, des hommes travaillaient à l'abri de grosses combinaisons autour d'une immense cuve remplie de Bleue. Jamais les jeunes Parisiens n'avaient vu autant d'eau !

— Si ce n'est pas une piscine, demanda Pitbull au Bourge, qu'est-ce que c'est ?

— J'en sais rien mais ça me donne soif, répondit ce dernier.

— Je te conseillerais bien d'en boire, intervint Castor qui avait la tête du type qui vient de croiser le Grand Aride en personne, ça nous ferait des vacances : toute cette eau est radioactive ! C'est une putain de centrale nucléaire !

— Impossible, répliqua Le Bourge. Toutes les centrales ont été fermées avec le Grand Réchauffement : l'eau salée devenait trop corrosive pour les moteurs vieillissants et on ne pouvait plus se permettre de gâcher de l'eau douce dans des circuits de refroidissement.

— Continuons à descendre, proposa alors Pitbull. Ça pue, cette histoire. Si la Water Corp. réactive le nucléaire, ce n'est sûrement pas pour fournir Paris en électricité...

Ils quittèrent donc le mur de verre et continuèrent à suivre l'interminable couloir désert jusqu'à arriver à une double porte métallique. Sur celle-ci, une plaque en laiton indiquait « Réservoir 8 ».

— Dépêchons-nous, déclara Sprite en poussant l'un des battants. Les gens vont bien finir par reve...

Il s'interrompit, bouche bée, comme il embrassait du regard la vaste étendue souterraine qui s'ouvrait devant eux. Enfants du désert, rien ne pouvait les préparer au spectacle de cette mer intérieure clapotant doucement à leurs pieds sous un ciel de roche brune.

— C'est... C'est ça, l'océan ? demanda Larbin, ému.

Castor s'approcha du bord d'un air méfiant :

— Non, ce n'est pas le Novatlantic... répondit-il comme pour lui-même.

Il se pencha près du liquide sombre et en préleva dans le creux de ses mains. Après un bref regard à Pitbull, il approcha ses lèvres et en but prudemment une gorgée.

— Ce n'est pas possible, continua-t-il sur le même ton rêveur. C'est de l'eau potable... C'est de l'eau douce ! s'exclama-t-il enfin vers ses compagnons.

Ces derniers se précipitaient pour le rejoindre lorsqu'une alarme se mit alors à hurler, les arrêtant dans leur élan. Puis une voix qu'ils ne connaissaient que trop bien retentit à travers les hauts parleurs placés dans chaque recoin de la Zone F :

— Bonne nouvelle, les amis, clamait la voix rauque de Némésis. C'est ici que votre épuisant et trop long périple va prendre fin !

32

Il fallait partir. Laisser derrière eux cette étendue d'eau pure que, même dans leurs rêves les plus fous, les Waterbacks n'auraient jamais osé imaginer. C'était complètement dingue, rien qu'ici, il y avait assez à boire pour l'ensemble des habitants de Paris pendant au moins dix ans ! En jetant une dernière fois des regards émerveillés à cette mer souterraine, ils se précipitèrent vers l'unique sortie : pas d'autre issue que de faire demi-tour par l'interminable couloir... Et pas question de traîner car même s'ils n'avaient pas vu la moindre caméra, il était raisonnable de penser qu'il y en avait et que Némésis savait exactement où ils se trouvaient. S'ils étaient assez rapides, les jeunes Parisiens pourraient peut-être trouver un passage à travers la centrale nucléaire. Prête à déguerpir, Pitbull réalisa alors que Castor restait immobile face aux flots noirâtres :

— Tu viens ! Hé ! C'est pas le moment de traîner !

Mais, perdu dans ses pensées, l'ex-lieutenant des Forces Spéciales n'entendait ni les cris de la jeune femme ni l'alarme qui résonnait entre l'eau et le plafond de roche. Dans son esprit, tout faisait sens. Les mensonges et les enjeux de pouvoir : la compagnie avait remis des moteurs nucléaires en fonction dans le plus grand secret car, contrairement aux éoliennes, ils produisaient assez d'énergie pour dessaler d'énormes quantités d'eau de mer. Même si une minuscule portion restait dédiée aux circuits de refroidissement, la Water Corp. avait pu stocker de l'eau douce durant des décennies, la gardant jalousement comme un dragon veille sur son tas d'or. La rareté faisait la valeur et en contrôlant l'élément liquide, en le distribuant au compte-gouttes aux plus méritants ou aux plus dociles, Miss W. et ses actionnaires contrôlaient totalement l'Union. Une immense colère s'allumait dans le cœur de Castor. Un feu qui se transforma rapidement en brasier. Il repensait à une vie entière de privations et de souffrances causées non pas par une véritable pénurie mais par un choix politique arbitraire. Il revit ses années de soldat dans les Forces Spéciales et les constantes échauffourées à la frontière de la RPL où l'on s'étripait allégrement pour quelques gorgées d'un liquide tiède et opaque. À travers le prisme de cette incroyable et effroyable découverte, il réévalua ses certitudes et sa foi. 60 cl quotidiens lui avaient été alloués ; une misère mais tout de même deux fois plus qu'un travailleur lambda ! Il avait reçu cette aumône comme un chien reçoit quelques miettes d'une table surchargée : avec une gratitude imbécile ! Et dire que si l'on en croyait la plaque fixée sur la porte, il devait y avoir au moins sept autres réservoirs ! La Water Corp. s'était jouée de lui comme elle s'était jouée de toute l'Union et ça, cette formidable trahison, son esprit, son cœur de soldat ne pouvaient pas le tolérer. Il fallait une putain de justice !

— Oh ! Castor ! *Wake up*, faut y aller ! répéta Pitbull, à bout de patience.

— Non, allez-y sans moi, lui répondit trop calmement l'ex-béret bleu en déposant son sac à terre.

Il en sortit plusieurs chargeurs de fusil d'assaut qu'il fourra dans ses poches. Il fit de même avec une demi-douzaine de grenades à fragmentation.

— *Shit* ! Qu'est-ce qui te prend ?! insista la jeune femme.

— Laisse-le ! Il est taré ! s'exclama Le Bourge qui tenait la porte du réservoir 8 entrouverte. Dépêche, y a la psycho qui va débarquer !

Castor se tourna vers Pitbull en réempoignant son arme automatique :

— Ce con a raison, Pit, pas le temps de discuter. De toute manière, où que j'aille, Némésis pourra traquer mon téléphone implanté. Je vais faire diversion le temps que vous vous cassiez d'ici, ça me permettra de régler quelques comptes... Je vous accompagne jusqu'à la centrale et on se sépare.

Il se mit alors en mouvement et dépassa Le Bourge non sans lui donner un bon coup d'épaule dans le menton.

Quelques instants plus tard, les premiers agents étaient sur eux mais cette avant-garde étant constituée de simples gardiens et non de bérets bleus, ils purent facilement les éliminer en quelques rafales de kalach. Les Waterbacks accélérèrent, espérant atteindre l'intersection avant le gros des troupes. Enfin, hors d'haleine, ils parvinrent à l'immense mur de verre au plomb, rempart contre les radiations. Une poignée de soldats les y attendaient arme au poing mais Castor les pulvérisa en un lancer de grenade. La porte de la centrale était maintenant juste devant eux, sans protection, et il était temps car les Parisiens pouvaient déjà entendre au loin la voix de Némésis aboyant ses ordres. Elle descendait le couloir avec ses hommes et serait ici d'une minute à l'autre. Castor attrapa le bras de Pitbull :

— C'est maintenant qu'on se dit adieu, ma chérie !

— T'es sûr de pas vouloir venir avec nous ? On trouvera une solution pour ton traceur.

— Non, j'ai d'autres projets que de quitter l'Union.

Puis avec un sourire carnassier :

— On s'embrasse ?

— Tu rêves ! rigola la jeune femme en libérant son bras de l'étreinte de son ex.

En la voyant disparaître dans la centrale entourée de ses amis, ce dernier ne put s'empêcher de ricaner :

— Ah ! Pitbull... T'es vraiment restée une sacrée salope !

Puis il s'installa en embuscade derrière la pile des cadavres de ses victimes. Némésis allait voir qui était réellement Castor. Plus un loup affamé qu'un bon chienchien.

33

Devant les Waterbacks qui brandissaient leurs armes, les employés en combinaison étanche fuyaient comme des souris des sables, non sans jeter des regards étonnés vers Larbin et le bébé accroché à son cou, tandis que, derrière eux, le baroud d'honneur de Castor venait tout juste de commencer. Une détonation plus forte que les autres – sans doute un pain de plastic – venait d'ailleurs de retentir, suivie d'un vacarme faisant penser à la chute d'un million de petits cailloux.

— LE MUR DE VERRE, cria Sprite par-dessus l'alarme.

Malgré sa cuisse douloureuse, il suivait tant bien que mal ses amis.

— J'ESPÈRE QUE CE CON VA PAS NOUS DÉCLENCHER UNE EXPLOSION NUCLÉAIRE QUAND MÊME ! gueula Le Bourge en brisant le verrou d'une porte grillagée en quelques coups de crosse de fusil.

Ils débouchèrent sur une pièce où de nombreuses tenues anti-radiations pendaient à des files de porte-manteaux comme les mues d'étranges reptiles.

— ÇA NE VOUS INQUIÈTE PAS QU'ON SOIT LES SEULS DÉBILES À SE TRIMBALLER SANS PROTECTION ?! continua le Waterback. ON RISQUE PAS DE SE FAIRE IRRADIER ?

— PAS EN AUSSI PEU DE TEMPS, le rassura Pitbull qui n'en savait strictement rien mais qui l'espérait. DE

TOUTE MANIÈRE, continua-t-elle en passant un rideau de plastique puis une salle tout en carrelage qui évoquait un marché aux mollusques, JE PENSE QUE C'EST DÉJÀ LA SORTIE !

Elle se dirigea alors vers les battants en plomb d'une porte en tous points semblable à celle qui scellait l'entrée devant laquelle Castor se battait.

— AIDEZ-MOI ! appela la jeune femme en tirant de toutes ses forces sur l'une des poignées métalliques qui ressemblait aux barreaux d'une échelle.

Quelques secondes plus tard, ils se tenaient dans un vestiaire vide qu'ils traversèrent à pas de loup avant de déboucher sur des bureaux et une petite cantine, tous complètement désertés. Seule l'alerte qui sonnait dans toute la Zone F, couvrant les gémissements de Hope, démontrait que cet endroit n'était pas complètement désaffecté.

— C'EST NOTRE CHANCE, s'exclama Pitbull. LES AGENTS SONT SOIT À L'ABRI, SOIT EN TRAIN D'ENCERCLER CASTOR...

Ils empruntèrent alors un couloir recouvert d'une moquette élimée se terminant par une simple baie vitrée donnant sur une terrasse. Elle s'élevait à seulement quelques mètres au-dessus de la plage et en un instant, les jeunes Parisiens purent contempler l'immensité du Novatlantic. En marchant vers la rambarde, leurs visages fouettés par les embruns, ils ressentirent tous la puissance de l'océan à l'aune de leur propre sensibilité. Sprite en tomba immédiatement amoureux, ses chères dunes lui paraissant à présent insipides. Le Bourge, pris d'euphorie, éclata d'un rire de gosse tandis que Larbin fut presque submergé par la terreur... Seule Pitbull, qui avait déjà navigué vers l'Archipel des Brits, resta concentrée sur leurs problèmes immédiats.

— Ne perdons pas de temps. Il ne va pas les retenir toute la journée... lança-t-elle à ses amis avant de sauter sur la plage, glissant le long d'une pente de sable doré.

Ici, l'alarme résonnait au loin comme dans un vieux souvenir. Vite rejointe par les autres Waterbacks, elle désigna des bâtiments noyés dans la brume de chaleur à une poignée de kilomètres le long de la côte :

— Là-bas ! Cette fois, ça doit être le port !

Comme elle parlait, un énorme cargal aux couleurs de la Water Corp. surgit de la ligne d'horizon. Il portait au moins une dizaine de containers et était sans doute propulsé par une bonne centaine de cargalériens. De la plage, on arrivait à distinguer les mouvements de toutes les rames qui plongeaient dans l'eau en même temps... À l'intérieur du navire, ce devait être un véritable enfer.

— C'est sur un truc comme ça qu'on va chercher à embarquer ? demanda Larbin avec appréhension.

— Non, pas exactement comme ça... répondit Pitbull. Il y a toujours de petits armateurs privés dans les ports militaires. On va essayer d'en dénicher un que l'on pourra acheter avec nos réserves de Bleue.

Ils marchèrent un moment sur l'immense plage en écoutant le bourdonnement de la guerre personnelle que Castor avait déclarée à la Zone Fantôme jusqu'à ce que les bruits du ressac l'étouffent totalement et qu'il ne reste que les babillages de Hope pour couvrir le silence.

— J'arrive pas à croire que ton ex se soit sacrifié pour nous, soupira Le Bourge, théâtral. Il devait sacrément te regretter, Pitbull !

— Si tu crois que Castor est en train de jouer les martyrs, tu te plantes total, répliqua celle-ci. Je ne sais pas ce qu'il compte faire, mais il le fait uniquement pour lui. C'est pas le genre à se laisser mourir pour qui que ce soit...

Une explosion plus grosse que les autres parvint à leurs oreilles.

— Ben... Bonne chance alors... déclara Larbin en roulant de gros yeux. Il va en avoir besoin.

Après presque une heure de marche forcée, leur progression dans le sable sec devenant trop pénible, ils rejoignirent le bord de l'eau, là où le terrain se faisait plus dur. Ceux qui ne s'étaient jamais approchés de l'océan découvrirent alors que ce dernier était malheureusement bien malade. D'énormes quantités de plastique s'accumulaient sur la grève tandis que dans les flots battus par les courants, des nuages de détritus plongeaient et réapparaissaient dans une écume jaunâtre. Sprite s'arrêta un instant pour contempler le désastre.

— J'espérais que les histoires qu'on racontait sur le Novatlantic étaient exagérées...

— Désolé, mon pote, soupira Le Bourge en tapotant l'épaule de son ami. Mais on dirait que nos ancêtres ont vraiment merdé sur toute la ligne...

En cheminant vers le port de Rouen, Pitbull prit à son tour la main de Sprite :

— Je comprends ce que tu ressens. Moi aussi, la première fois que j'ai vu la mer, je m'attendais à entrer dans un de nos anciens livres d'images avec des poissons, des dauphins qui sautent hors de l'eau et je n'ai trouvé que le cadavre d'un formidable géant.

— Ouais, renchérit Le Bourge qui les suivait de près. Le peu de vie ayant résisté à la pollution et à la surpêche a été achevée par le Grand Réchauffement. Le Novatlantic, comme tous les océans du monde, est devenu une vaste décharge sous-marine où seuls les crabes et les calamars persistent...

Comme il disait ces mots, ils découvrirent, échoué à leurs pieds, le corps d'un impressionnant céphalopode d'une bonne dizaine de mètres. Étendu au milieu d'antiques emballages plastique, il regardait les Waterbacks de son énorme œil noir.

— Quel est le point commun entre les adeptes du Grand Aride et les calamars ? demanda alors Le Bourge avec cynisme. Le cannibalisme, bien sûr !

La corne de brume d'un cargal arrivant au port interrompit leur conversation et ils firent silence, comprenant que leur but était maintenant très proche. Ils arrivèrent d'ailleurs rapidement face à un mur et furent soulagés de constater que le mirador vers lequel ils avançaient semblait, lui aussi, avoir été abandonné.

— S'ils arrêtent même de surveiller l'enceinte de la Zone, c'est que Castor leur met vraiment la misère ! commenta Le Bourge, impressionné malgré lui.

Ils traversèrent donc sans anicroches le *check point* déserté et se retrouvèrent dans une aire de stockage à un jet de pierre de Rouen. Derrière les entrepôts, les jeunes Parisiens pouvaient entendre le brouhaha de la foule qui commerçait dans les rues étroites, le tumulte des arrivées et des départs des navires ainsi que les ahanements des cargalériens en plein effort. Toute cette effervescence donnait envie aux Waterbacks de se mêler à l'agitation du port mais ils n'oublièrent pas que les agents de la Water Corp. étaient ici bien plus nombreux qu'ailleurs. Ils se faufilèrent donc dans un container qui devait rouiller depuis des décennies dans son impasse crasseuse.

— Bon, commença Pitbull, le mieux c'est que vous restiez planqués ici pendant que je nous cherche un bateau et...

— Ne dis pas n'importe quoi, la coupa alors Le Bourge en souriant. Une fille comme toi au milieu de tous ces marins, c'est encore moins discret qu'un calamar géant dans le slip de Larbin ! Il faut un type avec de la ressource et un minimum de charme : je vais y aller, moi !

Et sans donner à ses amis la possibilité de rétorquer quoi que ce soit, il se drapa le visage dans son chèche et, sortant du container, se dirigea d'un pas décidé vers le port de Rouen.

34

Le Bourge descendit plusieurs ruelles jonchées d'ordures entre des entrepôts marqués de longues coulées de rouille sans rencontrer âme qui vive. Au-dessus de sa tête, de grosses lettres peintes à moitié effacées lui rappelaient constamment à qui appartenait la ville : la Water Corporation avait en effet entièrement construit ce port après le passage dévastateur des tsunamis qui avaient régulièrement frappé les côtes durant le Grand Réchauffement. Le père du Bourge avait coutume de lui raconter que ces raz-de-marée avaient totalement redessiné la forme des continents, engloutissant des îles et submergeant d'immenses territoires. Le jeune Waterback avait d'ailleurs lu dans la bibliothèque de Daniel qu'à l'origine, Rouen était située à l'intérieur des terres de France et ne donnait pas directement sur l'océan. En entendant le mugissement du Novatlantic, difficile d'imaginer que ce dernier n'avait pas toujours été là...

Enfin, au détour d'un baraquement aux allures de prison, Le Bourge plongea dans une tout autre ambiance car, à cette heure-ci, sur les hauteurs de la ville, se tenait quotidiennement le Marché Ouvert auquel tous les commerçants des environs, même non-homologués Water Corp., pouvaient participer. Le joyeux tumulte désorienta même un moment le jeune Parisien qui, ces derniers jours, avait plutôt l'habitude des grands espaces vides. Pourtant, le naturel reprenant le dessus, le citadin retrouva vite ses marques et se permit un instant de flâner dans les allées animées et bruyantes. Et il y avait de quoi surprendre les plus blasés car, à côté des classiques étals de dattes 2.0, de *wheat-NG* ou de calamars, de nombreux produits peu communs étaient proposés aux riches négociants. Un vendeur aux vêtements néo-califiens mais à l'accent germanique vantait les mérites des animaux qu'il exposait dans de grandes cages : « ... Pensez-vous, messieurs les capitaines ! Un caracal à bord d'un cargal et c'est la fin des infestations de rats ! » Les félins, eux, regardaient les passants d'un air furieux, crachant et feulant sauvagement. *Faudrait être taré pour s'enfermer avec un machin comme ça sur un bateau...* pensa Le Bourge en se détournant des gros chats. Puis, ignorant les sacs de néo-tabac en provenance directe de Las Américas et les fabuleux tapis du Royaume du Cash-Mir, le Waterback se dirigea vers le plus fort de l'activité, là où la foule avide de sensations se pressait déjà. Sur une estrade dominant la masse des curieux et des acheteurs, des hommes et des femmes de toutes couleurs et nationalités étaient exposés dans le plus simple appareil. Enchaînés par le cou et la cheville, ils regardaient leurs pieds tout en cachant leur sexe entre leurs mains. Un homme en uniforme de la Water Corp. s'avança alors devant le groupe d'esclaves et déclara les enchères ouvertes. Même si Le Bourge savait que les ports avaient toujours leur Hall aux Cargalériens où l'on pouvait faire le plein de rameurs pour un prix dérisoire (la plupart du temps des prisonniers de guerre, des criminels de classe 3 – meurtre ou complicité de vol d'eau – ou des adeptes du Grand Aride), le jeune homme, dégoûté, préféra s'aventurer plus loin sur la grand place. Il était temps de se mettre en quête d'un navire pour quitter l'Union. Il se rapprocha d'un type en guenilles qui tentait de vendre des objets très probablement volés ou trouvés dans une décharge sous une pancarte indiquant « Antiquités ».

— Hé mec, tu pourrais m'indiquer où se retrouvent les capitaines de cargals indépendants ? demanda-t-il avec l'assurance d'un vieux loup de mer.

Le gars cracha une énorme chose verdâtre avant de découvrir une dentition de cauchemar :

— C'est l'heure de la vente, la plupart d'entre eux doivent y assister de la terrasse de la fumerie.

— La fumerie ?

— « L'Octopus », juste en face du Hall, précisa le type en lui montrant d'anciens tubes de vitamine C placés entre une poupée sans visage et un étrange boîtier noir sur lequel était inscrit « Playstation 9 ». Attends, tu veux pas m'acheter quelque chose ? Tout est à seulement 3 marks ou 10 ml !

Le Bourge remercia « l'antiquaire » et repéra rapidement l'établissement d'où s'élevaient les grandes volutes blanches de l'opium synthétique. Ce genre de commerces restaient interdits à l'intérieur de l'Union mais étaient tolérés dans les ports où ils proliféraient : cette drogue douce – fabriquée pour être 36 fois moins forte que l'opium naturel et ne pas provoquer d'addiction – était l'une des seules monnaies d'échange de certaines régions du Néo-Califat. Les fumeries telles que l'Octopus permettaient de la blanchir en la transformant en eau, en dólares, en yens ou en marks. Se frayant un chemin à travers la cohue, le Waterback atteignit bientôt la terrasse où une vingtaine de marins, narguilé à la main, observaient les cargalériens proposés d'un œil rougi mais attentif. Un employé l'intercepta alors promptement afin de lui proposer un siège.

— Non merci, lui répondit Le Bourge en glissant 10 marks dans la main du placeur. Tu connais un cargal qui va vers l'Archipel ?

Le type empocha le billet et considéra un instant les clients autour de lui avant de lui désigner une table d'un bref mouvement de menton. Un type seul au crâne dégarni sur lequel trônaient de grosses lunettes de soleil y battait des cartes pour lui-même. Comme s'il avait senti la présence du Waterback, il releva les yeux de son jeu et le regarda arriver. À chacune de ses oreilles pendaient plusieurs anneaux. Ils s'agitèrent tandis qu'il balançait sa tête en arrière pour signifier : « Qu'est-ce que tu me veux, toi ? »

— On m'a dit que vous partiez bientôt pour les Brits, murmura Le Bourge en s'asseyant en face du type.

— Tu me caches la vue, grogna l'autre en secouant ses créoles.

— Tu ne regardais pas la vente mais tes cartes, si tu veux on fait une partie ! répliqua Le Bourge qui était passé au tutoiement en même temps qu'en mode provoc.

La stratégie sembla d'ailleurs fonctionner puisque le marin se fendit d'un mince sourire :

— En quoi ça t'intéresse ma destination, p'tit malin ?

Comme n'importe quel comploteur, le Parisien ne put s'empêcher de regarder autour de lui avant de répondre à voix basse :

— Mes amis et moi avons besoin de rejoindre l'Archipel... discrètement...

— Et pourquoi je me lancerais dans une embrouille pareille ? demanda l'autre en se penchant au-dessus de la table afin de se rapprocher du Bourge.

— On a de la Bleue.

Le capitaine de cargal recula contre le dossier de son siège et soupira :

— Combien vous êtes ?

— Quatre... Plus un bébé.

— Un bébé ?! Tu te fous de ma gueule ?

— Non.

Plus gros soupir encore mais le Waterback comprit que le marin était en train de céder et calculait mentalement un prix. Ce dernier ne se fit pas attendre :

— 5 litres par personne et 10 pour le chiard !

Le Bourge déglutit sans le vouloir : 30 litres, c'était une vraie fortune et surtout presque la totalité de leurs réserves. Ça voulait dire arriver dans les Brits sans aucun moyen de subsistance.

— 4 litres par personne et 6 pour le bébé, tenta-t-il en désespoir de cause, ce qui fit, cette fois-ci, franchement sourire son interlocuteur.

— Pas de négociation. Je prends des risques, vous payez. Sinon, tu peux te casser.

Le parisien pesta intérieurement : le vieux salaud les tenait par les couilles et il le savait.

— Ok, abdiqua-t-il de mauvaise grâce.

— Parfait, s'exclama le capitaine de cargal en lui tendant la main.

Le Bourge la serra pour sceller leur accord avant que l'autre ne reprenne :

— Vous embarquez à la nuit tombée et nous partirons à ce moment-là. Mon navire s'appelle le *Nostromo*. Quant à moi, tu peux m'appeler Rackham.

35

De retour du marché, Le Bourge entra à contrecœur dans le container où se planquaient ses amis : l'âcre odeur d'urine qui lui soulevait déjà l'estomac à dix pas de l'abri de fortune ne laissait aucun doute sur l'utilisation que les noctambules éméchés et les chiens de passages en faisaient. Pourtant, à l'intérieur, il fut touché par le spectacle qui l'attendait : épuisés par leur périple, les Waterbacks s'étaient endormis malgré l'ambiance nauséabonde et la chaleur de bête. Recroquevillée contre Sprite, la tête posée sur la poitrine du jeune homme, Pitbull ronflait comme une éolienne. Son rival, les traits apaisés dans le sommeil, avait l'air d'avoir quatorze ans à nouveau et ce visage balaya soudain l'amertume et la jalousie qui s'étaient frayés un chemin dans le cœur du Bourge depuis la Bremandie. Après tout, ils étaient une putain de famille. Ils avaient traversé tant d'épreuves ensemble et à chaque coup tordu de la vie, ils s'en étaient sortis grâce à ce roc, ce héros discret qu'était Sprite. En fait, si un type sur cette planète de merde méritait vraiment d'être heureux, c'était bien lui...

Près du couple, Larbin, avec Hope dans les bras, s'était assoupi si profondément qu'il ne sentait même pas le bébé lui téter le biceps comme si c'était un mamelon. La gamine y allait avec tant d'enthousiasme qu'un suçon écarlate grandissait sur le bras de son pote. Il fallait être aveugle pour ne pas voir qu'un lien puissant s'était déjà tissé entre l'enfant et son protecteur. Le Bourge sourit en observant Larb, ce gamin qui avait déjà tout d'un père. Il s'approcha pour récupérer doucement Hope et lui donner un peu d'eau.

— Allez ! Viens là, petite sangsue, chuchota-t-il en priant pour que la morveuse ne réveille pas tout le monde d'un de ses fameux cris perçants.

Mais elle le regarda d'un air très sérieux sans faire le moindre bruit. Après qu'elle eut vidé la moitié de son biberon, elle lança même un sourire fugace au Bourge en lui saisissant un doigt d'une petite main potelée.

— C'est que tu me serres fort, ma puce des sables, rigola le jeune homme. T'es une warrior en fait, et t'es pas si chiante en vrai...

Le petit corps chaud de l'enfant contre lui, Le Bourge profita de cet instant de paix. Bientôt, il faudrait réveiller ses amis pour leur dire qu'ils partaient pour les Brits dès ce soir, allant sûrement au-devant de nouveaux dangers... Mais pour le moment, il laissait juste les battements de ce petit cœur le bercer et il ferma les yeux.

Le soleil avait déjà plongé dans le Novatlantic depuis un bon moment lorsqu'ils s'apprêtèrent à partir, espérant tous sans oser l'exprimer que Rackham n'avait pas décidé de les attendre avec une cohorte de bérets bleus. Ils s'activèrent, le ventre tordu par le stress, regroupant leurs affaires dans un silence tendu, imaginant la traversée nocturne qui allait leur faire quitter l'Union à tout jamais. Ils avaient aussi rassemblé avec précaution toute leur eau dans le wetpack de Pitbull d'une contenance maximum de 30 litres et avaient évalué ce qui leur resterait. Pas grand-chose comme l'avait déjà compris Le Bourge : une simple gourde pour quatre personnes et un bébé. Heureusement, le sac que leur avait remis Lucas, outre quelques pains de dattes, contenait cinq litres de lait de chamelle qui allaient se révéler aussi vitaux pour Hope que pour ses anges gardiens.

Ils sortirent prudemment du container. Un fort vent de terre provenant de la Zone F leur apportait de lointains vrombissements d'hélicoptère mais les détonations et l'alarme s'étaient tues. « Repose en paix » pensa Larbin avec ironie, en réprimant un frisson : leur invincible patron était mort et, bizarrement, cela orienta ses pensées vers Adam et Sarah. Cette dernière était en effet certaine que le chef des Waterbacks parisiens finirait par avoir leur peau un jour mais elle se trompait. Elle se fourvoyait aussi sûrement pour son passage soi-disant sans risque au Néo-Califat et cette idée fit souffrir le jeune papa. Où pouvaient-ils être en ce moment ?! À Abidjabad ?

D'un geste impérieux, Sprite mit fin à ses réflexions en leur faisant signe de le suivre. Empruntant les ruelles les plus sombres, ils évitèrent la place du marché pour descendre jusqu'à la mer. À cette heure tardive, ils ne croisèrent heureusement que quelques marins défoncés au Kanab-X dans les bras de *milligirls* ou de *milliboys*[21] assoiffés. Quand ils débouchèrent sur la rade, l'air était chargé de l'odeur puissante des algues vertes et des coquillages en décomposition qui se multipliaient comme de la vermine malgré une eau archipolluée.

---

21. Filles et garçons percevant des millilitres d'eau en échange de services d'ordre sexuel.

— Le port militaire, avec tous les cargals de la Water Corp., doit se trouver là-bas, déclara Le Bourge en désignant sur sa droite une bonne dizaine de bateaux accostés à de larges quais illuminés sous des lampadaires. Tandis que les navires privés sont de l'autre côté de cette jetée, termina-t-il en montrant les quelques cargals qui, attachés à des pontons flottants, attendaient dans la pénombre.

— Ok. Y a plus qu'à trouver le *Nostromo*, chuchota Pitbull qui redoutait que la Water Corp. ne les cueille juste avant leur départ.

Elle avait vécu assez longtemps pour savoir que le destin était un spécialiste de ce genre de coup foireux...

Sur le qui-vive, ils traversèrent rapidement la dernière zone lumineuse afin de rejoindre l'espace non éclairé dédié aux marchands privés. Des bâtiments de commerce qui grinçaient dans les ténèbres, leur parvenaient les ronflements de bêtes épuisées des cargalériens enchaînés à leur banc de souque. Ceux-ci ne le quittaient jamais : pliés en deux sur leur rame, ils devaient aussi y manger (rarement), y dormir et enfin y mourir. En entendant les souffles rauques de ces esclaves modernes, Sprite tenta d'étouffer les craintes qui l'assaillaient depuis le compte-rendu de la rencontre entre Le Bourge et Rackham : ils ne pouvaient pas se permettre de passer à côté de cette opportunité mais ils allaient tout de même se mettre à la merci d'un type qui exploitait salement la misère humaine... Pas vraiment la situation rêvée...

Comme des ombres, ils écumèrent le premier ponton et passèrent devant des embarcations aux noms exotiques tels que le *Nuevo Francisco's Dream*, le *Girl From Moscow Island* ou l'*Alaska's Dunes* avant de tomber sur la poupe métallique du *Nostromo.* Excepté la faible lueur d'une lanterne qui pendait au bastingage, le navire était lui aussi plongé dans l'obscurité. Pourtant, comme ils s'approchaient, une forme se mit en mouvement sur le pont du bateau et chuchota d'une voix agressive :

— Qui va là ?

— C'est moi qui ai parlé à Rackham ce matin, répondit Le Bourge qui priait intérieurement la Pluie pour que tout se passe bien.

Les Waterbacks retinrent leur souffle un instant, le temps que l'ombre reprenne la parole :

— Montez ! Attention, ça glisse...

Avec mille précautions, Le Bourge s'engagea sur la passerelle de fortune. À mi-parcours, une main puissante l'attrapa par le bras pour le guider sur le pont. La faible lueur de la lanterne éclaira alors quelques secondes le visage buriné d'un colosse aux traits asiatiques.

— Bienvenue à bord du *Nostromo*, déclara-t-il à voix basse avec un accent inconnu. Je m'appelle Huan.

Puis, après avoir aidé Pitbull à grimper à son tour sur le navire, il continua :

— Le capitaine vous attend dans sa cabine.

Lorsqu'ils eurent tous franchi la passerelle, le marin les dévisagea rapidement, s'arrêtant un moment sur le visage de Hope qui babillait en dormant. Les sourcils froncés, il leur fit signe de déposer leurs armes :

— Question de sécurité. Vous pourrez les reprendre quand vous nous quitterez.

Devant l'hésitation des Waterbacks, il ajouta :

— Ce n'est pas négociable.

Les Parisiens s'exécutèrent alors et le géant hocha la tête, leur intimant de le suivre.

— Le *Nostromo* a un équipage de 5 marins et de 100 rameurs, expliqua-t-il en les guidant à travers un labyrinthe de barils de marchandises et de cordages. Tout le monde dort encore mais nous les réveillerons pour appareiller dès que la transaction aura été effectuée.

En arrivant vers la proue, ils atteignirent un petit escalier aux marches oxydées qui descendait jusqu'à une porte blanche à la peinture écaillée. Huan baissa sa lanterne pour y taper quelques petits coups de son énorme poing. Sans attendre de réponse, il en fit grincer la poignée et, baissant sa large tête, pénétra dans une petite cabine faiblement éclairée. Un capharnaüm d'objets, de vieilles cartes, de vêtements et de bouteilles vides en emplissait chaque centimètre carré. Des piles de livres montaient le long des murs et un petit bureau d'angle était complètement recouvert par une grosse radio et une multitude de carnets en tous genres. Si bien que lorsque Pitbull entra à la suite du géant, elle ne remarqua pas tout de suite Rackham qui les observait, avachi sur sa couchette, un verre à la main.

— Bienvenue, mes amis, s'exclama-t-il en reconnaissant Le Bourge. Je ne vous demanderai pas pourquoi vous fuyez l'Union, ça ne me regarde pas... En fait, j'ai une seule et unique question : avez-vous apporté de quoi me payer ?

Sprite lui tendit alors le wetpack et après avoir soupesé ce dernier, le capitaine du *Nostromo* remit la poche d'eau à Huan en souriant.

— Sonne la corne et tire les fouetteurs du pieu, ordonna-t-il au marin. On part immédiatement !

Rackham se leva à la suite de son second et posa négligemment sa boisson sur le bureau surchargé. Celle-ci était transparente comme de l'eau mais sentait aussi fort que le désinfectant de Sprite.

— Restez ici, leur dit-il en quittant sa cabine. Pas la peine de se faire remarquer par l'équipage avant d'avoir quitté le port.

Quelques instants plus tard, le cargal endormi s'éveillait brutalement au son des mugissements et des coups de fouets. Bientôt, de sourdes percussions firent vibrer l'ensemble de la coque et, tandis que les râles des cargalériens montaient graduellement en puissance, les Waterbacks sentirent que le navire se mettait en mouvement. Pour Pitbull et ses amis, l'Archipel des Brits et New London, à moins de quatre heures de navigation, avaient soudainement cessé d'être un rêve inaccessible.

36

Cela faisait maintenant une bonne heure que le *Nostromo* avait quitté le port de Rouen pour atteindre la pleine mer. Le *tam-tam* du tambour qui rythmait la cadence des cargalériens était passé de l'allure de manœuvre à l'allure, plus rapide, de croisière. Dans la cabine du capitaine, le doux balancement du bateau s'était ainsi transformé en un tangage plus prononcé, gâtant l'euphorie du départ pour Le Bourge et Hope.

— Pendant combien de temps on va rester bloqué ici ?! pestait le jeune homme dont le teint avait véritablement tourné au vert. Si je respire pas un peu d'air frais, je vais finir par gerber sur la couchette de ce con !

Le bébé, lui, ne s'était pas embarrassé de vaines menaces et avait déjà dégobillé sur le T-shirt de Larbin puis sur celui de Pitbull qui était venue l'aider. L'odeur de vomi de plus en plus forte dans cette petite pièce mal aérée devenait difficile à supporter, surtout pour Le Bourge.

— Tant pis. Je m'en branle, gémit-il alors. Je tiens plus : faut que ça sorte !

Il allait se ruer dans un coin de la cabine pour faire sa petite affaire lorsque le bruit d'une clé jouant dans la serrure le coupa subitement dans son élan.

— *At last* ! s'exclama Pitbull qui commençait elle aussi à se sentir patraque. Pourquoi nous avoir enfermés aussi longtemps ?!

Le visage de Huan, qui apparut dans l'ouverture de la porte, était grave.

— Pour empêcher qu'un membre de l'équipage ne trahisse le capitaine pour empocher la prime, répondit l'imposant marin. On s'est renseignés, il y a dix litres sur chacune de vos têtes...

Pitbull lança un regard inquiet à Larbin et à Sprite, Le Bourge étant trop occupé à lutter contre ses entrailles. Pour quelle raison Rackham les avait-il pris à son bord pour 30 litres d'eau alors qu'il aurait pu en obtenir dix de plus ? Ce n'était pas logique et les Parisiens se prirent à regretter d'avoir abandonné leurs armes si facilement. Comme s'il pouvait lire dans leurs pensées, le colosse leva un fusil à pompe dont le canon pointé vers eux avait été scié.

— Si je tire avec ça dans un si petit espace, je vous réduis tous en morceaux, déclara-t-il d'un ton très calme, presque informatif. Asseyez-vous !

Pitbull vécut ce revirement de situation avec un calme qui l'étonna elle-même. À part à sa famille qui l'entourait à présent, à qui avait-elle pu faire confiance tout au long de sa courte vie ? Depuis ses parents qui l'avaient abandonnée dans un orphelinat sordide où elle fut maltraitée, jusqu'à Titan qui était prêt à la vendre pour un peu d'eau, ou même Castor qui ne la considérait que comme une chose à posséder ? C'était l'épisode de la plantation qui avait été le véritable accident de parcours ! La bienveillance de Daniel avait même réussi à lui faire en partie oublier que le monde était un endroit pourri. Elle venait de prendre sa piqûre de rappel.

Comme ils obtempéraient, le visage du capitaine, particulièrement jovial, se matérialisa aux côtés de son second. Son sourire brunâtre disparut cependant aussitôt qu'il entra.

— C'est pas vrai ! Vous m'avez pourri ma cabine ! renifla-t-il en sortant une bouteille d'un de ses tiroirs.

Il se servit la moitié d'un verre et le but d'un trait avec une grimace de douleur avant de reprendre :

— Mais bon, je suis d'humeur magnanime avec vous. Après tout, qu'est-ce qu'une pauvre odeur de vomi comparée à toute votre eau, votre nourriture, vos armes et quatre jeunes rameurs gratuits ?

— Enfoiré ! gémit Le Bourge, misérable, se laissant finalement aller sur une pile de livres.

— Pourquoi ne pas nous avoir vendus à la Water Corp. ? demanda Pitbull, hargneuse.

— Ah ! s'exclama le capitaine. Pour voir une horde de bérets bleus fouiner sur mon bateau, non merci ! Et puis on les connaît ; ils ont souvent tendance à confondre récompense et châtiment !

— Qu'est-ce que vous allez faire de Hope ?! demanda Larbin qui s'accrochait à la petite pendant que celle-ci s'amusait à enfoncer ses doigts dans les narines dilatées de son protecteur.

— J'hésitais à la foutre à l'eau, ce qui aurait été plus clément que la laisser mourir de soif, ricana Rackham. Mais je connais des types à New London qui sont prêts à me lâcher quelques billets pour un chiard aussi jeune.

Pitbull, malgré sa colère, remarqua le visage de Huan se fermer à l'évocation de ce qui attendait la fillette. Pourtant, son fusil à pompe était toujours fermement braqué sur eux.

— Assez perdu de temps, ordonna alors le capitaine à son second dont il n'avait pas remarqué le trouble. Amène-les à leur banc de souque !

Un par un, la mort dans l'âme, les Waterbacks sortirent de la cabine de Rackham. Tandis qu'il passait avec Hope dans les bras, Larbin fut arrêté par la lame froide d'un rasoir posé sur sa glotte.

— Passe-la moi, menaça le traître. Tes bras vont avoir besoin de tenir autre chose...

Une tempête faisait rage dans le cerveau du jeune homme. Il sentait le tranchant de l'arme faire pression sur son cou, pourtant il lui était impossible d'abandonner un bébé. Pas une seconde fois. Laisser ce sale enfoiré mettre la main sur Hope était au-dessus de ses forces. Pendant une fraction de seconde, le jeune père fut prêt à tenter le tout pour le tout. Heureusement, ce fut le moment que choisit Le Bourge pour se ruer sur le capitaine – la rage de voir leur bébé en danger éclipsant presque la puissante nausée qui l'étreignait. Acte héroïque qui se termina promptement par un poing dans la gueule du jeune homme mais qui eut le mérite de désamorcer le coup de folie de Larbin. Lentement, la haine défigurant ses traits, il finit par lâcher l'enfant pour suivre ses amis pendant que Le Bourge, étalé dans la coursive, se relevait péniblement.

Guidés par l'arme de Huan collée à leur nuque, ils remontèrent l'escalier les menant à l'extérieur. Là, ils purent contempler l'immensité du Novatlantic, en respirer l'air tiède et salé sans une once de vent pendant quelques secondes avant de redescendre une volée de marches vers l'entrepont. Avant même de l'atteindre, une odeur atroce les prit à la gorge, odieux mélange de transpiration et d'excréments. Puis, le quartier des cargalériens s'ouvrit à eux telle une vision de cauchemar : des dizaines d'hommes et femmes à moitié nus gémissaient de douleur dans une étouffante pénombre pendant que des diables à figure humaine les fouettaient de toute leur force. Accrochés quatre par quatre à leur énorme rame comme Prométhée à son rocher, ces malheureux se levaient dans l'effort, contractant leur famélique carcasse, et suaient l'eau qu'ils n'avaient pas.

— AVANCEZ ! gueula Huan pour se faire entendre au-dessus de l'enregistrement du tambour de cadence qui, couvrant presque les plaintes et les sifflements du cuir, faisait trembler les os et les boîtes crâniennes de ces nouveaux damnés.

Étourdie par ce spectacle dantesque, abrutie par les monstrueuses vibrations, Pitbull se laissa mener vers un banc de bois maculé de gouttelettes de sang. Deux Desséchées ressemblant plus à des momies qu'à des femmes s'échinaient à leur poste en serrant des gencives écarlates desquelles toutes les dents étaient tombées.

— CES DEUX-LÀ NE RISQUENT PAS DE TE MORDRE, MA BELLE, rigola un fouetteur en attachant les poignets et les chevilles de la jeune femme à une lourde chaîne. LES AVANTAGES D'UNE NOURRITURE ÉQUILIBRÉE !

Complètement sidérée, elle regarda Sprite subir le même sort à côté d'elle. Le regard brûlant de fureur et le visage marqué d'un double cercle brun dû à la pression du canon de Huan sur son front, son compagnon semblait lutter contre l'envie de sauter à la gorge du fouetteur. Elle le connaissait assez pour savoir qu'il s'en voulait à mort d'avoir pu se laisser berner ainsi. C'était dans la nature profonde de

Sprite de se croire responsable de tous leurs maux. Depuis qu'il avait juré de les protéger alors qu'ils n'étaient que des gosses et qu'ils avaient fui l'orphelinat...

Une fois qu'il fut assis et entravé, un premier coup de fouet lui lacéra le T-shirt avec une horrible facilité, une traînée rouge comblant la fissure du tissu. Sans attendre un deuxième coup, Sprite et Pitbull se mirent alors à ramer à l'unisson des mortes-vivantes sur leur banc de souque tandis que, juste derrière eux, on faisait asseoir Larbin et Le Bourge près de deux hommes à la peau noire portant la barbe et le tatouage du Néo-Califat. Huan, après avoir vérifié que tout était en place et que chaque banc était à nouveau plein, quitta l'entrepont, laissant les Parisiens à leur triste sort. Le fouet ne tarda d'ailleurs pas à claquer deux fois dans le dos du Bourge qui ne s'activait pas assez vite au goût de leurs tourmenteurs.

— Putain, je suis malade, bande d'enfoirés ! s'énerva le jeune homme encore verdâtre.

Une deuxième flopée de coups déchira alors sa chair jusqu'à le faire hurler de douleur.

— FERME TA GUEULE ET RAME ! lui cria Pitbull, les larmes aux yeux. ILS VONT TE TUER !

— ALLEZ, MEC ! l'encouragea aussi Larbin qui luttait, les poings contractés sur les échardes du bois brut.

Se reprenant avant qu'il ne soit trop tard, Le Bourge souleva sa charge avec toute la force de sa volonté.

— C'EST ÇA, AU BOULOT LA VIANDE FRAÎCHE ! s'égosilla le fouetteur en riant. VOUS ÊTES DES CARGALÉRIENS MAINTENANT, ALORS SOUQUEZ FERME, BORDEL DE MERDE !

37

Laissant les jeunes fugitifs à leur triste sort, Huan quitta rapidement l'entrepont : cet endroit puait trop la mort pour qu'il s'y attarde ne serait-ce qu'une seconde de plus. Ça lui rappelait trop son enfance. Et si Blacky et Nabuch, les deux fouetteurs du *Nostromo,* prenaient leur pied en infligeant la souffrance, grand bien leur fasse tant qu'il n'était pas obligé d'en être le témoin…

Il remonta l'escalier et, tel Orphée revenant des Enfers, mit quelques minutes avant de pouvoir ouvrir les yeux sur le pont inondé de soleil. La chaleur frappait déjà fort, écrasant le bateau sur le miroir mouvant du Novatlantic où seule la vitesse du navire propulsé par les cargalériens créait une faible brise. Comme toutes les routes *Hurricane-Free,* le couloir navigable entre l'Union et les Brits n'accueillait pas le moindre souffle d'air, ce qui rendait les voiles totalement inutiles. Huan regarda la côte s'éloigner et renifla bruyamment comme il avait appris à le faire dès son plus jeune âge pour montrer son mépris à ses adversaires. Mais aujourd'hui, quel était son ennemi ? L'océan et son absence de vent ? La Water Corp. et ses taxes scandaleuses ? L'Univers tout entier ? Ou juste Rackham qui n'avait pas menti aux Parisiens sur la destination du *Nostromo* mais qui avait bel et bien omis de préciser à son second qu'il y aurait une fillette ?

Une gamine du même âge que lui et sa sœur lorsque les Japonais les avaient vendus à la mafia thaïlandaise. Une sœur dont il ignorait totalement l'existence jusqu'à un concours de circonstances l'ayant fait échouer dans un bordel de Bangkok-ichi[22].

En tant que descendants des derniers Khmers, ils portaient en effet tous deux une scarification dans le bas du dos, qui, réalisée juste après la naissance, indiquait leur tribu ainsi que le nom de leur père. À moitié ivre-mort et juste avant de passer à l'acte, Huan – nom que lui avaient donné les Japs et qui signifiait « heureux » en chinois, sans doute un genre de plaisanterie cynique – avait découvert cette marque sur la jeune femme qu'il avait choisie. Il avait dégrisé en une fraction de seconde. Une sœur ! Une famille ! Lui qui avait été élevé dans la solitude du chien de guerre avec personne pour l'aimer et personne à aimer. Juste la chaîne autour de son cou, les entraînements, le bâton qui tente de dresser « l'animal stupide » qu'il était. Seulement les combats de Bangkok-ichi à Oulan-Bator-ichi contre d'autres créatures telles que lui, créées pour tuer. Et puis il y avait eu la consécration avec les championnats de *death-fight* de Nagoya, au cœur de l'Empire Yakuza, qui avaient fait de lui le molosse préféré de la foule de Sapporo à la mégapole d'Osakyoto. Avec le sang versé – le sien et celui des autres – il avait gagné quelques avantages. Il pouvait voyager dans l'Empire, il pouvait boire, il pouvait

22. La plupart des villes de l'Empire Yakuza ont gardé leur nom d'origine. Le terme « ichi », signifiant « ville » en japonais, y a simplement été ajouté.

aller au bordel... Lors d'une nuit étrange dans cette province japonaise de Thaïlande, sa sœur, Chuang-Mu – du nom de la déesse chinoise de la chambre à coucher – lui avait raconté son histoire à peine moins violente que la sienne, et même beaucoup plus sordide. Ils avaient pleuré tous les deux et ils étaient partis, comme ça, sur un coup de tête. Le sang, le viol, la mort... Ils avaient trop donné aux yakuzas. Avec toutes les économies de champion de Huan, ils avaient pu embarquer sur un cargal britannique à destination de Tilski. Mais Chuang-Mu n'avait jamais pu atteindre le port slave : une épidémie d'Hémo-39 – un variant tout aussi meurtrier que le récent Hémo-45 – avait décimé les rameurs et l'équipage, emportant sa sœur que Huan serrait encore dans ses bras... Ne sachant ni quoi faire, ni où aller, ni qui il était vraiment, le colosse khmer s'était alors fait marin en s'associant avec une canaille pleine de ressources nommée Rackham. Mais aujourd'hui, son complice, ou son boss comme il l'appelait devant les hommes, avait décidé de vendre une enfant pour qu'elle subisse le même sort que Chuang-Mu et cette idée lui était intolérable.

Traversant le pont d'un pas rapide, il descendit les marches vers la cabine du capitaine, sachant bien que ce dernier devait être en train de s'y enivrer. Derrière la porte, et malgré l'épaisseur du métal, on pouvait entendre les cris terrorisés du bébé. Huan entra sans frapper pour trouver Rackham, complètement saoul, à moitié couché par terre, tandis que la gamine hurlait dans un gros carton ouvert posé sur la couchette. Le capitaine du *Nostromo* leva des yeux embrumés vers son associé.

— Et c'est encore pire quand je ferme le carton, prononça-t-il difficilement. Cette pisseuse est juste insupportable...

— Il faut qu'on en parle, gronda Huan qui, bras croisés, regardait l'ivrogne de haut. Tu sais bien ce que je pense du commerce des gosses ! Comment tu as pu penser que je te laisserai faire ?

— Arf ! Fais pas ta chochotte, grogna Rackham d'un air mauvais. Tu as de l'eau à gaspiller pour un morveux ? Ils sont pondus chaque jour par centaine à travers l'Union et, en général, ils finissent à la benne ! On a besoin de ce pognon !

— Non ! TU as besoin de ce pognon pour t'acheter de l'alcool de datte, de l'*Everclear-NG*[23] ou n'importe quoi du genre ! Je ne suis pas d'accord !

L'autre se redressa, l'écume aux lèvres et l'œil brillant de malice. Il leva un pistolet de gros calibre vers son second :

— C'est moi le capitaine, sale Chinois de mes couilles ! Si je décide de refiler cette gamine à une compagnie de cargalériens pour qu'ils s'amusent avec, tu n'as rien à dire ! Si mon bon vouloir est de la jeter par-dessus bord, tu fermes ta gueule ! Et si j'ordonne de la vendre aux Brits, tu me dis « oui, monsieur » et tu retournes te planquer dans ton bol de *wheat-NG* !

Tremblant de rage, Huan observa un instant Rackham avant de lentement reculer hors de la cabine sans quitter son associé du regard. Cela faisait un moment que ce dernier perdait pied, devenant de plus en plus agressif, de plus en

23. Alcool le plus fort au monde fabriqué à partir de *wheat-NG*.

plus dangereux… Le colosse khmer contempla un instant l'océan moribond d'un air pensif. Finalement, le vent allait peut-être finir par se lever sur le *Nostromo.*

38

TAM… TAM… La cadence de croisière battait, hypnotique, telles les pulsations cardiaque d'un ogre gigantesque dans l'estomac duquel ils étaient prisonniers. **TAM… TAM…** Des papillons noirs passaient devant les yeux de Pitbull, épuisée jusque dans la moelle de ses os.

TAM… TAM… Des heures ou des jours, ou peut-être même des années qu'il était là, Le Bourge. Les ampoules de ses doigts s'écorchaient sur la rame, en créant d'autres cloques avec chaque fois la peau un peu plus à vif.

TAM… TAM… Collé à l'épaule noire et luisante de son voisin, Larbin pensait à Sarah, à Adam. À Hope. Furieusement. Comme un naufragé tente de s'agripper à une bouée trop glissante. Pour éviter la noyade dans ce gouffre de cruauté.

TAM… TAM… Parfois Sprite croyait apercevoir ses dunes de Seine-Saint-Denis et parfois il voyait Pitbull près de lui en train de se tuer à la tâche. Elle souriait… Non, sa grimace n'avait rien en commun avec un sourire. C'est la fièvre qui le faisait halluciner. Et la douleur qui le saisissait depuis sa cuisse, âpre et impitoyable.

TAM… TAM… De l'autre côté de la ligne de souque des Waterbacks, à bâbord, un type s'écroula en arrière, inconscient. Sur son torse de squelette, le Soleil de Mort surplombant la ligne rectiligne du désert semblait gravé sur les os de sa cage thoracique. **TAM... TAM...** Depuis combien de temps était-il là, cet adepte du Grand Aride, à se faire digérer dans le ventre de la bête ? Fasciné, Le Bourge regarda les deux fouetteurs se précipiter sur le mourant comme deux vautours pressés de se repaître d'une charogne. **TAM... TAM...** Ils le battirent violemment, autant par plaisir que pour le remettre au travail, comme si on pouvait éveiller un mort à force de le frapper ! **TAM...** Une fois qu'ils se furent suffisamment défoulés sans constater la moindre résurrection, les tortionnaires durent se rendre à l'évidence : un rameur venait d'expirer. **TAM...** Ils firent alors coulisser un panneau de bois dans la coque juste au-dessous du pont. La lumière du soleil qui se déversa dans le quartier des cargaliens arracha des gémissements à l'assemblée des maudits. **TAM...** Avec l'expression d'un profond ennui sur le visage, les fouetteurs détachèrent le corps, le soulevèrent avec une atroce facilité – ce tas d'os ne devait pas peser plus lourd qu'un enfant – et le balancèrent par l'écoutille comme on se débarrasserait d'un simple déchet. **TAM...** Un peu partout dans l'entrepont, d'autres adeptes de la secte se mirent à crier : « JE SUIS LA GOURDE DE SANG CHAUD ! JE SUIS LA VIE DANS LEUR VEINE ! LOUÉ SOIT LE DIVIN DÉSERT ! » Mais l'ouverture refermée, les fouetteurs se chargèrent de calmer ces illuminés. **TAM...** Sprite avait également assisté au spectacle, conscient que c'était le sort qui l'attendait. Le jeune homme était un athlète confirmé et il connaissait son corps, ses capacités, à la perfection. Il savait qu'il arrivait à présent au bout. Depuis que la balle infectieuse l'avait touché, son système immunitaire avait lutté mais il était en train de perdre la bataille... Combien de fois pourrait-il soulever cette rame aux côtés de la fille qu'il aimait ? Dix fois ? Quinze fois, grand maximum. **TAM...** Inexorablement, la faiblesse gagnait ses membres, et sa tête, lourde et légère à la fois, l'entraînait dans des voyages intérieurs. **TAM...** Avec horreur, Pitbull vit Sprite lentement perdre connaissance. L'œil qui devenait blanc, la nuque relâchée, l'affaissement du dos...

— Sprite ! lui souffla-t-elle pour ne pas attirer l'attention des deux démons. Sprite ! Réveille-toi ! répéta-t-elle en lui donnant un violent coup de tête dans l'épaule, quitte à se faire mal.

TAM !

Mais malgré ses efforts, rien n'y fit et son ami finit par s'écrouler sur le banc de souque.

— BLACKY ! ENCORE UN BON À JETER ! cria l'un d'eux à son collègue.

— ON VA VOIR ÇA ! répondit le fameux Blacky qui arrivait devant le Waterback et levait déjà son fouet.

TAM !

— LE TOUCHEZ PAS ! cracha alors Pitbull qui tenta de se lever malgré ses chaînes.

TAM !

— OH MAIS CE N'EST PAS MOI QUI VAIS LE TOUCHER ! plaisanta le geôlier en faisant siffler son fouet sur le dos de Sprite.

TAM !

Malgré les cris inutiles qui déchiraient leur gorge et desséchaient leur cœur, les Waterbacks regardèrent leur ami se faire lacérer de coups. Les poignets sanglants contre les menottes qui leur arrachaient la peau, ils tentaient même de briser leurs chaînes à grands coups de chair pour se porter au secours de Sprite.

TAM !

Enfin, après une éternité de souffrance, les monstres baissèrent leurs fouets et ouvrirent l'écoutille tribord. Sans pouvoir se résoudre à y croire, Pitbull les regarda détacher son ami pour le balancer dans le Novatlantic.

TAM !

— NABUCH, AIDE-MOI, PRENDS SES PIEDS ! CELUI-LÀ EST PLUS LOURD !

TAM !

Et comme leur tourmenteur se penchait pour agripper Sprite, ce dernier ouvrit subitement les yeux et envoya un formidable coup de talon dans le menton de Nabuch, l'envoyant s'écrouler sur le banc de souque de Larbin et du Bourge. Les Waterbacks s'accrochèrent alors au fouetteur tandis qu'un des hommes du Néo-Califat lui enroulait ses entraves autour du cou afin de l'étrangler.

TAM !

Se relevant d'un seul mouvement et malgré sa cuisse qui ne le portait plus, le jeune Parisien se jeta sur l'autre gardien avant qu'il n'ait pu dégainer son revolver. Le choc du plaquage envoya valser l'arme quelque part entre les bancs mais, avec le manche de son fouet, Blacky put repousser Sprite.

TAM !

Il allait se ruer vers la porte menant au pont quand l'un des cargalériens tendit adroitement sa jambe pour faire chuter le marin. Malheureusement, celui-ci réussit tout de même à tirer la sonnette d'alarme avant que le Waterback ne lui tombe dessus, lui fracassant la mâchoire contre le sol. Immédiatement, le tambour de cadence se tut, remplacé par une alarme stridente. Sprite, qui sentait qu'il n'en avait vraiment plus pour longtemps avant de perdre connaissance, fouilla frénétiquement le corps de Blacky à la recherche de clefs pouvant libérer les prisonniers. Sur son banc, Le Bourge faisait de même tandis que Nabuch se débattait encore. Pour l'instant, ils ne trouvaient rien et le désespoir s'abattit sur leurs épaules mutilées : ils étaient en train de perdre !

Comme pour étouffer la moindre étincelle d'espoir, la porte du quartier des cargalériens s'ouvrit sur le visage furibond de Rackham. Armé, le capitaine du cargal allait mettre fin à cette mutinerie d'une simple balle dans la tête de Sprite. Ce dernier attendait presque la détonation qui marquerait le signal du grand départ. Au lieu de cela, le marin s'écroula soudainement de tout son long pour laisser apparaître Huan. Le visage sombre, ce dernier enjamba le corps de son associé inconscient et s'approcha du premier banc de souque, un trousseau de clefs à la main.

39

Huan venait de libérer Le Bourge et Larbin lorsque le barreur du *Nostromo* fit son entrée dans le quartier des cargalériens. Considérant un instant son capitaine inanimé et les fouetteurs à moitié morts, il se tourna vers le Khmer :

— Alors ça y est ? demanda-t-il comme si rien de tout cela ne le surprenait vraiment. T'es le nouveau boss ? T'as mis du temps...

— Tu tombes bien, Luther, lui répondit Huan en lui lançant les clefs. Libère les rameurs encore aptes à raisonner. Laisse les adeptes du Grand Aride attachés. Donne leur un peu d'eau à tous et dis-leur que s'ils m'obéissent, ils n'auront plus jamais à voir l'intérieur d'un cargal de leur vie.

— Ok, Cap'tain ! Et qu'est-ce qu'on fait de Blacky, Nabuch et Rackham ?

— Attache-les solidement dans la cabine de l'ivrogne !

Huan se pencha sur Sprite qui avait lui aussi perdu connaissance. Pitbull était déjà à ses côtés, en pleurs, ses mains entourant le visage du jeune homme comme l'une de ces *pietà* de carton-pâte qu'on trouvait parfois dans les fausses chapelles jouxtant les bordels et les maisons de jeux de *Nagoya*. Elle envoya ses amis à la recherche du bébé :

— Allez voir si elle va bien, moi je reste avec lui !

Les larmes couraient sur ses joues aussi légèrement que s'il s'était enfin mis à pleuvoir. Huan s'accroupit à son tour et posa une main sur le front du Waterback : le gamin était brûlant.

— Tu sais ce qui lui arrive ? interrogea-t-il.

Pitbull releva les yeux. Ces derniers semblaient presque luire dans la pénombre de l'entrepont.

— Une balle de béret bleu. À la cuisse.

— Je peux jeter un œil ? demanda-t-il, prudent : la jeune femme avait le regard d'une louve protégeant le corps d'un de ses petits. Elle acquiesça pourtant.

Sortant un kriss[24] de sa botte, Huan entreprit de couper le pantalon de Sprite en commençant par la cheville. La cuisse blessée apparut alors à l'air libre et Pitbull ne put réprimer un cri : la plaie qui avait pourtant été nettoyée plusieurs fois était purulente et le muscle tout autour avait pris une horrible teinte noire.

— Ouvrez-moi l'écoutille, j'ai besoin de lumière ! ordonna Huan aux Néo-Califiens qui, toujours assis sur leur banc, frottaient leurs poignets libérés, ne parvenant toujours pas à croire que leur calvaire était fini.

— L'écoutille ! Vite ! insista-t-il en rangeant son poignard malais.

Le plus jeune des deux cargalériens se leva enfin et retira la planche de bois, laissant entrer la lumière du jour sur la jambe du blessé. Malheureusement, le soleil ne fit que confirmer les pires craintes du nouveau capitaine : partant de la zone de chair noircie, des lignes, tels de sombres canaux en profondeur, sous l'épiderme, se dirigeaient de chaque côté vers l'aine et le mollet. Ce dernier était dur

---

24. Poignard malais à la lame ondulée.

comme du bois. Le Bourge, qui avait laissé Larbin avec une Hope un peu déshydratée mais en vie sur le pont, arriva à ce moment-là.

— Putain, qu'est-ce qu'il a ?! s'exclama le Waterback sous le choc.

Pitbull, elle, ne disait rien. Ses pupilles dilatées étaient fixées sur la plaie comme si la mort en personne y était lovée. *Elle pense qu'il est foutu et elle n'est pas loin de la vérité*, songea Huan en essuyant la sueur qui perlait à ses paupières. Il avait déjà vu des blessures comme ça par le passé. Lors de certains matchs de *death-fight*, il avait observé et tué des combattants utilisant des lames infectieuses. Il fallait un nettoyage immédiat et en profondeur pour éviter la gangrène. Malheureusement, dans le cas du garçon étendu devant lui, la corruption était déjà bien installée. Ignorant les amis du blessé, le Khmer se tourna vers la jeune femme dont les larmes étaient en train de se tarir. Aujourd'hui, même les pires souffrances ne pouvaient s'accorder qu'une certaine quantité d'eau.

— Il n'y a qu'une façon de le sauver. Si c'est encore possible...

Il inspira un grand coup avant de continuer :

— Il faut lui retirer sa jambe.

À cette annonce, un lourd silence tomba sur le *Nostromo* et même les Néo-Califiens s'arrêtèrent de discuter pour regarder le nouveau capitaine, vérifier s'il était sérieux.

— Hors de question que ce type découpe notre pote ! commença à vociférer Le Bourge, plus pour masquer sa terreur et son impuissance que pour menacer Huan.

La voix de Pitbull, calme et décidée, l'arrêta brusquement :

— D'accord ! Enlevons cette chose qui n'est plus lui !

— Il faut que tu comprennes que ça ne le sauvera peut-être pas, tenta d'expliquer Huan qui espérait presque qu'on l'empêche de procéder à l'amputation du malheureux.

— Ses chances de survie diminuent avec le temps, non ? demanda la jeune fille, toujours maîtresse d'elle-même.

— Oui, mais...

— Alors ne le perdons pas à discuter ! ordonna-t-elle, impérieuse.

Le colosse asiatique avala un gros bloc de salive et se releva :

— Luther, va me chercher la scie à métaux, une corde et une torche ! J'aurais aussi besoin d'une machette avec une lame la plus large possible... Luther... ?

Mais le barreur du *Nostromo* était aux prises avec un groupe de cargalériens qui l'encerclaient, menaçants.

— Boss ! J'ai bien réussi à mettre Rackham aux fers dans sa cabine mais ces types veulent flanquer Blacky et Nabuch par-dessus bord ! Permission de tirer ?

— Laisse-les faire, c'est un juste retour des choses ! Ramène-moi ce que je t'ai demandé fissa !

Puis Huan attrapa Le Bourge par l'épaule :

— Et toi, cours me ramener de l'alcool de blé dans la cabine du capitaine. Tu ne peux pas te tromper, il n'y a que ça !

Il s'accroupit une nouvelle fois près de la jeune femme.

— Je ne veux pas prendre le risque de le déplacer. On va faire ça ici.

Sans regarder personne en particulier, il continua :

— Il me faut des bras pour le maintenir immobile si jamais – la Pluie l'en préserve ! – il se réveillait.

— Je le ferai, déclara sans surprise la Waterback.

Larbin, qui avait laissé Hope à l'abri sur le pont, s'approcha de Pitbull les larmes aux yeux en découvrant la scène. Il serra l'épaule de son amie :

— Moi aussi, je vais le tenir…

— Vous pouvez compter sur nous ! proposèrent aussi les deux Néo-Califiens. Je suis Mohammad et voici Wassim, nous sommes marchands à Abidjabad, précisèrent-ils en effleurant leur front et leur tatouage de foi en l'Islam.

« Abidjabad »… Ce mot résonna dans le cœur et dans la tête de Larbin comme une corne de brume. Quelles étaient les chances de rencontrer des Ivoiriens sur un cargal reliant les Brits ! Cela ne pouvait pas être autre chose qu'un signe du destin ! Pourtant, ce n'était pas le moment de penser à ça et il focalisa son attention sur Sprite.

Le Bourge revint avec deux bouteilles presque pleines tandis que Luther apportait lui aussi le matériel demandé. Prenant la scie sans attendre, le Khmer déversa la moitié de l'alcool sur la lame.

— Le liqueur de blé est à 96 % pure, expliqua-t-il avant de s'en prendre une gorgée, véritable boule de feu le long de son œsophage. Si jamais il ouvre l'œil pendant l'intervention, il en aura besoin lui aussi !

Puis, avec la corde, il entreprit de faire un puissant garrot au-dessus de la plaie, bloquant presque totalement la circulation sanguine de la jambe noirâtre. Résistant contre l'impulsion de prendre quelques goulées de plus pour se donner du courage, le colosse soupira profondément.

— Une fois que j'aurai fini de couper, expliqua-t-il à Mohammad en lui donnant la machette, il faudra que tu cautérises la cuisse avec la lame chauffée à blanc. Tu as compris ?

Le Néo-Califien tenta de déglutir avant de placer l'acier au-dessus de la torche :

— Je suis prêt.

Huan saisit la scie d'une main fébrile. Prenant le temps de se concentrer quelques secondes, il attendit que son bras se raffermisse. Enfin, lorsque ce dernier devint aussi stable et solide que celui d'une statue de marbre, il approcha le tranchant dentelé au-dessus de la chair… et se mit à l'ouvrage.

40

Les cris de Sprite résonnaient encore dans les oreilles du Bourge qui, accoudé au-dessus du bastingage, regardait des déchets vieux de plusieurs décennies onduler sur les flots noirs. Louée soit la Pluie, son ami ne s'était pas réveillé pendant « l'opération » mais durant la cautérisation. Il n'avait jamais entendu un être humain produire des sons pareils. Des hurlements impossibles à oublier, malheureusement. Pourtant, lorsque Huan avait débité la jambe, lorsqu'elle s'était détachée en tombant sur le sol avec un *ploc* presque comique, le Waterback avait tenu bon pour son pote qui se faisait charcuter. Mais le feu ! L'odeur écœurante, le crépitement de la graisse, la chair qui cloque et les mugissements de Sprite qui suppliait qu'on lui rende son membre ! Il savait déjà de quoi ses cauchemars seraient faits pour les années à venir… Quel enfer ! Ils avaient été six à retenir le blessé pour éviter qu'il ne fasse saigner sa plaie, la douleur ayant décuplé sa force. Pour le soulager, l'alcool de blé ne suffisant pas, Huan avait fini par piller la contrebande de Rackham, bien cachée au fond de la cale. En découvrant plusieurs barils de Kanab-X, les fugitifs avaient mieux compris pourquoi l'ex-capitaine du *Nostromo* ne les avait pas tout de suite vendus à la Water Corp. Sans attendre, le Khmer avait bourré une pipe de drogue et l'avait fait fumer à

Sprite pour un résultat quasi immédiat. Le blessé était maintenant aussi calme que Hope après 200 ml de lait de chamelle... Le Bourge, quant à lui, était vite remonté sur le pont, histoire de prendre du recul, de digérer que son pote, cet athlète incroyable, n'avait maintenant qu'une seule guibole. Il fit quelques pas pour rejoindre le bébé dans le berceau de fortune que lui avait préparé Larbin. Dormant sous un auvent, bien calé entre des tas de cordages et des toiles de jute, la vue du paisible petit visage bercé par les vagues lui fit du bien. Ce petit bout de chou avait déjà vu un sacré paquet de saloperies mais son regard restait totalement innocent, comme si rien ne pouvait salir son âme...

— C'est surtout que tu comprends que dalle à ce qui t'arrive... ricana Le Bourge pour se protéger du flot de tendresse qui commençait à l'assaillir.

Larbin avait regardé Huan ramasser la jambe avant de la jeter par-dessus bord. Les muscles douloureux après tant d'efforts et de stress, le jeune homme étira ses bras et sa nuque en observant Pitbull. Elle avait parlé à Sprite jusqu'à ce qu'il s'endorme et tenait encore la pipe fumante de Kanab-X. Lui aussi aurait bien pris une taffe ou deux pour se remettre de ses émotions mais l'addiction aurait été immédiate. Il allait donc rejoindre Le Bourge sur le pont lorsqu'en face de lui, les Néo-Califiens qui leur avaient prêté main forte se relevèrent en titubant de fatigue et lui lancèrent un franc sourire.

— Il va s'en sortir, déclara le plus jeune dans un français parfait. Allah est miséricordieux avec les cœurs courageux ! Ton ami nous a tous sauvés !

Il disait ces mots en effleurant l'idéogramme tatoué sur son front comme sur celui de tous les hommes du Néo-Califat et qui signifiait « Dieu » en arabe.

— Je l'espère, murmura Larbin en se levant lui aussi.

Son esprit ne put alors s'empêcher de dériver à nouveau vers Sarah et son fils. Il s'approcha de Wassim et Mohammad :

— Vous avez dit que vous veniez d'Abijabad, c'est ça ?

— Exact. Nous étions... nous sommes, se reprit Wassim, marchands d'épices du protectorat de Côte d'Ivoire. Il y a quelques mois, notre propre navire a été attaqué par des pirates yakuzas qui nous firent rejoindre les rangs de leurs rameurs avant de nous revendre. Mais si nous retournons à New London, continuèrent-ils les yeux brillants, nous pourrons récupérer notre ancienne vie. Nous y avons établi un comptoir et plusieurs bateaux-solaires nous y attendent !

— Je pense que les Brits seront notre prochaine étape, les rassura Larbin qui insista : Et après vous comptez bien rentrer à Abidjabad ?

Les Néo-Califiens s'entre-regardèrent un instant avant que le plus âgé des deux, Wassim, reprenne la parole en souriant :

— Pourquoi es-tu si intéressé par notre ville ?

Le Waterback soupira avant de se livrer aux deux inconnus.

— Mon fils et ma... ma femme on va dire, y sont partis en espérant une vie meilleure. Moi j'y ai pas cru, et maintenant je me demande juste s'ils sont en vie...

— Je vois... déclara l'Ivoirien d'un air grave. Je ne comprends pas ce que vous, les gens de l'Union, espérez bien trouver chez nous... Mais ce n'est pas le problème, poursuivit-il. Que désires-tu vraiment ? Que l'on t'envoie des nouvelles de ta famille ou nous accompagner là-bas ?

Dans le cœur de Larbin, cette question essentielle résonna si fort qu'il eut un instant de vertige. Retrouver « sa famille » comme Wassim disait, cela semblait presque possible mais ça signifiait quitter ses amis, ses frères et sœurs de toujours... Impensable ! *Vraiment... ?* lui répliqua intérieurement la voix de Sarah avec un mélange de reproche et d'amusement.

— Hé, petit ! l'interpella Huan, mettant fin à son débat intérieur en lui posant une grosse patte sur l'épaule. Maintenant que ton ami dort, on va le transporter dans la cabine du capitaine avant de mettre le cap sur l'Archipel... Viens nous aider !

Larbin et Pitbull aidèrent alors le Khmer à transporter leur ami dégoulinant de sueur. Ils remontèrent lentement sur le pont, croisèrent Le Bourge qui vint les aider, et redescendirent les quelques marches avec mille précautions pour ne pas réveiller la douleur dans le corps meurtri de Sprite. Devant la cabine de Rackham cependant, ils eurent soudain un mauvais pressentiment : l'ex-capitaine était censé être ligoté et bâillonné, pourtant ils entendaient des voix prises dans ce qui semblait être une âpre discussion. Huan leur fit signe de poser délicatement leur ami devant la porte avant d'ouvrir brusquement celle-ci. En quelques secondes, le khmer et les Parisiens comprirent que la situation venait de leur échapper : des liens sectionnés jonchaient le sol près d'une petite dague tandis que le traître les regardait d'un air triomphant, assis à son bureau, un verre à la main. Face à lui, la vieille radio grésillait encore : « ... reçu, *Nostromo.* Les fugitifs sont notre priorité numéro un. Un navire rapide part immédiatement de New London vous intercepter ! Courage ! Terminé ! »

D'un geste presque nonchalant, Huan balança son poing dans le visage réjoui de Rackham, le mettant aussitôt K.O. Puis, comme un vieux sac de chiffon, il le jeta sur une épaule.

— J'ai eu tort de garder ce déchet à bord... Installez votre ami sur la couchette et rejoignez-moi tout de suite dans l'entrepont, grogna-t-il aux Waterbacks avant de se hâter dehors.

Fébrilement, ils installèrent Sprite du mieux possible et lui parlèrent doucement avant de repartir. Pitbull, elle, se pencha pour déposer un baiser sur les lèvres du blessé, lui murmurant mille et une promesses comme seuls peuvent en faire les amants.

Quand ils arrivèrent dans le quartier des cargalériens, Huan – sans Rackham qui avait dû, à son tour, rejoindre l'abîme pollué du Novatlantic – était déjà en train d'exposer leur désastreuse situation aux rameurs : le signalement du *Nostromo* avait été donné aux agents de la Water Corp. présents dans tout l'Archipel, leur bloquant l'accès aux Brits, et un vaisseau ennemi, sans doute lourdement armé, était à leurs trousses.

— Il faut se barrer et vite, conclut-il, mais nous n'avons pas vraiment l'embarras du choix question destination...

Quelques Desséchés commencèrent alors à s'agiter :

— Si on ne peut pas retourner dans l'Union et que les Brits sont fermées, il nous reste quoi ?

— Le couloir des Américas, répondit platement Huan devant l'assemblée médusée.

La majorité de l'équipage se mit à gémir.

— Impossible ! C'est à des semaines d'ici ! Pour ce genre de traversée, il y a toujours plusieurs équipes de rameurs ! En plus, longer les Quatre Affreux est trop dangereux : à la moindre erreur de navigation, on part au fond de l'eau !

— C'est notre unique choix ! répliqua le nouveau capitaine avec dureté. C'est ça ou la mort ou l'esclava...

— Pas forcément, le coupa une voix hésitante.

C'était Le Bourge qui s'avançait à présent vers l'énorme Khmer.

— À cette période de l'année, il paraît qu'on peut traverser sans trop de risques les ouragans qui bloquent la Scandinavie. À seulement une poignée de jours de souque, on pourrait atteindre la Norvège !

— Tu vas pas recommencer avec ça ! lui aboya Pitbull. C'est vraiment pas le moment !

— Au contraire, c'est maintenant ou jamais ! On n'arrivera jamais à atteindre les Américas mais on a peut-être une chance d'échapper à la Water Corp. vers le nord-est !

— J'ai déjà entendu parler de la Passe de Faro, avoua alors Huan. C'est quasiment une légende. Je ne connais personne qui s'y soit lancé pour ensuite raconter ce qu'il avait vu !

— C'est parce qu'une fois arrivé en Scandinavie, il faudrait être taré pour en repartir ! déclara Le Bourge qui, euphorique, sentait bien qu'il commençait à avoir gain de cause.

Huan renifla bruyamment, comme avant un combat, et reprit la parole :

— Très bien. Levez la main ceux qui veulent tenter les Américas !

Seule une poignée de rameurs tendirent le bras avec Pitbull.

— Pour la Scandinavie ? continua le nouveau capitaine.

Quasiment tous les Desséchés, Le Bourge et Luther se manifestèrent. Larbin, perdu dans ses pensées, n'avait toujours pas levé la main.

— Ok, c'est décidé, conclut le Khmer qui allait donner ses ordres lorsque Mohammad s'écria tout à coup :

— Attendez ! Mon frère et moi nous désirons aller à New London et, de là, au Néo-Califat. S'il vous plaît, laissez-nous prendre une des deux chaloupes du *Nostromo* pour atteindre seuls les Brits. La Water Corp. nous prendra pour de simples pêcheurs de calamars...

Huan réfléchit un instant avant de hausser les épaules :

— Soit ! Personne n'est plus prisonnier ici ! Vous pouvez prendre une chaloupe et partir dès maintenant. Quelqu'un d'autre désire-t-il se joindre à eux ?

Sans surprise, personne ne broncha : l'Archipel était un endroit pour les marchands et le Néo-Califat pour les croyants.

Mohammad et Wassim allaient prendre congé pour mettre leur chaloupe à la mer lorsque Larbin s'exclama soudain devant ses amis abasourdis :

— Attendez ! Moi je veux vous accompagner !

Wassim empoigna alors l'épaule du jeune homme et lui sourit d'un air entendu.

41

« Attendez ! Moi je veux vous accompagner ! » Les mots étaient sortis de la bouche de Larbin comme s'ils avaient été dotés d'une volonté propre. Le Bourge et Pitbull le regardaient, choqués et incrédules, espérant une explication alors que lui-même ne comprenait pas ce qui venait de se passer. Pourtant, il le savait depuis la moelle de ses os jusqu'à l'extrémité de ses cheveux, partir au Néo-Califat était la seule chose à faire. Malgré les risques mortels qui avaient sans doute écourté le périple de Sarah et de son fils (la traversée de la RPL, les impitoyables courants de la Mare Mediterraneo, l'immense désert du Néo-Califat, le fait qu'ils n'étaient que des infidèles, c'est-à-dire des esclaves ou des ennemis) il devait partir. Malgré l'amour qu'il ressentait pour ses amis (jamais il ne retrouverait une telle confiance, une telle complémentarité), il devait partir.

— Qu'est-ce que tu racontes, putain, Larb ? lui demanda Le Bourge avec un sourire qui signifiait « bien tenté mec, mais mauvaise blague et mauvais timing ! ». Tu craques ou quoi ?

— Désolé mon pote, mais je ne peux pas laisser mon fils. J'ai pas envie de vous quitter mais je sais que je ne pourrai pas vivre si je n'essaye pas de les rejoindre...

— Putain, mais t'es con ou quoi ? s'énerva son ami qui commençait à comprendre que Larbin ne plaisantait pas. Autant chercher un flocon de neige dans le désert ! Pitbull ! Dis-lui à ce débile qu'il va faire la plus grosse connerie de sa courte vie d'imbécile heureux !

Le jeune femme, les yeux brillants, regardait son ami comme si elle le voyait pour la première fois. Qu'il avait grandi, leur petit Larb ! Ce gamin frêle aux grands yeux tristes qui avait rejoint l'orphelinat un soir de tempête de sable. Les gardiens de l'institut avaient senti la chair fraîche et s'étaient frotté les mains mais Sprite et Pitbull avaient décidé que non, c'était terminé ! Ce gamin à la peau diaphane ne serait pas gâché par leurs sales pattes de pervers ! Il avait été le détonateur de leur révolte et, grâce à lui, ils avaient fait de la rue leur nouveau foyer. Le Bourge était arrivé après, gosse de riches complètement paumé. Larb l'avait accueilli dans leur meute avec le grand cœur qui le caractérisait... Leur ciment, leur petit frère, leur conscience aussi, avec ses plans à la con pour donner de l'eau aux plus démunis au péril de sa vie... Il avait l'air d'un homme à présent, dans la pénombre de cet entrepont. Il se tenait droit et choisissait de ne pas abandonner son fils à une époque où les enfants étaient considérés comme des parasites.

— Tu as conscience qu'il y a de fortes chances qu'ils ne soient jamais parvenus à Abidjabad ? demanda-t-elle, une boule dans la gorge.

Larbin hocha la tête. Il fallait qu'il reste fort et en regardant Pitbull, il avait peur de ne pas pouvoir articuler un mot sans éclater en sanglots.

— Tu comprends aussi qu'une fois parti, tu...

La Waterback leva les yeux au ciel et inspira profondément pour contrôler ses émotions.

— Tu ne pourras sans doute jamais nous retrouver...

Il hocha encore la tête mais cette fois-ci ne put réprimer ses larmes. Pitbull se rua alors sur lui pour le prendre dans ses bras, vite suivie du Bourge qui les enserra tous les deux. Leurs têtes collées front contre front contre front, ils restèrent un moment immobiles pour imprimer la trace de leur amour jusque dans leur corps, voler quelques cellules amies sur leur peau, un peu de l'odeur de l'autre.

— Putain, t'es sûr de sûr, mec ? demanda Le Bourge en pleurant à chaudes larmes. Tu vas trop me manquer ! Et Hope ? Qu'est-ce qui va lui arriver ?

— Tu vas t'en occuper, mon pote. Elle s'est bien accrochée à toi et j'ai remarqué que tu commençais à l'aimer...

Mais le monde était trop habitué à briser les cœurs pour ralentir sa course ne serait-ce que de quelques secondes. Autour des Waterbacks, les rameurs s'étaient installés sur leur banc de souque, les Néo-Califiens attendaient Larbin et le cargal de la Water Corp. voguait à toute vitesse vers le *Nostromo*. Huan, gêné de briser cet instant d'harmonie, toussota avant de parler :

— Désolé, mais il faut se dépêcher... Luther vient de me dire que Sprite s'est éveillé. Il a l'air d'avoir toute sa tête... Peut-être devrais-tu lui dire adieu maintenant ?

Larbin acquiesça et se dirigea sans plus tarder dans la cabine du capitaine, suivi de ses amis. À l'intérieur, le blessé était adossé à un énorme oreiller crasseux et tenait un grand verre d'eau pure. En voyant arriver ses amis, il leur lança un petit sourire exténué.

— Ah vous voilà ! s'exclama-t-il faiblement. Alors Luther m'a dit que nous partions pour la Norvège ?

Pitbull se précipita dans les bras de Sprite et sanglota un moment dans son cou brûlant. En voyant les mines déconfites de Larbin et du Bourge, le Waterback se redressa un peu sur sa couchette avec un rictus de souffrance.

— Qu'est-ce qui se passe ? Vous avez l'air de deux oiseaux de mauvaise augure ! Mais je vous rassure, j'ai bien vu qu'il me manquait une jambe !

Devant la bravoure de son ami, le jeune père s'approcha, le cœur serré, pour s'agenouiller près de lui.

— Je vais partir pour le Néo-Califat. Rejoindre Sarah et mon fils.

Comprenant que la chose avait été discutée sans lui et que c'était du sérieux, le convalescent déglutit bruyamment :

— Quand ?

— Là, maintenant... répondit Larbin qui sentait son courage diminuer à vue d'œil.

Le quitter était encore plus douloureux que faire ses adieux à Pitbull et au Bourge. Sprite ! Son modèle, son mentor, son frère et son père...

Ce dernier soupira doucement et prit la main de Larbin entre ses paumes moites de fièvre. Les mots n'avaient jamais été son truc, alors il garda quelques minutes les doigts de son ami entre les siens, transmettant par son regard tout l'amour et toute la fierté qu'il avait toujours ressentis pour son cadet. Craignant de se faire submerger par l'émotion, il relâcha finalement son étreinte et lui sourit, de l'eau au coin des yeux :

— Je me demandais quand tu allais arrêter de me tenir la jambe...

Pitbull se redressa alors en essuyant ses joues humides de sel :

— Tu vois, Bourge ! Il est capable de faire de bien meilleures vannes que toi !

Sachant que c'était sans doute la dernière fois qu'ils seraient tous réunis ainsi, ils se permirent de se moquer d'eux-mêmes et du reste du monde en profitant de leur complicité.

Puis Larbin remonta sur le pont, accompagné de Pit et de Bourge, laissant Sprite se rendormir au milieu de ses souvenirs. Il embrassa Hope sans l'éveiller, ne comprenant que trop la préciosité du sommeil d'un bébé. La chaloupe flottait déjà sur le Novatlantic avec Mohammad et Wassim à son bord. Ces derniers lui firent signe qu'il était temps de s'en aller. Au large, le cargal de la Water Corp. venait d'apparaître, simple point noir posé sur l'horizon qui grossissait de seconde en seconde. Comme dans un mauvais rêve, le jeune père enlaça une dernière fois ses amis avant d'enjamber le bastingage et de descendre le long d'une échelle de corde.

— Il faut vous installer à vos rames, déclara soudain Huan aux Parisiens éplorés. Si on ne bouge pas tout de suite, on est foutus !

Avec un dernier regard pour Larbin, les Waterbacks s'enfoncèrent alors dans le ventre du *Nostromo,* laissant une partie d'eux-mêmes partir sur l'océan. Devenir, elle aussi, un point noir sur l'horizon.

42

Bouleversés par le départ de leur ami, Pitbull et Le Bourge combattaient à grands coups de rame la profonde mélancolie qui les tenaillait. L'abrutissement de la souque anesthésiant leur chagrin, ils s'y jetèrent avec gratitude. Autour d'eux, coordonnés au tambour de cadence réglé à un niveau sonore acceptable, les cargalériens ne ménageaient pas non plus leurs efforts : s'ils s'échinaient à leur poste, c'était maintenant pour conserver leur liberté. Même les adeptes du Grand Aride qui étaient restés enchaînés à leur banc tiraient et poussaient avec toute leur énergie, espérant, pourquoi pas, retourner un jour adorer le Divin Désert. Quelques rangs derrière les Waterbacks, Huan s'était aussi installé pour donner un coup de main – laissant à Luther la charge du gouvernail. L'ancien navigateur s'occupait aussi de nourrir Hope avec le reste du lait de chamelle et de vérifier l'état de santé de Sprite, tous deux dormant dans la cabine. Il passait aussi régulièrement distribuer de l'eau et des dattes aux rameurs exténués. À travers les écoutilles laissées grandes ouvertes, ces derniers avaient d'ailleurs pu observer la lumière disparaître dans l'océan puis réapparaître à nouveau, signifiant qu'ils luttaient maintenant depuis une douzaine d'heures sans interruption. Malheureusement, en dépit de leur acharnement, la lueur du matin apportait de mauvaises nouvelles : non seulement le *Nostromo* n'avait pas semé leurs poursuivants, mais il perdait rapidement du terrain.

— PAS LE CHOIX, IL FAUT AUGMENTER LA CADENCE ! hurla Huan depuis le pont, sa grosse voix leur parvenant à travers les ouvertures de la coque.

Dans l'entrepont, le rythme du tambour devint alors frénétique et la température déjà brûlante monta encore jusqu'à friser l'insupportable. Pourtant les anciens esclaves s'accrochèrent avec l'énergie du désespoir. Sur les visages contractés à l'extrême, on pouvait lire la même expression sauvage qui signifiait « Maintenant ou jamais ! ». Ils se battirent ainsi jusqu'à ce que l'astre solaire atteigne son zénith, jusqu'à ce que la voix bourrue du Khmer explose à nouveau :

— ILS NOUS RATTRAPENT ! ILS ONT TROIS RANGÉES !

Trois rangées de souque ! Le triple de rameurs que sur le *Nostromo* ! Ils n'avaient aucune chance !

— DEVANT NOUS, JE VOIS LA LISIÈRE DE L'OURAGAN QUI PROTÈGE LA SCANDINAVIE ! continua le nouveau capitaine. SI ON Y ARRIVE, ILS ARRÊTERONT PEUT-ÊTRE LA POURSUITE !

— C'est ça ! réussi à ricaner un Desséché qui avait voté pour aller vers Las Américas. On va surtout se prendre des vagues scélérates et des tornades qui vont nous envoyer vers le fond !

Comme pour le contredire, une douce brise s'insinua soudain dans le quartier des cargalériens, apaisant la fièvre et rafraîchissant les muscles endoloris des rameurs. Certains hommes se mirent même à sourire de contentement...

— Ne vous y fiez pas, lança Luther qui reprenait son souffle, ses bras luisants de transpiration posés sur ses genoux glissants. Le vent va forcir !

À peine eut-il fini ces mots, qu'une formidable bourrasque balança le *Nostromo* sur bâbord, envoyant une gerbe d'écume à travers l'écoutille.

— UN COURANT MARIN NOUS ENTRAÎNE VERS LE NORD-OUEST MALGRÉ MES EFFORTS POUR GARDER LE CAP ! leur cria Huan d'une voix rauque. LA WATER CORP. CONTINUE À GAGNER DU TERRAIN ! JE VOIS UNE VINGTAINE DE BÉRETS BLEUS SUR LEUR PONT !

Accroché à sa rame, Le Bourge rongeait son frein :

— C'était sûr que ces bâtards n'allaient jamais abandonner ! Ils vont nous empêcher d'atteindre la Norvège !

Un énorme claquement sur la coque métallique du *Nostromo* interrompit le Waterback. Une nouvelle vague venait de s'y écraser en inondant presque l'entrepont. Sans laisser au *Nostromo* un instant de répit, des rafales d'une violence inouïe descendirent du ciel en hurlant, tétanisant de terreur l'ensemble de l'équipage. C'était comme si un typhon se déchaînait juste au-dessus de leur tête alors même que le cargal réussissait à rester relativement stable.

— C'est incroyable ! s'exclama le vieux Luther qui, malgré lui, avait baissé la voix. L'ouragan se déchaîne en altitude et n'effleure quasiment pas l'océan ! Nous pouvons passer !

— Le passage est ouvert ! J'en étais sûr ! lui répondit Le Bourge, triomphant.

Puis il se raccrocha à son banc alors qu'une autre vague venait d'éclater sur le navire.

— À... À BÂBORD ! REGARDEZ ! s'écria alors Huan qui semblait si étonné que les cargalériens abandonnèrent leur poste pour se ruer vers l'écoutille et découvrir une énorme bouée noire se balancer tranquillement sur le Novatlantic. Elle frôla la coque du *Nostromo*, laissant apparaître des mots tracés à la peinture rouge.

— Qu'est-ce qu'il y a écrit ? demanda Pitbull au Bourge qui souriait comme un benêt.

— « *Welcome. Willkommen.* Bienvenue » ! répondit-il avec un enthousiasme qui s'évanouit bien vite : derrière la balise, une terre venait d'apparaître, sans nul doute la Scandinavie.

Elle défila au loin devant les yeux du Bourge : de petits îlots écrasés sous le soleil. Une terre rasée, jaunie par la sécheresse et le sel. Un désert en pointillés.

— Tout ça pour ça, murmura-t-il à lui-même.

Mais il n'eut pas le temps d'y penser bien longtemps car il devint évident que le bateau gagnait en vitesse alors que plus personne ne ramait : un courant extraordinairement fort les emportait en effet vers le Nord.

— UNE AUTRE BOUÉE ! tonna la voix du Khmer sur le pont.

Souquer étant devenu inutile, Pitbull, Le Bourge et les autres cargalériens quittèrent le ventre du navire pour rejoindre le barreur à l'air libre. Le soleil implacable, perçant à travers des strates de nuages allant du blanc au noir, se reflétait sur une mer de mercure comme si la moindre couleur avait été aspirée hors du monde. La deuxième bouée avec des messages de bienvenue passa entre le *Nostromo* et le cargal de la Water Corp. qui était à présent si proche que l'abordage devait être imminent. Les visages des bérets bleus devenus visibles affichaient des sourires carnassiers.

— Va falloir se battre, gronda Huan, accroché au bastingage, comme s'il contrôlait encore son destin.

Comme s'ils n'étaient pas devenus de simples fétus de paille dans une tempête de sable.

Le bateau ennemi avait lui aussi arrêté d'utiliser ses rames par peur de les briser dans le courant mais se rabattait à présent vers sa proie.

Ce fut à ce moment que l'île apparut. Un dôme de terre avec des maisons colorées à la manière d'un dessin d'enfant. Le *Nostromo* s'en approchait vite et bientôt, les cargalériens purent en apercevoir la plage. Longue. Noire. Couverte de gens qui leur faisaient de grands signes de leurs bras en criant des choses pour le moment incompréhensibles. Le Bourge ne put s'empêcher de sourire malgré la situation :

— Putain ! Leur pays est peut-être aussi merdique que le nôtre, mais ça c'est un comité d'accueil !

Plus les bateaux étaient entraînés vers cette plage, plus les gens qui les attendaient semblaient surexcités. Leur bonne humeur gagnait l'équipage du *Nostromo* qui leur fit signe à leur tour.

— Peut-être qu'ils pourraient nous aider à nous battre contre les bérets bleus ! poursuivit le jeune homme en se penchant à côté du berceau de fortune – un vieux tiroir rembourré de tissus – où Hope était en train de babiller avec toute la candeur de son âge. Suffirait juste d'atteindre cette plage !

Le soleil transperça une autre couche de nuages, éclairant plus intensément la scène. Le Waterback eut un mouvement de recul : les habitants de l'île brandissaient joyeusement de longs bâtons terminés en lames recourbées, des machettes, des haches ainsi que des crochets. De fortes bourrasques charrièrent alors leurs cris gutturaux jusqu'au *Nostromo.* Ce n'était qu'un mot étrange répété inlassablement comme un sortilège : *Grindadráp*[25] !

— *Shit* ! siffla Pitbull entre ses dents. Ces types nous prennent pour leur prochain repas ! Il faut faire demi-tour !

Les cargals étaient encore à plus de trois cents mètres de la plage lorsqu'ils se renversèrent violemment sur le côté avec d'infernaux grincements. Projetés vers les flots écumants, la plupart des cargalériens se retrouvèrent aux côtés des bérets bleus, luttant tous contre la noyade. Pitbull, dont tout le corps meurtri s'était écrasé contre le bastingage, comprit la situation en un instant : le piège était bien rodé et les deux bateaux avaient été éventrés sur des hauts fonds. Il fallait faire vite car les îliens grimpaient à présent sur de petites barques pour aller achever les naufragés. La Waterback se releva avec difficulté et, se retournant sur le pont incliné à 45°, aperçut Le Bourge, le visage en sang, qui glissait vers elle.

— *Fuck*, Bourge ! T'es vivant ! s'écria-t-elle avec soulagement.

— Ouais ! répondit ce dernier en regardant vers la plage où le massacre avait déjà commencé, colorant l'eau en rouge. Faut vite se tirer !

---

25. Dans ce qui reste des Îles Féroé, le massacre des cétacés a été en effet remplacé par le massacre des naufragés. On n'arrête pas si facilement les jolies traditions...

— Prends le dernier canot de sauvetage ! lui ordonna Pitbull dont les pensées tournaient à cent à l'heure. Je vais chercher Sprite et Hope !

Le jeune homme obtempéra et se rua vers la petite embarcation qui pendait le long de la coque et qu'une simple corde empêchait de basculer dans l'eau. Il allait devoir la couper afin de libérer la chaloupe et Le Bourge, fébrile, se mit donc en quête d'un couteau dans le chaos ambiant. Comme pris de démence, les membres de l'équipage encore en vie se jetaient dans les flots ou restaient prostrés en regardant arriver les barques des tueurs. Ce fut en cherchant une lame qu'il finit par tomber sur le corps de Huan, le thorax transpercé par un morceau de métal de la coque. Avec respect, le Waterback posa sa main sur le visage ami – il repensa à Daniel : les types bien étaient rares et ils avaient une fâcheuse tendance à décéder autour d'eux – avant d'attraper le *kriss* qu'il savait être caché dans la botte du colosse. D'un coup de lame, il sectionna l'amarre permettant au canot de rejoindre l'océan. Un instant, ou une éternité, plus tard, Pitbull descendit le bébé jusqu'au Bourge puis remonta sur le pont pour aider un Sprite complètement désorienté à embarquer. Ils entreprirent alors de s'éloigner le plus vite possible du *Nostromo*. Heureusement, les rames larges et légères de la petite embarcation associées au faible poids des passagers leur permirent de se mouvoir sans trop de difficulté contre le courant. Ils allaient d'ailleurs laisser le cargal derrière eux lorsqu'une voix plaintive les interpella soudain. Sur l'épave en train de couler, une Desséchée courut dans leur direction :

— Attendez-moi ! hurla-t-elle en sautant dans l'eau sombre avant de couler comme une pierre.

Perdant de précieuses secondes, Le Bourge et Pitbull firent rapidement demi-tour afin de hisser la malheureuse dans la chaloupe où elle s'effondra en tremblant. Mais ce beau geste faillit coûter cher aux Waterbacks car trois barques de cannibales, dents taillées en pointes sous des sourires féroces, à présent horriblement proches, fonçaient sur eux.

Grindadráp ! *Grindadráp* !

Les Parisiens pagayèrent une nouvelle fois pour sauver leurs vies, puisant dans leurs dernières forces, les muscles prêts à céder. Mais, malgré leur volonté de fer, arriva tout de même le moment où ils atteignirent leur extrême limite. Le moment où la proie résignée doit se coucher pour regarder approcher le prédateur.

Obéissant aux lois de la nature, ils se retournèrent pour constater que leurs poursuivants avaient abandonné la partie et retournaient vers leur plage. Cependant, le soulagement fut de courte durée car Pitbull comprit vite pourquoi ils venaient de réussir à leur échapper : les îliens connaissaient bien l'océan, contrairement aux Waterbacks qui venaient de se faire happer par un courant d'une puissance prodigieuse. Aveuglés par les embruns, ils sentirent la chaloupe se soulever au-dessus de la mer fouettée par le vent tandis qu'un éclair d'une incroyable violence déchira le ciel noir. La jeune femme s'accrocha alors à Sprite qui étendit son bras vers Le Bourge, recroquevillé d'instinct autour du bébé.

— C'EST UN OURAGAN ! s'égosilla, hystérique, la Desséchée agrippée à l'avant du bateau, les cheveux dansant dans la tourmente tels les serpents d'une antique gorgone. UN OURAGAN !

43

Le canot de sauvetage, propulsé par une force titanesque, s'enfonça dans un chaos d'embruns. Le ciel était aussi noir que l'océan et, ensemble, ils créaient une sorte de nuit éblouissante où les moutons qui moussaient aux crêtes des vagues gigantesques semblaient phosphorescents. Le firmament en courroux déchaînait son souffle et affrontait dans un fracas de création du monde les flots qui tentaient d'atteindre les nuages. La chaloupe grimpait au travers d'aquatiques chaînes de montagnes, les redescendait à des vitesses vertigineuses vers des vallées d'écumes, tenant bon malgré les puissances incroyables qui étaient à l'œuvre. C'était donc ça qui attendait les navires osant s'éloigner des routes *Hurricane-Free* ! Cet abîme primordial où la vie comme la mort avaient sans doute été créées. Accrochés les uns aux autres, les Waterbacks avaient même cessé de crier : face à un certain degré de terreur, il arrive un moment où même les hurlements de chacun paraissent dérisoires. On écarquille alors les yeux en priant pour que le cœur ne lâche pas. Dans le cas du Bourge, ce fut plutôt une extinction de voix qui le fit taire mais ça ne l'empêchait pas de continuer à se déchirer la gorge silencieusement, s'agrippant à Hope comme à une bouée de sauvetage.

Puis, comme si le diable venait de siffler un temps mort, le vent tomba subitement à la manière d'une machine qu'on débranche et la houle se calma. Dans le canot, les passagers se regardèrent, hébétés, se rappelant soudain ce à quoi ressemblait le monde hors de la centrifugeuse... Pitbull caressa le visage trempé de Sprite dont la barbe naissante avait été blanchie par le sel.

— Comment ça va ? articula-t-elle avec difficulté.

Elle n'avait jamais eu aussi froid ni aussi peur. Les pansements qui enserraient la jambe du blessé se teintaient de rose.

— Ça s'est rouvert ?!

— Non, je vais bien, la rassura-t-il malgré ses tremblements. Et toi Bourge ?

Ce dernier tenait toujours Hope dans ces bras. Elle mugissait presque aussi fort que l'océan.

— J'ai bien cru que j'allais crever de trouille, prononça-t-il d'une voix rauque. Il faut nourrir la gamine...

Heureusement, Pitbull, en allant chercher Sprite dans la cabine du *Nostromo*, avait eu la présence d'esprit de ramener aussi le sac de Lucas. Elle l'ouvrit pour en sortir une bouteille en fer blanc qu'elle tendit à son ami :

— Ne lui en donne pas trop. C'est tout ce qui reste.

Calmement, Le Bourge installa la tête de Hope dans le creux de son coude et commença à la nourrir. Comme par magie, le bébé se tut, laissant les plaintes du vent envahir le canot.

La Desséchée qu'ils avaient sauvée regardait la scène en souriant.

— Elle est mignonne, déclara-t-elle au Waterback. C'est la tienne ?

— Ça te regarde pas ! aboya-t-il en guise de réponse. T'approche pas d'elle et touche pas à son lait !

Son sourire disparut aussitôt.

— Pour qui tu me prends, pauvre connard ? s'emporta-t-elle en se redressant. Tu crois que je vais piquer son lait à un bébé ou, pire, boire son putain de sang ?! Je n'ai pas de puce dans le cou et je n'ai connu que la soif, d'accord, mais ça ne fait pas de moi un monstre ou une adepte du Grand Aride !

Voyant que les choses pouvaient mal tourner, Pitbull essaya de calmer le jeu :

— Excuse-le mais on a eu de mauvaises expériences avec les gens dernièrement... Comment t'as atterri sur le *Nostromo* ?

La Desséchée haussa les épaules :

— Le truc classique. Un type de notre squat avait piqué de la Bleue à un bon citoyen. Du coup, descente musclée des bérets et exécution du malfrat – elle prononça ce mot avec ironie. Quant au reste de l'immeuble, il a été envoyé aux cargals pour faire bonne mesure !

Le Bourge ne dit rien mais sa mine désolée suffit à calmer l'orgueil blessé de la femme. Cette dernière se rassit en regardant le ciel :

— J'ai l'impression que quelque chose est en train de changer... Le vent se lève...

Et comme sur le *Nostromo*, la petite brise agréable se changea vite en passage à tabac. De nouveau les vagues se levèrent comme des tsunamis, traversant l'immense mer créée par le Grand Réchauffement. Une étendue d'eau si énorme qu'elle pouvait presque être comparée à la Panthalassa, cet unique super-océan qui entourait la Pangée à la fin du paléozoïque. Un océan que nulle terre ne pouvait calmer. Prostrés dans le grain de poussière qu'était leur canot de sauvetage, les Waterbacks avançaient à nouveau à une vitesse extraordinaire. La nuit passa ainsi dans la même ambiance cataclysmique, l'obscurité en plus. Les naufragés avaient pourtant l'impression de naviguer sur un ciel étoilé.

— C'est les calamars, avait alors expliqué Le Bourge. Ils ont des organes phosphorescents.

En contemplant le ballet de ces constellations sous-marines, Pitbull imagina les monstres de plus d'une dizaine de mètres qui passaient près d'eux et ne put réprimer un frisson.

Au matin, il y eut une nouvelle accalmie durant laquelle personne ne parla. Penché au-dessus de sa cuisse, Sprite fixait les bandages censés le protéger, gorgés d'eau de mer. Le sel rongeait sa blessure, provoquant une douleur atroce qui ne lui laissait aucun répit. Mais le pire, c'était de sentir sa jambe comme si elle était encore accrochée à son corps. Parfois, malgré la souffrance, il pouvait presque y croire : il baisserait les yeux et verrait ses deux pieds...

Relevant la tête, il s'abandonna à la contemplation de l'océan. Celui-ci était plus dangereux encore que le désert et, ironie suprême, on pouvait y mourir de soif tout en étant entouré d'eau ! S'approchaient-ils d'une terre ou dérivaient-ils vers le large ? Impossible de le savoir : la violence des vents et des courants avait pu les conduire n'importe où. Puis, trop épuisé par la nuit infernale qu'ils venaient de traverser, il s'endormit rapidement. Quelques heures. Avant que le maelstrom ne resurgisse des profondeurs du Novatlantic.

Pendant deux jours encore, ils subirent ce cycle de tourments et de répits. Hope n'avait plus de lait et la soif devint si intense que Pitbull devait constamment lutter contre l'envie de se pencher hors du canot pour s'emplir la panse d'eau salée. Sans oser se l'avouer, ils sentaient tous que la fin était proche. Le Bourge, l'œil hagard et les lèvres gercées de déshydratation, se tourna vers la Desséchée qui sommeillait tout en grelottant de froid.

— Excuse-moi pour... pour ce que je t'ai dit avant... Nous aussi, avant de devenir Waterbacks, on devait voler de l'eau...

— Ne t'inquiète pas, réussit-elle à sourire. Sans boulot, sans puce, notre seule façon de survivre c'est de prendre leur Bleue aux autres... Tous les Desséchés sont des criminels en puissance ! Après tout, ce n'est pas comme si elle pouvait tomber du ciel !

Comme elle disait ces mots, Le Bourge sentit de petits picotements sur son visage et ses avant-bras. Encore les embruns, pensa-t-il, ils en étaient trempés jusqu'aux os. Aussi, en voyant Sprite et Pitbull basculer leur tête en arrière, s'esclaffant en regardant le ciel, il fut d'abord incapable de comprendre ce qui était en train de se passer. La Waterback le saisit alors par l'épaule :

— Bourge ! C'est de la pluie ! De la vraie pluie ! Comme dans les histoires de l'Ancien monde !

— Putain, c'est ça, la pluie, t'es sûre ?!

Surexcité, le jeune homme se mit lui aussi à rire et à tirer la langue pour recevoir les précieuses gouttelettes qui tombaient de plus en plus drues.

— On est sauvés, putain, hurla-t-il en brandissant Hope vers les nuages qui déversaient la vie. On est sauvés !

La Desséchée, elle aussi, dansait avec les Parisiens qui tenaient leurs gourdes ouvertes à bout de bras, faisant dangereusement osciller leur petite chaloupe, mais il fallait bien célébrer ce miracle ! Elle dansait et chantait et hurlait sa reconnaissance lorsqu'une chose blanche s'enroula autour de son cou pour l'entraîner dans l'océan. Cela s'était passé si vite, sans cris ni lutte, que Pitbull eut presque l'impression d'avoir rêvé. Pourtant, elle n'était pas folle et il y avait bien eu une femme avec eux sur ce canot ! Avant qu'elle n'ait eu le temps de dire un mot, quatre autres appendices couverts de ventouses surgirent hors de l'eau pour tâtonner dans la chaloupe.

— *Fucking hell !* cria-t-elle enfin à ses amis qui eux aussi avaient assisté, sidérés, à la scène. Un calamar géant !

Sous la surface relativement calme, on pouvait voir son gigantesque corps blanc près du bateau. Son énorme bec claquant entre ses bras et son œil noir, gros comme une assiette, qui les regardait froidement.

— Putain ! Il a bouffé la meuf ! hurla Le Bourge, réalisant qu'ils ignoraient le nom de la malheureuse qui les avait accompagnés jusque-là.

Il flanqua un coup de pied rageur dans un tentacule qui s'approchait de lui avec une atroce lenteur, ce qui eut pour unique conséquence d'indiquer sa position à l'animal dont les tentacules l'encerclèrent aussitôt.

— Putain ! Aidez-moi les gars ! supplia-t-il ses amis qui, à leur tour, frappèrent le calamar avec leurs rames sans que celui-ci ne semble même s'en apercevoir.

Le Bourge se voyait déjà entraîné dans des abysses de cauchemar pour y être salement déchiqueté lorsque le monstre le lâcha soudain. Puis, une énorme gerbe d'eau fut projetée vers le ciel. Les Parisiens se tournèrent comme un seul homme vers la nouvelle apparition en priant pour que le destin les épargne un peu : une créature gigantesque et noire venait en effet de percer la surface.

— Un cachalot... murmura Le Bourge qui n'en croyait pas ses yeux. Ne... ne vous inquiétez pas...

Facile à dire au vu des dimensions de la bête, mais cette dernière sembla les ignorer pour se jeter sur le mollusque géant qu'il saisit entre ses mâchoires de Léviathan... Puis, emportant sa proie dans les profondeurs ténébreuses, la baleine sembla leur faire un signe de la queue avant de disparaître aussi soudainement qu'elle était apparue. Les Waterbacks, abasourdis, se laissèrent tomber au fond du canot, réalisant que la pluie avait cessé.

— Putain, quelle journée ! commenta Le Bourge en caressant la tête de Hope.

Mais quelque chose venait à nouveau de changer dans l'air et les cheveux fins du bébé se soulevèrent dans la brise...

44

Pitbull se sentait partir. Ces ouragans aux proportions bibliques qui menaçaient à chaque instant d'écraser les Waterbacks et leur canot la détruisaient. Habituée aux zones arides et à la rigueur du désert, ce froid qu'elle subissait jusque dans ses os semblait anesthésier sa volonté. À force de se voir mourir, à chaque vague scélérate, à chaque éclair barrant le ciel, elle s'était presque habituée au spectacle. C'était comme si elle avait épuisé son envie de vivre et se regardait à présent avec l'œil morne du spectateur un peu las. Elle observa ses amis, frigorifiés, prostrés comme elle contre le bois de la chaloupe. Redoutant et espérant la sauveuse au corps décharné et au sourire de squelette qui pourrait leur offrir sa délivrance glacée. Même Hope avait cessé de hurler et son silence était plus assourdissant que les hurlements de la tempête. La jeune femme en était à ces réflexions lorsqu'un goéland se posa soudain à l'avant du bateau, à moins d'un mètre du Bourge. Tout en plumes et en os, la malheureuse bestiole devait se faire bringuebaler dans les bourrasques depuis un sacré bail. Pourtant, Pitbull, en voyant le piteux volatile reprendre son souffle sur la seule terre ferme à des centaines de kilomètres à la ronde, se mit à saliver en s'imaginant mordre dans sa chair humide. Du bout du pied, elle donna un petit coup discret dans la cheville du Bourge :

— À côté de toi, articula-t-elle doucement pour ne pas faire fuir l'animal. Un oiseau vient de se poser...

Sans geste brusque, le jeune homme tourna la tête vers la proue et découvrit l'animal qui s'ébrouait, indifférent aux regards affamés pointés sur lui.

Très lentement, sans même oser respirer, il saisit une des rames pour assommer le goéland. Mais avant même qu'il eut esquissé le moindre geste, l'oiseau, prudent, s'envola.

— Putain ! jura-t-il sans conviction, trop épuisé pour s'énerver correctement.

Il relâcha la rame, qu'il n'aurait pas pu soulever assez rapidement de toute manière, et s'écroula de nouveau au fond du bateau.

En face de lui, Sprite n'en voulait pas à son ami d'avoir raté l'oiseau.

Ce matin, lorsque sa cuisse douloureuse lui avait fait ouvrir les yeux après quelques heures d'un sommeil qui ressemblait plus à un coma, il avait vu Le Bourge boire de l'eau de mer. Son ami à la tête de squelette avait tout de suite recraché de la bile en s'étouffant presque, son corps devenu malingre se secouant douloureusement, mais Sprite avait refermé les paupières sans un mot... Le Waterback blessé soupira profondément : ils allaient mourir et ce pauvre goéland n'y aurait rien changé. Au fond, Sprite n'espérait plus qu'une chose : crever en premier.

Et puis il y eut soudain une immense lumière alors que les naufragés avaient déjà un pied dans l'obscurité. Mais le rayon d'or qui les percuta depuis les cieux n'avait que faire de leur désir morbide. Il les aveugla sans façon et sans préambule par un trou de la voûte céleste. Le Bourge leva son visage émacié en plissant ses yeux rougis par le désespoir.

— On est pile dans l'œil du cyclone... déclara-t-il pour lui-même.

Un cri perçant l'arracha à sa contemplation. Là-haut dans le ciel, sur leur droite, une flèche d'une blancheur inouïe passa dans un rayon de lumière : le goéland était revenu et volait au-dessus d'eux comme pour les narguer.

— P'tit enfoiré, grogna Le Bourge. Viens un peu ici...

Mais un autre cri s'éleva à bâbord, précédant l'arrivée d'un deuxième oiseau. Puis d'un troisième... Une nuée survolait à présent la chaloupe. Et derrière eux, au loin, une masse sombre semblait flotter à l'horizon.

Pitbull se frotta les yeux comme si ça ne pouvait être qu'une illusion. Mais non. Les minutes passaient et la vision ne s'évanouissait pas, au contraire. Elle gagnait en consistance, en détails : la terre ! Ils s'approchaient d'une terre ! Et plus ils comblaient la distance qui les séparait de celle-ci, plus une couleur se détachait du paysage : le vert ! Le Pays Vert ! Un continent vert, oui ! Les Parisiens comprirent alors que leur voyage à dos de tempête avait dû les conduire au-delà de leurs rêves les plus fous... Un paisible courant les guidait à présent vers une plage rougeâtre. Autour d'eux, des dizaines d'épaves rouillées de cargals et de bateaux datant d'avant le Grand Réchauffement reposaient sur des hauts-fonds. Beaucoup avaient péri ici, à quelques centaines de mètres seulement de la côte. Et lorsque, enfin, la chaloupe heurta la grève, ils se jetèrent à genoux avec gratitude pour en embrasser le sable.

Laissant derrière eux un mur noir dressé sur l'océan, ils furent frappés par la beauté de cet endroit magique. Après les dunes, une herbe tendre d'un beau vert foncé couvrait d'immenses plaines trempées de bruine. Près de la plage, des bosquets d'arbres fruitiers se balançaient dans la brise tandis qu'au loin, de minuscules créatures blanches se déplaçaient en paisibles troupeaux. Hope dans les bras, Le Bourge se releva afin de traverser la bande de sable et fouler de ses pieds nus le pré dont la fraîche odeur de chlorophylle lui donnait envie de pleurer et de rire à la fois.

— C'est quoi cet endroit, sérieux ? s'exclama-t-il, bouleversé.

Derrière lui, Sprite, qui avait ramassé un morceau de bois flotté pour s'en servir de béquille, s'avança avec une aisance déconcertante.

— Je crois qu'on va bientôt le savoir ! lui dit-il en montrant du doigt un groupe d'êtres humains qui venait vers eux depuis une petite forêt.

Des enfants, de nombreux enfants couraient en riant. Ils entouraient un individu qui leur fit un grand signe de la main. Révélant des traits asiatiques, il s'approcha des Waterbacks sans se presser, tout en gardant un sourire amical. Il fit signe à sa minuscule escorte d'aller porter des gourdes d'eau aux nouveaux arrivants.

— *We will give you some milk for the baby ! We didn't see it on your boat. And some warm clothes*[26]... dit-il d'une voix grave.

---

26. « Nous vous donnerons du lait pour le bébé ! Nous ne l'avions pas vu sur le bateau. Et aussi des vêtements plus chauds... »

— *Thank you so much !* remercia Pitbull, les yeux humides de gratitude. *But, where are we ?*[27]

— *The Greenland,* répondit l'homme en souriant. *Groenland !*[28]

Le Groenland ! Alors que le reste du monde était retourné à la poussière, les glaces de cette île-continent s'étaient transformées en prairies fertiles ! Et pour la rejoindre, les Waterbacks avaient dû traverser la moitié du Novatlantic ! Se retournant vers la muraille sombre qui suivait l'horizon, ils réalisèrent aussi qu'ils venaient de réussir l'impossible en traversant vivants l'un des « Quatre Affreux ». Le Bourge, pris de vertige, se retint au bras de l'Inuit qui le regardait avec douceur :

— *Uvanga Kuupik : My name is Kuupik. ... You ?*[29]

Le jeune homme, comprenant ce qu'on lui demandait, se tourna vers ses amis qui souriaient aux enfants surexcités dansant autour d'eux. Il s'arrêta sur le visage heureux de Pitbull, sur celui de Sprite qui, il le savait, allait vite réapprendre à marcher. Il respira à fond l'air pur et paisible qui semblait baigner ce pays. Il plongea son regard dans les pupilles bienveillantes de leur hôte. Et, enfin, il se pencha vers Hope qui, ici, allait pouvoir vivre une vie longue et heureuse. Alors seulement il répondit à l'aborigène, le visage illuminé d'un sourire qui, pour la première fois depuis fort longtemps, n'était pas teinté d'ironie ni de cynisme :

— Yassine... Je m'appelle Yassine.

---

27. « Merci beaucoup ! [...] Mais où sommes-nous ? »

28. « La Terre Verte [...] Le Groenland ! »

29. « Mon nom est Kuupik... Et toi ? »

Épilogue 1

À travers la pierre ouvragée, le soleil dessinait de fantastiques arabesques sur le sol carrelé que Larbin piétinait nerveusement depuis deux bonnes heures. Mohammad et Wassim ne devaient plus tarder maintenant et si la maison – le palais ! – de ses nouveaux amis avait été conçue pour limiter les hausses de température, le stress faisait transpirer le jeune homme et des idées stupides assaillaient son pauvre crâne fiévreux. Peut-être Anwar s'était-il trompé quant à la présence de Sarah et Adam au camp de réfugiés d'Anyama. Peut-être avaient-ils déjà été transférés au marché aux esclaves de Kantélégué ou pire, aux mines d'or de Similimi ! Peut-être n'y avait-il qu'elle, le bébé n'ayant pas supporté les épreuves du voyage... Après tout ce qu'il avait traversé pour retrouver sa famille, cette attente était insupportable ! Malgré la chaleur, il décida finalement d'aller sur le toit. Il pourrait y voir les chameaux arriver de loin au lieu de se torturer l'esprit dans cette cour.

Croisant quelques Serviteurs étonnés, il grimpa quatre à quatre les marches conduisant sur la terrasse qui ondulait dans l'air brûlant. Indifférent à la canicule, il s'y assit en protégeant tout de même son visage et ses épaules sous un grand foulard de lin blanc. Après un long moment à suer silencieusement, le jeune homme se releva d'un bond. Les bêtes de Wassim venaient d'apparaître au portail, au bout de l'allée encadrée de palmiers génétiquement modifiés. Dévorant des yeux la tranquille progression des chameaux, il retint son souffle en voyant s'arrêter la petite carriole tirée par les bêtes. Lorsque la porte de celle-ci s'ouvrit enfin, ce fut pour en laisser descendre Mohammad. Tout sourire, ce dernier se retourna, la main tendue vers l'intérieur de la voiture. Le Waterback ne respirait toujours pas. Lentement, une silhouette voilée, féminine, entra alors dans la lumière. La vue de Larbin se brouilla aussitôt. La femme portait un enfant dans ses bras.

Épilogue 2

Jamais elle n'avait eu autant besoin d'un verre ! En pénétrant dans l'appartement, elle ignora la salle de bains, alors qu'une bonne douche n'aurait pas été du luxe, pour se diriger directement vers le bar. Décompresser au plus vite et oublier ce maudit chancelier ! Après les incidents du train ET du champ d'éoliennes, Miss W. avait dû réorganiser son conseil d'administration de façon plutôt musclée. On avait beau dire, mais une cohorte de bérets bleus et quelques chargeurs de balles infectieuses étaient plus efficaces qu'un plan de restructuration ! Le chancelier, lui, en tant que personnage public, n'était pas aussi facile à faire disparaître... Elle soupira. Si cet imbécile continuait à jouer les démocrates effarouchés, elle finirait par demander à John de kidnapper ses enfants. D'ailleurs, où était-il, le beau John ? Cela faisait quelques semaines qu'il avait remplacé Günther en tant qu'homme d'intérieur et s'il était à croquer, le service laissait un peu à désirer !

— John ! *Scheisse ! Wo bist du ?!*[30]

Elle s'interrompit en entrant dans son bureau qui dominait la ville de Munich. Dans son cadre, son aïeul la toisait avec sévérité. Posée à même l'écran-bureau, une tête coupée grimaçait dans sa direction. Miss W. mit

30. « Putain ! Tu es où ?! »

quelques secondes à reconnaître celle qui la fixait de ses yeux blancs révulsés : la major Némésis ! Prise de panique, la patronne de la Water Corp. allait se précipiter vers le bouton d'alerte près de l'horrible trophée lorsqu'un cliquetis métallique l'arrêta dans son élan. Presque malgré elle, la femme la plus puissante de l'Union se retourna pour faire face à un homme au crâne rasé et au regard d'un bleu presque transparent. Les traits de ce dernier ne lui étaient pas tout à fait inconnus malgré son visage mutilé et une oreille qui semblait avoir été arrachée. Stupidement, Miss W. ne trouva rien à dire de particulier avant la détonation. Elle prit juste le temps de lire le tatouage gravé sur le front de celui qui allait la tuer. Il était écrit « *Fuck Off* ».

Des célébrations du tonnerre !

Extrait d'un article du Parisien
Archives

... Cette année, le gouvernement va tout faire pour que les célébrations du Jour de l'Union soient inoubliables. Vendredi prochain, cela fera exactement cinq ans que l'UFG a remporté la victoire sur les maoïstes de la République Populaire Latine et un tel événement doit se fêter comme il se doit.

« Notre pays a énormément souffert de cette sécession entre le nord de la France et son sud noyauté par les révolutionnaires italiens et espagnols » rappelait dernièrement le Chancelier à la presse. « Des familles ont été déchirées, des amis ont pris les armes les uns contre les autres, rien n'est pire qu'une guerre civile ! Mais lorsque celle-ci s'est finalement achevée et que la Deuxième Guerre de l'Eau a elle aussi pris fin au niveau mondial, l'UFG en est ressortie grandie. »

Se réjouir donc, mais rester vigilant. Depuis maintenant cinq ans, et la fameuse victoire de Turin remportée par nos soldats, la RPL garde jalousement le nord de la Mare Mediterraneo mais reste relativement tranquille derrière ses frontières. « Relativement » est le mot-clef. Des menaces d'attentats contre notre nation se précisent en effet de jour en jour, rendant cette paix chèrement acquise encore plus fragile. La Chancellerie appelle donc tous les citoyens à profiter de cette journée et à prendre conscience de la douceur de vivre qu'a apporté la paix. Pour l'occasion, des feux d'artifices seront…

DÉCOUVREZ L'AUTRE PUBLICATION DE CHARLES MAZARGUIL CHEZ SLALOM

#Démons
#Zombies
#Apocalypse

À Pandémonium, la capitale de l'Enfer, mieux vaut être sans pitié si on veut échapper à la mort. Darius, 195 ans, ne s'est jamais senti à la hauteur. Dans la rue comme au lycée, il fait profil bas. Son père est dépressif, son meilleur ami est un zombie végétarien et la fille qu'il aime lui préfère une brute sanguinaire.
Alors qu'il essaie de se faire oublier, Darius assiste à un coup d'Etat. Témoin gênant, il va devoir fuir s'il tient à ses trois coeurs. Mais où se cacher quand les neufs cercles de l'Enfer obéissent à la plus puissante des créatures démoniaques ? Une seule solution s'offre au jeune fugitif : la Terre !